태초에 외계인이 지구를
평평하게 창조하였으니

태초에 외계인이 지구를 평평하게 창조하였으니

SF 작가들이 유사과학 앤솔러지

정보라
이산화
최의택
이하진
전혜진
손지상
문이소
이주형
홍준영
홍지운

THE FOOL

안온

차례

개벽

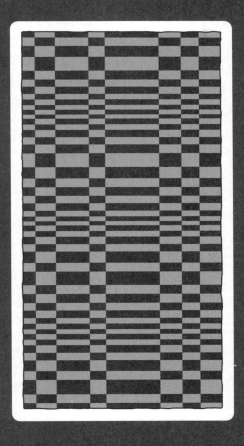

정보라

태초에 외계인이 지구를 평평하게 창조하였다. 외계인은 이어서 평평한 지구의 한쪽 면에는 온갖 생물을 창조하여 번성하게 하였으며 다른 한쪽 면에는 고향 행성이 멸망하여 탈출할 때 소중히 가지고 온 여러 가지 우주보물을 숨겨놓았다. 외계인은 창조주이며 태양은 외계인이 지구를 보살피려 쉼 없이 내려보내는 생명의 힘이고 땅은 그 태양의 힘을 받은 조상들의 터전이다. 그러므로 조상에게 정성을 다해 공을 들이고 태양을 향해 치성을 드리며 땅과 하늘, 지구와 태양을 잇는 생명체인 나무의 힘을 받들어 몸을 깨끗이 해야만 한다. 이 중 하나라도 게을리하면 외계인이 지구의 뒷면에 건설한 영원한 낙원에 발을 들일 수 없다.

지금 지구에 나타나는 여러 현상, 즉 전염병, 환경오염, 기상이변, 전쟁 등의 재앙은 지구 사람들이 조상과 외계인을 잊고 지구가 둥글다고 주장하며 오만해진 벌로서 외계인이 지구의 멸망을 예견하며 보내오는 징조들이다. 평평한 지구에서 우리가 살고 있는 면이 너무 오염되고 병들어 더 이상 아무것도 살아갈 수 없게 되면 외계인은 발달된 기술을 사용하여 지구를 뒤집을 것이다. 예로부터 전해오는 천지개벽이 바로 그 뜻이다. 상징적이거나 추상적인 말이 아니라 글자 그대로 평평한 땅이 뒤집힌다는 의미인 것이다. 지진이나 홍수 등 땅이 흔들리고 지구 표면의 물이 넘치는 현상들이 이미 세상 곳곳에서 점점 더 자주 나타나고 있다. 이것이 바로 외계인이 지구를 뒤집기 위해 흔들기도 하고 기울이기도 하고 있다는 신호이다. 개벽의 그날이 벌써 코앞에 닥쳤다. 그러므로 조상에게 더욱 공을 들이고 태양을 향해 치성을 드리며 땅과 하늘을 잇는 나무의 힘을 받들기 위해 나무를 태워 만든 숯을 열심히 먹어야 한다. 숯은 나무에 열을 가해 만들어지는 것이므로 땅과 나무와 태양의 힘을 모두 품고 있는 완전한 물질이다. 또한 숯은 예로부터 나쁜 공기나 몸 안의 독극물과 온갖 노폐물을 흡착하는 성질이 있으므로 숯을 열심히 먹으면 지구인들의 자만으로 인해 오염된 세계에서 몸 안에 들어오는 나쁜 물질들을 몸 밖으로 배출시킬 수 있다.

그래서 윤 씨는 작년부터 숯가루를 구입해 열심히 먹고 있었다. 등산 모임에서 만난 친구가 단체 대화방에 동영상 링크를 올렸다. 우주의 비밀과 세상의 이치를 알기 쉽게 설명해준다고 등산 모임 친구가 하도 극찬을 해서 윤 씨도 한번 들어가 보았다. 동영상의 남자가 너무 젊었기 때문에 처음에 윤 씨는 별로 신뢰하지 않았다. 그러나 등산 모임 친구가 요즘에는 젊은 사람들이 인터넷으로 정보를 모으기 때문에 세상을 더 잘 안다고, 한번 계속 들여다보면 재미있다고, 우주의 원리를 아주 알기 쉽게 잘 풀어서 설명해준다고 만날 때마다 이야기했기 때문에 윤 씨도 조금 참을성을 가지고 동영상을 들여다보기로 했다.

등산 모임에서 만난 친구 한 씨는 10년 전에 암에 걸렸다고 했다. 오랫동안 속이 더부룩하고 체한 것 같아서 계속 소화제만 먹었는데 배가 너무 아프고 혈변을 보기 시작해서 병원에 갔더니 암이더라는 것이다. 수술을 했는데도 자꾸만 재발해서 나중에는 의사도 병원도 다 소용없더라며 한 씨는 등산복 윗도리를 들어 올려 수술 자국까지 보여주었다. 그러면서 한 씨는 그래서 결국은 위장이 암 덩어리로 꽉 막혀서 물 한 모금 못 먹고 죽을 지경에 처했을 때 우연한 기회에 저 개벽교의 동영상을 보게 되었다고 했다. 윤 씨가 못 미더워하는 그 젊은 남자가 그때는 더 젊어서 아예 고등학생처럼 보였는데, 그 젊은 애가 동영상에 나와서 아침에 일어나면 해 뜨는 동쪽을 향해서 찬물을 떠놓고 정성스럽게 공을 들이고 개벽교에서 땅과 태양의 힘을 모아 만든 숯과 소금을 먹고 저녁에 해가 질 때 또 해 지는 곳을 향해 정성스럽게 공을 들인 뒤에 조상과 창조주를 생각하면서 잠이 드는 생활을 규칙적으로 해야 한다고 말했다는 것이다. 그래서 그대로 했더니 암이 낫더라고 한 씨가 목소리를 높였다. 병원에 검사받으러 갔는데 암이 없어졌다며, 의사들도 이게 어떻게 된 일인지 모르더라고 했다. 한 씨는 소주잔을 기울이며 이게 다 숯과 소금의 힘이라고 침이 튀게 열변을 토했다.

암 덩어리를 떼어낸 흔적이라며 배를 쭉 가른 수술 자국까지 보여주니 윤 씨는 믿지 않을 도리가 없었다. 아침저녁으로 해를 향해 물 한 잔 떠놓는 것은 그다지 크게 힘든 일도 아니었다. 숯을 먹는다는 얘기도 살면서 처음 들어본 것은 아니었다. 젊었을 때 동네 사람이 막걸리인 줄 잘못 알고 농약을 마셨을 때 숯을 먹여서 독을 빨아내게 하는 것을 본 적이 있었다. 그 사람은 결국 죽었지만 그야 그때는 요즘처럼 의술이 좋지 않아서 병원에 가봤자 의사가 약이나 몇 알 처방해주고는 손쓸 방법이 없다는 말이나 하고 그랬으니까. 시절이 그런 시절이라서 안된 노릇이고 숯이 독을 빨아내는 효용이 있다는 건 어쨌든 윤 씨도 직접 목격한 적이 있었던 것이다. 그래서 그 얘기를 했더니 한 씨는 박수를 치며 그거 보라고 했다. 한 씨의 아내는 유명하다는 한의원에서 홈닥터 과정인지 뭔지를 수료하고 졸업장도 받았는데 그 한의원 원장도 숯이 몸에 좋으니 자주 먹어야 한다고 그렇게 가르치더라는 것이다. 그 한의원에서도 숯을 만들어 파는 데다 또 검색을 해보면 숯이 몸에 좋다는 얘기는 여러 동영상에 많이 나온다고 한 씨가 덧붙였는데 그래서 윤 씨도 검색을 해봤더니 그건 정말로 사실이었다. 피를 맑게 해주고 소화도 잘되게 해주고 변비도 낫게 해준다는 것이었다. 다른 건 몰라도 윤 씨는 변비가 낫는다니까 살짝 마음이 당겼다. 그래서 그다음 주에 산에 오르면서 한 씨에게 숯을 어디서 구하는 게 좋은지 물어보았다. 숯가루의 효능이 좋다고는 하지만 함부로 아무 숯이나 먹으면 안 된다는 얘기도 동영상에 나왔기 때문이었다. 목욕탕이나 정수기에 쓰는 숯을 먹는 숯이라고 파는 업체들이 있으니 조심해야 한다고 했다. 한 씨는 여기서 파는 숯이 가장 믿을 만하다며 링크를 보내주었다. 자기도 암에 걸렸을 때부터 지금까지 여기서 파는 숯을 10년 이상 장복하고 있다며 그 덕에 매주 등산을 해도 근육통도 안 생기고 지치지도 않고 거뜬하다고 한 씨가 말했다.

그래서 윤 씨도 속는 셈 치고 한 씨가 보내준 사이트에서 숯을 주문했다. 값이 싸지는 않았다. 사실 굉장히 비싼 편이었다. 조그만 병 하나에 7만 원씩 하는데 윤 씨는 손이 떨려서 주문을 하려다 그만두고 하려다 그만두며 몇 번이나 망설였다. 윤 씨는 부자가 아니었다. 아들하나 있는 걸 다 키워서 장가보내고 이제는 다 끝났다, 하고 한숨 돌리려나 했는데 손주 녀석들이 태어나면서 애 키우는 전쟁이 그냥 그대로 다시 시작되었다. 윤 씨가 젊었을 때는 이 정도까지는 아니었는데 아들 내외는 집

대출 갚느라고 허덕거리다가 애들 분윳값 기저귓값에서 해방되고 나니 유치원 보내고 학원 보낼 돈을 벌기 위해서 맞벌이를 하며 사방으로 뛰어다녀야 했다. 윤 씨의 아내가 안사돈과 번갈아 가서 애들도 봐주고 살림도 해줬는데 그러다가 마누라가 덜컥 먼저 가버리는 바람에 윤 씨는 아들 내외 살림 봐주고 애들 키워주는 안사돈한테 내내 신세만 질 수도 없으니 명절에 사돈댁에 고기라도 몇 근 챙겨 보내고 가끔 보는 손주들한테 과자라도 사 주려면, 다니던 직장은 몇 년 전에 은퇴했지만 일을 그만두고 노후를 즐기기는 언감생심이었다. 구청에서 주는 노인 일자리도 신청하고 지인들에게 염치 불고 고개 숙여서 단돈 몇천 원짜리 배달 일이라도 얻으려고 종일 돌아다니다가 녹초가 되어 집에 돌아오면 마누라도 없고 아들한테 전화해봤자 바쁘다고 돈 없다고 앓는 소리만 해대니 윤 씨는 적적한 마음에 강아지라도 한 마리 키울까 생각하던 중이었다. 그래서 윤 씨는 몇 번이나 망설이다가 숯은 그만두더라도 아침저녁으로 태양을 향해서 물 떠놓고 공을 들이는 건 돈 드는 일이 아니니까 그것부터 해보기로 했다.

그래서 윤 씨는 아침에 컵에다 물을 받으면서 그 젊은 남자가 나와서 떠드는 동영상을 보았다. 그냥 수돗물을 받으면 되는지, 컵은 무슨 특별한 컵을 써야 하는지, 물을 들고 밖에 나가서 태양 빛을 쐬어야 하는지 집에서

14

그냥 창가에다 놓고 무슨 정화수 떠놓듯이 빌어도 되는지, 그런 게 궁금해서였는데 동영상 속의 젊은 남자는 의외로 그런 세세한 건 별로 상관하지 않는 것 같았다. 그보다 가장 중요한 건 창조주에게 감사하고 조상에게 공을 들이는 정성스러운 마음가짐이라는 것이었다. 윤 씨는 이 말이 마음에 들었다. 그래서 정성스러운 마음으로 컵의 물에 햇빛을 쪼이며 조상의 공덕에 감사한 뒤 동영상 속 젊은 남자의 지도에 따라서 3분 뒤에 그 컵의 물을 마시고 하루를 시작했다.

사나흘 정도 그렇게 하루를 시작했더니 윤 씨는 왠지 기운이 더 나는 것 같고 마음이 더 차분해지는 것 같았다. 무엇보다도 변비가 나아지는 것 같았다. 주차 안내나 배달을 할 때 차 번호나 배달 주소도 더 잘 기억나는 것 같았고 여러 가지 딴생각이나 걱정도 좀 덜 드는 기분이었다. 윤 씨는 해가 질 때도 똑같이 컵에 물을 받아 정성을 들이고 싶었다. 그런데 그게 여름이라면 어떻게 해볼 수도 있었지만 겨울에는 퇴근하기 전에 해가 져버렸기 때문에 어쩔 수가 없었다. 며칠 동안 아침에만 해 뜨는 곳을 향해서 조상에게 정성을 들이다가 윤 씨는 그래도 3분이면 일하다가 잠시 서 있는 게 그렇게 이상해 보이지는 않을 것이라고 혼자서 생각했다. 그래서 윤 씨는 저녁에 해가 질 무렵에 생수병을 들고 해가 지는 방향을 향해 잠시 서 있었다. 배달하는 도중에 3분을 그렇게 까

먹었을 때는 사장이 고객에게 불평을 듣고 담배는 일 끝나고 피우라며 싫은 소리를 했다. 다행히 주차장에서는 아무도 윤 씨를 눈여겨보지 않았다. 윤 씨는 3분이 지나는 것을 확인하고 생수병의 물을 마시고 좁다란 주차 안내 부스로 돌아왔다. 뭔가 비밀스러운 임무에 성공한 것 같은 기분이 들어 왠지 뿌듯해졌다. 그날부터 윤 씨는 아침뿐만 아니라 저녁에도 정성 들이는 의례를 치르기 시작했다. 배달 일을 하다 보면 저녁 의례를 지나쳐버리는 경우도 있었기 때문에 전화기에 알람까지 설정해놓았다.

쉬는 날 윤 씨는 한 씨를 만나서 아침저녁으로 조상에게 공을 들이고 있으며 벌써 변비가 나아진 것 같다고 자랑했다. 한 씨는 윤 씨에게 숯도 먹어보았는지 물었고 윤 씨는 말끝을 흐렸다. 그러자 등산 친구가 자기와 함께 모임에 한번 나가보지 않겠냐고 권했다. 숯과 소금을 모임에서 공짜로 받을 수 있다는 것이었다. 모임이라는 말에 윤 씨는 미심쩍었지만 공짜로 준다고 하니 7만 원 번다 치고 친구를 따라 한번 가보기로 했다.

모임 장소는 의외로 아주 평범해 보이는 동네 상가 건물 3층이었다. 문밖에서 모임 장소를 언뜻 보고 윤 씨는 처음에 아내가 젊었을 때 잠깐 다녔던 다단계 화장품 회사를 떠올렸다. 좋은 화장품 파는 믿을 만한 외국계 회사이고 주변 지인들한테 소개해서 입소문 타고 고객들 많이 데려다주면 회사에서 소소하게 수당도 받을 수 있다고 해서 윤 씨는 그냥 아내가 부업을 하는가 보다 생각했는데 나중에 다단계라는 말을 듣고 크게 화를 냈었다. 아내가 뉴스에 나오는 그런 집안 망하는 다단계가 아니라고 우겨서 부부 싸움은 더 커졌다. 결국 아내가 윤 씨의 고집에 져서 그만두는 쪽으로 정리되었다. 그때 윤 씨가 아내에게 그만두지 않으면 자기가 그 회사에 찾아가서 한바탕 뒤집어놓겠다고 씩씩댔고 정말로 그 지역 판매소라는 곳에 찾아가본 적도 있는데 한바탕 뒤집지도 않았고 아무도 없어서 그냥 집에 돌아오기는 했지만 그때 보았던 그 판매소가 딱 이렇게 생겼었다. 벽이 통유리인데 반투명한 시트지를 발라놔서 안에 사람이 왔다 갔다 하는 그림자만 보이고, 그 벽과 문 바깥 통로까지 상자가 수없이 쌓여 있었다. 그 상자가 정확히 뭔지 윤 씨가 자세히 들여다보기 전에 한 씨가 들어가자고 잡아끌었기 때문에 윤 씨는 안으로 들어갔다.

안에는 보험회사 고객 대기실 같은 데서 봤던 둥근 유리 탁자가 네 개 있고 그 주변에 세 명씩 네 명씩 사람들이 둘러앉아 있었다. 여자도 있고 남자도 있고 연령대도 나이 든 사람부터 어린 사람까지 골고루 있었다. 유리 탁자 위에는 사람 숫자대로 종이컵이 놓여 있었는데 윤 씨와 한 씨가 자리를 잡고 앉자 동영상에서 보았던 그 젊은 남자가 일어서서 종이컵을 들었다.

"조상의 은덕에 대한 감사의 마음과 창조주이신 외계

인에 대한 굳은 믿음으로 우리의 모임을 시작합니다."

유리 탁자 주변에 앉아 있던 사람들이 모두 앉은 채로 종이컵을 양손으로 공손하게 들어 올리고 고개를 숙였다. 한 씨가 눈짓하며 종이컵을 들었기 때문에 윤 씨도 얼떨결에 따라 했다.

이후에 모임에서 나왔던 여러 가지 이야기에 윤 씨는 크게 관심이 없었으므로 귀담아듣지 않아서 잘 기억하지 못한다. 윤 씨는 그저 시계를 보면서 7만 원짜리 숯은 언제 공짜로 주는지 그것만 기다리고 있었다. 그러나 지루한 와중에도 윤 씨는 젊은 남자가 조상의 은덕에 감사하고 조상에게 정성을 들여야 한다고 강조할 때는 마음속으로 동의했다. 또한 모임에 젊은 사람들이 의외로 많이 참석했고 그 젊은이들이 모임을 이끄는 남자가 조상에 대해 언급할 때마다 고개를 끄덕이는 모습도 눈여겨보았다. 요즘 세상에 저렇게 조상 공경할 줄 아는 젊은이들이 있는지 몰랐다고 윤 씨는 속으로 감탄했다.

윤 씨의 며느리는 교회를 다닌다는 이유로 제사를 지내지 않았고 아들도 바쁘다며 제사에 관심이 없었다. 윤 씨의 아내가 사망한 뒤로 기제사나 명절 차례까지 흐지부지 사라졌다. 명절이 되기 전에 아들 내외가 아이들도 데리고 갈 수 있는 음식점을 찾아 예약해서 다 같이 맛있는 걸 먹으러 갔고 아내의 묘에는 윤 씨나 아들이 기일에, 혹은 틈날 때 찾아가서 풀도 뽑고 성묘도 했다. 그 정도였다. 이대로 가면 윤 씨 자신이 죽어도 기일에 제삿밥도 못 얻어먹을 것은 분명했다.

"땅은 조상의 터전입니다. 땅의 기운이 없이 곡식이 자라고 나무에 열매가 맺히겠습니까? 땅이 없었으면 조상들이 대대로 이 나라를 지켜올 수 있었겠습니까? 요즘 강남 땅값만 봐도 땅이 얼마나 중요한지 다들 알고 계시죠?"

젊은 남자가 농담을 끼워 넣자 사람들이 와르르 웃었다. 윤 씨도 딴생각을 하며 7만 원짜리 공짜 숯을 기다리던 와중에 잠시 입가에 웃음을 띠었다.

"그러면 그 땅의 기운은 어디에서 오겠습니까? 태양에서 옵니다. 햇빛을 받지 못하면 곡식이 자라지 않습니다. 날이 흐리면 나무에 열매가 제대로 맺히지 않지요. 그렇지 않습니까? 태양이야말로 땅과 그 땅에 사는 모든 생명에게 힘을 주는 원천입니다."

젊은 남자가 말을 이었다. 사람들이 고개를 끄덕이며 수긍했다.

"그러면 그 태양은 어디서 생겼을까요? 땅은 어디서 생겼을까요? 세상은 저절로 생겼을까요? 과학자들은 우주가 빅뱅에서 시작됐다고 말합니다. 그러면 그 빅뱅은 어디에서 왔을까요? 빅뱅이란 즉 영어로 크다는 빅(Big), 빵 터졌다는 뱅(Bang)입니다. 크게 빵! 터졌다는 뜻이죠. 한마디로 빅뱅은 대박입니다."

사람들이 다시 웃음을 터뜨렸다. 윤 씨도 이번에는 너털웃음을 칠 수밖에 없었다.

"그러면 그 대박을 누가 터뜨렸을까요?"

젊은 남자가 모인 사람들을 둘러보았다.

"저절로 일어났을까요? 과학자들은 그렇게 둘러댑니다. 왜냐면 자기들도 모르거든요. 우주가 태곳적부터 어떤 모습으로 존재했고 행성들이 어떻게 생겨났고 인간이 어떻게 이 땅 위에 이렇게 훌륭하게 문명을 발달시키게 됐는지 과학자들도 모릅니다! 자기들도 과학적으로 설명을 할 수가 없으니까 복잡한 무슨 이론이나 공식 같은 걸 여기저기 갖다 대면서 눈속임을 하고 사람을 정신없게 휘두르는 겁니다."

젊은 남자가 잠시 말을 끊었다. 사무실 안에 한순간 정적이 흘렀다. 그 정적이 어색하거나 불편해지기 전에 젊은 남자가 전략적으로 아주 적당한 순간에 얼른 다시 말을 이었다.

"진실은 간단합니다. 왜냐면 진실은 언제나 단순한 법이거든요. 복잡하게 이 이론 저 이론 끌어다 붙여야 하는 건 진실이 아닙니다. 세상의 진리는 다 단순한 법입니다!"

젊은 남자가 다시 드라마틱하게 말을 끊었다. 사람들이 집중한 표정으로 젊은 남자를 쳐다보았다.

"세상은 외계인이 창조했습니다. 그럼 외계인은 지구에 왜 왔느냐. 고향 행성이 폭발했기 때문에 어쩔 수 없이 탈출했던 것입니다. 외계인의 고향 행성이 폭발하는 대사건이 바로 과학자들이 말하는 빅뱅입니다. 빅뱅 이전에도 우주는 존재했고, 그것도 지금의 우주보다 더 기술과 과학이 발달하고 더 많은 생명체가 살아서 교류했던 풍요롭고 활기찬 우주가 존재했습니다. 그러나 문명이 발달하면서 전쟁이 일어나고 서로 자원을 많이 가지고 권력을 많이 차지하기 위한 다툼이 커져서 결국 우주대전이 일어나 외계인들의 고향 행성은 멸망하고 말았던 것입니다. 여러분 냉전 시대 아시죠?"

젊은 남자가 방 안을 둘러보았다. 윤 씨와 눈이 마주치자 젊은 남자가 격려하듯 진지하게 고개를 끄덕였다.

"미국과 소련이 군수 경쟁을 하고 언제 핵전쟁이 일어날지, 언제 소련 놈들이 빨간 버튼을 누를지, 빨갱이들 때문에 언제 세상이 망할지 알 수 없는 시대가 50년이나 이어졌던 때가 있었습니다. 여기 계시는 어르신들은 기억하시겠지요. 젊은 친구들은 모를 수도 있을 겁니다."

저 친구는 자기도 젊은 친구면서, 라고 윤 씨는 생각했으나 '빨갱이들 때문에'라는 말에 그만 자신도 모르게 자동적으로 어렸을 때를 떠올리고 말았다. 학교에서 반공 포스터 그리기 대회를 하고, 6월이 되면 호국 영령을 기리며 반공 웅변대회를 하고, 그래서 윤 씨는 양손을 치켜들고 "이 연사, 소리 높여, 외칩니다!"를 연습했었다. 뉴스에서는 소련이 핵실험을 한다고, 핵미사일이 대륙을 건너 날아가 미국에 곧장 꽂힐 위력이 있다고 연일 방송하던 시절이 실제로 있었다.

"그런 전쟁이 실제로 일어난 겁니다. 그리고 그 결과 행성이 폭발했고, 그래서 외계인들은 고향을 떠나 다른 은하계로 도망 올 수밖에 없었습니다. 그렇지만 외계인들에게는 발달된 과학기술이 있었고, 그래서 자기들의 고향 별과 똑같은 살기 좋은 낙원을 새로 만들어내기로 결심한 겁니다. 그 결과가 우리가 사는 이 지구입니다."

젊은 남자가 '이 지구' 부분에서 팔을 넓게 벌렸다. 그리고 곧 팔을 다시 내리고 장엄한 표정이 되었다.

"생각해보십시오. 고향을 잃고 우주를 가로질러 여기까지 피난해 오면서 외계인들이 얼마나 슬프고 고통스러웠겠습니까? 대체 얼마나 절박한 마음으로 고향과 똑같은 모습으로 이 지구를 창조하고 자신들과 똑같은 생김새로 우리를 창조했겠습니까? 그런 마음을 생각하면 우리가 지구를 오염시키고 우리 몸을 오염시키면서 함부로 살아서야 되겠습니까?"

모두 숙연해졌다. 다시 장내에 침묵이 흘렀다. 이번 침묵은 아까보다 오래 지속되었다. 그때 건너편 유리 탁자에 앉아 있던 어린 아가씨가 소심하게 손을 들었다.

"선생님, 질문이 있는데요."

젊은 남자가 아가씨를 쳐다보며 고개를 끄덕이자 어린 아가씨가 마치 초등학생처럼 쭈뼛쭈뼛 입을 열었다.

"네, 질문하세요."

아가씨가 계속 쭈뼛거리며 말을 잘 잇지 못하자 젊은 남자가 격려하듯 말했다.

"외계인이 자기들 고향 별하고 똑같은 모습으로 지구를 창조하구요…… 자기들하고 똑같은 생김새로 우리를 창조했으면요……."

아가씨가 말을 끊었다. 젊은 남자가 용기를 북돋우려는 듯 고개를 크게 끄덕였다. 아가씨가 잠시 더 망설이다가 결심한 듯 크게 물었다.

"그러면…… 외계인이 우리와 함께 이 별에서 살고 있나요?"

윤 씨는 자기도 모르게 콧김을 뿜을 뻔했다. 저 아가씨가 공상과학소설을 너무 많이 읽었나? 그런데 젊은 남자는 웃지 않았다. 진지한 얼굴로 아가씨를 쳐다보며 말했다.

"우리와 함께, 라면 함께라고 할 수도 있겠지요. 그렇지만 우리 사이에서 섞여 살고 있는 건 아닙니다. 그러기엔 외계인들의 과학과 문명이 너무 많이 발달했고, 우리는 우주의 섭리를 이제 막 깨달아가고 있는 단계거든요. 비유하자면 저 강남 한복판에서 최첨단 벤처기업 운영하는 엔지니어가 저기 어디 아프리카 촌 동네에 있는, 맨날 내전 일어나고 우물에서 물 길어 먹고 그러다가 콜레라나 이질 걸려서 사람들 죽고 그러는 부족들한테 가서 살

23

지 않는 것과 마찬가지입니다."

윤 씨는 고개를 끄덕였다. 외계인에 대한 부분은 여전히 미심쩍었지만 컴퓨터나 아이폰 같은 걸 만드는 사람들은 다 백인에 미국인 부자들이었고 그런 사람들이 아프리카에서 살지 않는다는 사실 정도는 윤 씨도 알고 있었다. 아프리카는 대륙이며 '동네'라고 하기에는 매우 넓고 다른 대륙들과 마찬가지로 대단히 다양한 문명과 민족과 국가들이 공존하며 아프리카 전체에서 일어나는 전쟁과 질병에 대한 보도가 인종차별적으로 과장되었다는 사실을 윤 씨는 알지 못했고 아프리카이기 때문에 관심도 없었다. 젊은 남자는 인종차별적인 비유에 이어 이렇게 대답을 마무리 지었다.

"그렇지만 우주의 섭리와 외계인의 존재에 대해서 자세한 이야기를 하려면 지금 시작했다간 날 새야 하고요. 오늘은 여기서 이야기를 마치고, 처음 오신 분들은 태양과 땅의 기운을 담은 숯과 소금을 드릴 테니 받아 가셔서 잘 섭취해보세요."

윤 씨가 기다리던 말이었다. 젊은 남자는 모임을 시작할 때처럼 일어서서 종이컵에 담긴 물을 양손으로 공손하게 받들고 고개를 숙였고 모인 사람들은 앉은 채로 따라 했다. 그렇게 모임은 끝났고 윤 씨는 목적했던 7만 원어치 숯에다 소금까지 받아 올 수 있었다.

그리고 윤 씨는 아침에 일어나 컵에다 물을 받아서

해가 뜨는 쪽을 향해 놓고 정성을 들인 뒤에 그 물에 숯과 소금을 타 먹으며 생각했다. 우주 전쟁이 나서 외계인들이 지구로 도망쳐 왔다는 얘기하고 조상의 은덕에 감사하는 것 사이에 대체 무슨 상관이 있다는 걸까? 윤 씨가 생각하기에 외계인에 관한 부분은 공상과학 같은 헛소리였고 조상을 공경하는 것은 사람으로서 마땅한 도리인데 이 두 가지가 도저히 유기적으로 연결되지 않았다. 마침내 윤 씨가 한 씨에게 이런 궁금증을 이야기하자 한 씨는 반색하며 모임에 다시 나가서 '선생님'에게 물어보자고 권했다. 윤 씨는 망설였다. 이제는 '처음 오신 분'이 아니니까 숯과 소금을 공짜로 더 얻기는 힘들 테고 7만 원 돈을 내기는 너무 아까웠지만 숯과 소금을 매일 먹었더니 과연 변비는 흔적도 없이 사라져서 아침마다 화장실에 가면 속 시원하게 죽죽 쏟아 내리게 되었으니 반절 넘게 비어가는 숯병과 소금 통을 보면서 저걸 좀더 얻어와야 할 텐데 생각을 하다가도 7만 원이 떠오르면 다시 망설이게 되었다. 그리고 마침 그때쯤 배달 일이 갑자기 바빠졌기 때문에 윤 씨는 종이 가방을 수십 개씩 이고 지고 들고 도시 전체를 가로세로 뛰어다녔고 그러다 보니까 어쩌다 하루 쉬는 날이면 너무 피곤해서 모임은 고사하고 언제나 가던 등산도 때려치우고 잠자기에 바빴다. 그렇게 정신없이 일하다가 한숨 돌린 어느 날에 윤 씨는 문득 달력을 보고 아내의 기일이 지났다는 사실을 깨달았다. 윤 씨는 아들에게 서둘러 전화했고 아들이 받지 않았기 때문에 며느리에게 전화해서 전에 없이 역정을 냈다.

"네 어머니가 애들 태어났을 때부터 그렇게 지극정성으로 다 키워주고 집안 살림도 다 해줬으면 고마운 줄 알아야지 1년에 한 번 기제사 지내는 게 뭐 그리 어렵다고 죽고 나니 나 몰라라 하고⋯⋯."

며느리는 전화를 받자마자 다짜고짜 소리부터 지르는 윤 씨의 목소리에 질렸는지 모기만 한 목소리로 네, 네, 할 뿐이었다. 윤 씨는 말을 하면 할수록 제풀에 더 화가 나서 떠오르는 대로 쏟아붓다가 아무리 꾸지람을 해도 며느리가 자기가 기대한 것처럼 잘못했다고 납작 엎드려 싹싹 빌지 않는 것을 깨닫고 더욱 화가 나서 전화를 끊었다. 끊고 나서도 씩씩거리고 있는데 다시 전화가 왔다. 아들이었다.

"아버지 대체 왜 그래요?"

윤 씨가 전화를 받자 이번에는 아들이 다짜고짜 화를 냈다.

"어머니 성묘 제가 갔다 왔잖아요. 사진도 보내드렸잖아요, 잡풀 뽑고 잔디 깎았다고. 어머니 살아 계실 때부터 제사 지내지 말라고, 며느리 고생시키지 말라고 그렇게 말씀을 하셨는데 이제 와서 왜 갑자기 지영이한테 소리는 지르고 그러세요?"

"사람이 조상 공경할 줄 알아야지 그렇게 살면 못 쓰

는 법……."

"어머니가 제 조상이지 지영이 조상이에요? 그리고
살아 계실 때 같이 좋은 데 놀러도 가고 맛있는 거 먹으
러 가고 용돈도 드리고 할 도리는 다했다고요. 아버지야
말로 어머니가 아버지 조상한테 제사 지낼 때 손가락이
나 까딱 해봤어요? 음식 하고 설거지하고 손님 치르고 다
어머니가 했는데 지금 그걸 어린애 둘 건사하면서 맞벌
이하는 사람한테 그대로 시키잔 말이에요?"

"우리 때는 그러면서도 돈 잘 벌고 애들 잘만 키웠다.
다들 조상 대대로 해오던 일인데 너희만……."

"제사 때 큰집 사촌들 뛰어다니다가 내 다리에 끓는
토란국 엎은 거 기억 안 나요?"

아들이 말했다. 윤 씨는 갑자기 말문이 막혔다. 아들
이 조용히 빠른 속도로 윤 씨에게 퍼부었다.

"그래도 제사는 지내야 된다고 나보고 절해야 되니까
그만 징징거리고 씻고 옷 갈아입으라고 그랬죠? 그때 병
원 빨리 안 가서 내 다리 피부 다 익은 거 알아요? 죽은
피부 벗겨낸다고 엄마가 나 업고 병원 다녔는데 그거 아
빠 모르죠? 아빠는 그때 출근하고 없었으니까. 밤에 내가
아프다고 울면 엄마가 밤새도록 내 손 잡고 같이 울었는
데 그것도 모르죠? 아빠 그때 내가 울거나 말거나 잤죠?"

윤 씨는 대답할 수 없었다.

"내 가족한텐 절대 그런 꼴 겪게 할 수 없어요."

27

아들이 차갑게 말했다.

"네 가족?"

윤 씨가 입을 열었을 때는 이미 전화가 끊어져 있었
다. 다시 전화했지만 아들은 받지 않았다. 며느리에게 전
화했다. 아들이 받더니 "제 아내 괴롭히지 마세요." 하고
는 탁 끊어버렸다.

"이런 버르장머리 없는 놈이? 아니 그럼, 나는 네 가
족이 아냐? 네 엄마는 네 가족이 아니야?"

윤 씨는 끊어진 전화에 대고 소리쳤다. 그리고 윤 씨
는 결심했다. 그 모임에 다시 나가서 조상의 은덕에 감사
해야 하는 이유를 확실히 배워 와야겠다고. 아들과 며느
리에게 아주 단단히 한 수 가르쳐줘야겠다고.

"소금과 숯은 자연이 우리에게 내린 가장 강력한 정
화 성분입니다."

젊은 남자가 말했다.

"소금은 정화하는 성질이 있고 숯은 해독하는 성질이
있습니다. 이 두 가지를 함께 사용하면 우리 몸은 깨끗해
집니다. 몸을 깨끗이 하고 태양과 땅의 기운을 받아들여
야만 개벽이 올 때 선택될 수 있습니다. 더러운 사람은
선택되지 않습니다. 몸과 마음이 깨끗한 사람만이 선택
될 수 있습니다."

윤 씨는 모임에 열심히 참가했다. 한두 번은 눈치 보

며 소금과 숯을 얻어 왔지만 그것도 언제까지나 계속할 수는 없어서 자기 돈 주고 사기 시작했다. 그래서 윤 씨는 본전을 뽑기 위해서라도 조상들에 대해서 열심히 질문했다. 젊은 사람들이 쳐다보는 시선이 부끄러웠지만 손을 들고 어째서 조상에게 공을 들여야 하는지, 어떤 방법으로 조상에게 공을 들여야 하는지, 그러면 어떤 은혜를 입을 수 있는지 꼬치꼬치 캐물었다. 젊은 남자는 이런 질문을 귀찮아하지 않았고 윤 씨가 길게 따지거나 이해되지 않아 몇 번이나 되물어도 언제나 친절하게 설명해주었다. 다른 사람들이 지루해하거나 못마땅해하며 눈치를 주어도 젊은 남자는 끝까지 윤 씨의 끈질긴 질문을 다 듣고 정성껏 대답해주었다.

"질문을 많이 하는 사람을 싫어하시면 안 됩니다."

언젠가 젊은 남자는 아예 내놓고 이렇게 좌중을 타이르기도 했다.

"궁금증이 많다는 건 좋은 일입니다. 궁금한 걸 질문하셔야 좀더 빨리, 좀더 효율적으로 진리에 도달할 수 있습니다."

"그 진리란 무엇인가요, 선생님?"

윤 씨가 말을 받아서 얼른 손을 들고 물었다. 젊은 남자의 표정이 이전처럼 장엄해졌다.

"바로 외계인들이 우리와 함께 이 별에서 살고 있다는 것입니다. 그렇지만 사람들 사이에 섞여서 살고 있는 것은 아닙니다. 외계인들은 평평한 지구의 뒷면에 기술적으로 무한히 발달한 낙원을 건설하여 그곳에서 살고 있습니다. 개벽의 날이 오면 외계인들은 지구를 뒤집어 우리의 세계를 지구의 뒷면으로 보낼 것이며 그때가 되면 선택받은 깨끗한 자들은 지구의 앞면에서 외계인들과 함께 지상낙원의 삶을 누릴 수 있을 것입니다. 한편 더럽고 탁한 자들은 모두 우주 바깥으로 날아가거나 지구 뒷면의 영원한 어둠 속에서 지내게 될 것입니다."

"선생님, 그러면 조상들의 은덕은……."

윤씨가 다시 손을 들고 질문하려 했다. 이번에는 젊은 남자가 예외적으로 기다리라는 손짓을 했다. 그러더니 자리에서 일어섰다. 젊은 남자는 벽으로 가서 한쪽에 기대 세워두었던 하얀 칠판을 밀고 유리 탁자에 둘러앉은 사람들에게 다가왔다.

"천지개벽이라는 말, 많이 들어보셨을 것입니다."

젊은 남자가 하얀 칠판에 한자로 天, 地, 開, 闢이라고 썼다. 젊은데도 아주 능숙하게 복잡한 한자를 써 내려가는 모습에 윤 씨는 감탄했다.

"개벽은 열 개, 열 벽, 그래서 원래는 세상이 열린다는 뜻입니다. 즉 세상이 처음 만들어진다는 뜻입니다. 그런데 국어사전을 찾아보면 '개벽'에는 세상이 뒤집힌다는 뜻도 있습니다. 세상이 처음 만들어지는 것과 뒤집히는 것 사이에 어떤 관계가 있길래 우리 조상들은 이 두

30

가지 의미를 하나의 단어에 담았을까요?"

젊은 남자가 의미심장하게 좌중을 둘러보았다. 다들 조용히 '선생님'을 바라볼 뿐 아무도 대답하지 못했다.

"바로 이것이 조상의 지혜이며 은덕입니다. 우리 조상들은 진리를 알고 있었고 후손들을 위해 그 진리를 이 단순한 한 단어에 담았던 것입니다. 외계인들이 세상을 만들 때 평평하게 만들었고, 때가 되어 피조물인 우리 인간이 충분히 발전하여 자신들과 함께 살아갈 수 있게 될 때 그 평평한 지구를 뒤집을 것이다. 이런 사실을 우리 조상들은 '개벽'이라는 한 단어에 담아서 우리들에게 전수해준 것입니다."

"슨생임예."

뒤쪽에서 누군가 손을 들었다. 젊은 남자가 고개를 끄덕였다.

"갱주에 용담정이라고 있거등예. 거가 천도교 발원지이고 성지인데예. 천도교에 따르면 개벽은 새로운 시대를 비유적으로 이르는 말이거등예. 세상이 뒤집힌다 카는 그기 글자 그대로 찌지미 뒤집듯이 휘딱 뒤집힌다는 말이 아이라꼬예."

젊은 남자가 다시 고개를 끄덕였다.

"좋은 질문입니다. 천도교는 민족 종교입니다. 일제 강점기에 생겨나서 우리 민족을 독립으로 이끈 원동력 중 하나였지요. 종교는 세상을 비유적으로, 철학적으로 말합니다. 그에 비해서 우리가 지금 말하는 개벽 이론은 과학입니다. 과학은 구체적으로, 현실적으로 말합니다."

젊은 남자가 하얀 칠판에 썼던 한자를 지우고 뭔가 다시 썼다. 윤 씨가 보기에 영어 같았다.

"아베르토 카엘로(Aberto caelo), 라틴어로 개벽이라는 뜻입니다. 하늘이 열린다는 뜻이죠. 여기에서 유래한 말이 바로 아베르토리안 씨어리(Abertorian Theory), 즉 개벽 이론입니다. 제가 말씀드린 내용은 과학이며, 증명된 내용입니다. 지금 세계적으로 일어나는 이상기후가 바로 그 증거입니다. 쟁반에 물을 담아서 뒤집어보십시오. 물이 쏟아지지요? 같은 원리입니다. 지구가 뒤집히려 하고 있기 때문에 땅이 흔들리고 물이 쏟아지는 것입니다."

윤 씨는 필기를 해가며 열심히 들었다. 영어는 잘 알 수 없었지만 개벽에 대한 이야기가 몹시 마음에 들었다. 조상들이 진리를 알고 있었으며 그 진리를 후손들에게 전해주기 위해서 단순한 한 단어에 두 개의 뜻을 담았다는 부분에 윤 씨는 몇 번이나 밑줄을 쳤다.

그리하여 반년 뒤에 윤 씨는 입원했다. 언제나 그렇듯이 밤에 자기 전에 컵에 물을 담아 서쪽을 향해 공을 들인 뒤에 숯과 소금을 넣어 먹었는데 어째서인지 숯이 목으로 넘어가지 않았다. 그렇게 윤 씨는 토하기 시작했고 토하다가 기운이 빠져서 결국은 아들에게 전화를 했으며 아들이 구급차를 불렀고 그래서 구급 요원들이 응급처치는 해주었으나 윤 씨가 코로나19 백신을 맞지 않았고 PCR 검사도 받지 않았기 때문에 응급실에 들어갈 수 없어서 아들이 의식이 오락가락하는 윤 씨를 태우고 보건소에 가서 PCR 검사를 받았고 하루 기다려야 검사 결과가 나왔으므로 아들은 집에 돌아갔고 윤 씨는 집에 혼자 남게 되자 또 숯과 소금을 물에 타서 먹었다.

다음 날 오전에 PCR 검사 결과가 나와서 아들과 며느리가 다시 윤 씨의 집에 와서 윤 씨는 그제야 응급실에 들어갈 수 있었다. 의사는 윤 씨의 퉁퉁 부은 모습에 놀랐고 윤 씨가 입에서 검은 물을 흘리는 것을 보고 위세척을 진행했다. 숯가루가 위와 장에 달라붙어 미네랄 등 미량 영양소를 흡착하여 영양 불균형 상태가 되었고 소금을 너무 많이 먹어서 신장이 망가질 수도 있다는 말을 듣고 아들과 며느리는 창백해진 채 말을 잇지 못했다. 응급실에서 윤 씨의 병상 곁을 아들이 지켰고 며느리는 아이들을 학교에 보내기 위해서 집에 돌아갔다. 윤 씨는 깨어나서 계속 숯과 소금을 찾았고 아들은 치료부터 받으시라고 윤 씨를 달랬으며 윤 씨는 숯과 소금과 '아베르토리안 씨어리' 책을 사는 데 얼마 안 되는 저금을 모두 써버려 병원비를 낼 돈이 없다는 사실을 아들에게 차마 말하지 못했다.

밤이 되자 윤 씨는 아들에게 회사를 계속 쉴 수는 없을 테니 그만 가라고 우겼고 아들은 회사에 얘기해두었으니 윤 씨가 응급실에서 입원실로 옮겨지는 모습을 보고 나서 출근하겠다고 앉아 있었으며 사실 윤 씨가 보호자 없이 혼자서 입원 수속을 할 수 있는 상태가 아니었기 때문에 윤 씨는 아들이 시키는 대로 해야 했고 그래서 다음 날 오후 늦게야 윤 씨는 입원실로 옮겨졌고 아들은 집에 돌아갔다. 병실에 누워서 윤 씨는 집에 두고 온 숯과 소금에 대해서 계속 생각했고 그러다가 한 씨에게 전화를 걸었다. 아파트 현관 비밀번호와 집 비밀번호를 알려 주고 윤 씨는 한 씨에게 숯과 소금을 가져다달라고 부탁했고 한 씨는 밤늦게 병원에 찾아왔다. 입원실은 간병인을 제외하면 전면 면회 금지였으므로 윤 씨가 아픈 몸을 이끌고 병원 로비까지 내려가서 한 씨에게 숯과 소금을 받아 왔다.

　다음 날 오전 회진을 돌러 온 의사가 윤 씨의 침대 옆 탁자 위에 있는 숯병과 소금 통을 보고 병원에 계시는 동안은 병원식과 약 외에는 드시면 안 된다며 정중하게 경고했고 윤 씨는 병실 냄새 없애려고 갖다둔 거라고 둘러댔다. 그다음 날 새벽 간호사가 혈압과 혈당을 측정하러 왔다가 윤 씨가 떠오르는 아침 해를 향해 컵을 들고 창가에 서 있는 모습을 보고 윤 씨를 불렀는데 돌아선 윤 씨의 입술이 거무죽죽했기 때문에 질겁한 간호사가 의사를 불렀고 분개한 의사가 외쳤다.

　"제가 이런 거 드시지 마시라고 말씀드렸잖아요!"

그리하여 의사가 보는 앞에서 윤 씨는 간호사에게 소중한 숯과 소금을 빼앗겨야 했다. 분노한 의사는 윤 씨의 보호자로 병원에 등록된 아들에게 전화했고 아들이 윤 씨가 혼자 사는 아파트에 갔을 때는 이미 한 씨가 윤 씨의 가난한 살림 중에서 텔레비전과 냉장고와 에어컨 등 그나마 돈 될 만한 세간들을 모두 훔쳐서 달아난 뒤였다. 집에는 윤 씨가 구입한 사이비 종교의 책과 수십 개의 숯 병과 소금 통만 나뒹굴고 있었고 이웃은 한 씨가 텔레비전과 냉장고와 에어컨을 차례차례 카트에 담아 밀고 가는 모습을 보긴 봤는데 윤 씨가 며칠 보이지 않았기 때문에 이사를 가는 모양이라고 생각했다고 말했다.

　머리끝까지 화가 난 윤 씨의 아들이 윤 씨를 다그쳐 자초지종을 알아내어 경찰에 달려가 한 씨를 절도죄로 고소하고 '개벽교'를 사기죄로 고발했고 그리하여 상가 건물 3층에 경찰이 달려갔을 때는 이미 사무실에 유리 탁자도 하얀 칠판도 아무것도 남아 있지 않았고 바닥에는 빈 골판지 상자만 나뒹굴고 있었다. 경찰이 골판지 상자에 찍혀 있는 회사의 이름과 주소, 전화번호를 추적하여 문제의 숯과 소금을 만든 회사가 어느 한의원과 관련이 있다는 사실을 알아냈는데 그 한의원은 알고 보니 무허가, 비인가 자격증 과정을 운영하면서 환자들에게 약을 먹거나 치료를 받지 못하게 하고 자신들이 제조한 문제의 그 숯과 소금이 만병통치약인 듯 선전해서 비싼 값에

팔고 있었기 때문에 이미 대한한의사협회에서도 문제를 인지하고 한의사를 자칭하는 사기꾼을 협회에서 제명하는 절차에 들어갔으며 법적 대응도 검토하고 있다고 신문에 크게 보도되었다.

윤 씨는 장기 입원을 하게 되었으며 퇴원한 뒤의 거취에 대해서 아들은 이렇게까지 되었으니 아버지가 또 사고 치기 전에 같이 살아야겠다는 의견을 내놓았고 며느리는 애 둘 키우고 맞벌이하면서 때맞춰 제사를 지내거나 아버지가 애들한테 소금과 숯을 먹이지 못하게 감시하는 일까지 떠맡을 수는 없다고 반박하여 부부 사이에 분란이 일어났다. 그사이에 한 씨가 체포되어 재판을 받게 되었으나 윤 씨는 한 씨라면 꼴도 보기 싫어서 한 씨가 뻔뻔스럽게도 윤 씨에게 전화를 걸어서 자기에게 유리한 증언을 해달라고 부탁했을 때 말없이 전화를 끊어버리고 재판에 가지 않았다.

개벽의 사전적 의미는 '세상이 어지럽게 뒤집힘'이다. 그러므로 전부 합쳐서 1년이 조금 못 되는 동안 윤 씨가 일자리도 저금도 건강도 아들 부부와의 부드럽던 관계도 모두 잃고 도둑맞아 텅 빈 집 안에 숯과 소금과 함께 남게 된 사건도 그에게 있어 개벽이라면 개벽이었다.

소같이 풀을 먹는 예수 그리스도를 믿사오니

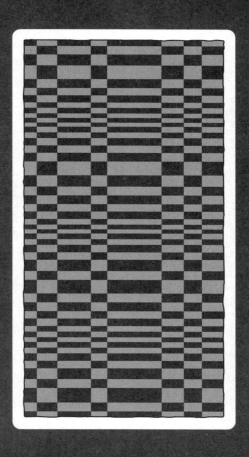

이산화

0. 들어가기에 앞서

지난 30여 년간 창조의 섭리와 진화론의 실상을 알리는 데에 힘써온 한국창조과학연구원의 충격적인 최근 행보는 교계에 적잖은 파장을 가져다주었다. 장로회 소속 주요 10개 교단의 이단·사이비대책위원회(이하 이대위)는 오는 9월 중순 개최될 교단별 총회에서 한국창조과학연구원의 이단성 여부를 결의하고자 이미 각자 연구에 착수하였으나, 해당 단체가 작년까지만 해도 건실한 신앙 공동체로 인정받아왔기에 일반 성도뿐 아니라 이단 문제에 정통한 전문가들 역시도 동요를 감추지 못하는 실정이다.

이에 필자는 한국창조과학연구원이 어떠한 과정에서 이단적 주장에 매몰되고 말았는지, 또 현재 구체적으로 어떠한 그릇된 믿음에 빠져 있는지를 나름대로 조사하여 그 내용을 교계에 공개하기로 하였다. 비록 사건이 워낙 복잡하고 비상식적인 만큼 필자의 이번 조사가 모든 의문을 명쾌히 해결해줄 수는 없겠으나, 이 글이 성도들의 혼란을 조금이나마 가라앉히고 각 교단 이대위의 심사에도 이바지할 수 있다면 필자에게는 더없이 보람찬 일일 것이다.

1. 사건의 개요

지난 7월 중순, 한국창조과학연구원 홈페이지 메인 화면에 심각하게 이단적인 내용의 칼럼이 내걸렸다는 제보가 교계에 처음으로 전해졌다. 오랜 창조과학 사역으로 명성을 쌓은 해당 단체의 특성상 처음엔 단순한 실수나 반기독교 단체의 해킹으로 여겨졌지만, 문제의 칼럼이 장기간 메인 화면에 노출되면서 자세한 내용이 퍼져 나가자 각 교단에서도 비로소 본격적인 상황 파악에 나섰다. 당시 이단적이라고 지목된 칼럼은 7월 13일에 올라온 〈《욥기》 40장 말씀의 올바른 이해〉 하나뿐이었다. 하지만 한국창조과학연구원 홈페이지와 유튜브 채널, 나아가 주요 구성원의 페이스북 페이지에서도 유사한 문제를 지닌 게시물이 다수 발견되기까지는 그리 오랜 시간이 걸리지 않았다.

이때 발견된 게시물 중 〈예수님의 꼬리: 복음서는 어떻게 말하는가?〉나 〈인간과 공룡이 공존했다는 증거 (10): 오하이오주의 개구리 인간〉 등 일부는 해외의 이단적 창조과학 단체가 쓴 글을 번역한 것으로 나중에 밝혀졌으나, 나머지는 전부 한국창조과학연구원에서 자체적으로 작성한 내용인 것으로 보였다. 한편 이들 게시물의 작성에 가장 주도적으로 관여한 사람은 한국창조과학연구원 이사이자 학술위원회 위원장인 장대웅 박사였다. 지난 6월 초에 콩고공화국으로 창조과학 탐사를 떠났다는 소식이 교계 언론에 대대적으로 보도된 바 있는 장대웅 박사가, 겨우 한 달 남짓 지나서 이번에는 불미스러운 일로 성도들의 입에 오르내리게 된 셈이었다.

이 사실을 알게 된 각 교단은 먼저 장 박사의 공식적인 해명과 단체 차원의 징계를 한국창조과학연구원에 촉구했다. 하지만 장 박사는 홈페이지와 페이스북에서 활발히 활동하는 와중에도 해명 요구에만큼은 전혀 응답하지 않았다. 한편 한국창조과학연구원은 '일부 교단의 무분별하고 반성경적인 의혹 제기에 절대 굴하지 않을 것'이라는 입장문을 게시하여 각 교단의 이대위를 매우 당혹게 했다. 일각에서는 당장이라도 장 박사와 한국창조과학연구원에 대한 규탄 성명을 내야 한다며 격분했지만, 연구원 내에 갑작스레 어떤 신앙적 문제가 생긴 것은 아닌지 염려한 전문가도 적지 않았다. 현재 예장통합 이대위에 몸담고 계신 필자의 은사 송경호 목사님도 그중 하나였다.

송경호 목사님께 이야기를 전해 들은 필자 역시, 지

금껏 창조 질서 증거와 청소년 사역에 누구보다 헌신하
던 단체가 이처럼 갑작스레 이단으로 기울어버렸다는 사
실을 상식적으로 이해할 수가 없었다. 그런 만큼 한국창
조과학연구원과 장대웅 박사가 지금처럼 황당무계하기
그지없는 이단 사상에 빠지기까지의 경위가 자못 궁금해
지기도 했다. 따라서 필자는 은사님께 도움이 될 만한 자
료도 수집할 겸 하여 이번 사건을 손수 자세히 파헤쳐보
기로 마음먹었다. 아래에 이어질 내용은 약 1개월 반에
걸친 그 조사를 통해 필자가 알아낸 바를 나름대로 정리
한 결과물이다.

2. 한국창조과학연구원과 장대웅 박사에 대해

이번 사건의 올바른 이해를 위해, 먼저 이단 시비의
대상이 된 한국창조과학연구원과 장대웅 박사의 지난 행
적을 간략히 소개하고자 한다.

한국창조과학연구원(대표 김신희 교수)은 한국 창조과
학의 태동기였던 1983년에 서울 소재 대학교의 기독교인
교수와 학생들이 주축이 되어 세운 단체로, "진리로 하나
님의 도를 가르치시며"(〈마태복음〉 22:16)를 신조로 삼아
꾸준히 학술 및 전도 사역을 진행해왔다. 초기의 활동은
주로 캠퍼스를 중심으로 한 명사 초청 특강, 창조과학 세

미나, 진화론을 지지하는 학생들과의 공개 토론회 개최 등에 집중되었던 것으로 알려져 있다. 그러나 1990년대 들어서는 그 활동의 폭이 더욱 넓어져 해외 창조과학 도서 번역, 어린이용 창조과학 서적 자체 출간, 청소년 창조과학 캠프 주최 등이 주된 사역 터전이었다. 1989년부터 1992년에 걸쳐 자체 학술지《창조연구》를 발간했던 것 역시 주목할 만하다.

한편 근년에 들어 한국창조과학연구원의 사역 중 가장 돋보이는 것을 꼽자면, 역시 교계 언론을 통해 일반 성도들에게도 잘 알려진 창조증거탐사대 발족을 빼놓을 수 없다. 종래의 창조과학 '탐사 여행'이 이미 창조의 증거로 잘 알려진 그랜드캐니언 등의 명소를 단순 답사하는 데에 그쳤음을 한계로 지적하며, 한국창조과학원의 창조증거탐사대는 지금껏 알려지지 않은 창조의 증거를 직접 찾아 나서는 학술 탐사를 기치로 삼아 2015년부터 총 4회의 국내 및 해외 원정을 진행하였다. 그리고 이러한 창조증거탐사대의 활동을 발족 당시부터 가장 적극적으로 주도해온 사람이 바로 문제의 장대웅 박사다.

장대웅 박사는 서울대학교에서 박사학위를 취득하고 한국전자통신연구원에 재직한 경력을 지닌 통신공학 전문가로, 대중에게는 특히 창조과학 저술 및 강연 활동으로 널리 알려져 있다. 한국창조과학연구원 활동에 누구보다 열정적이었던 그는 해외 창조과학 논문을 번역하거나 직접 창조과학 칼럼을 써 연구원 홈페이지에 꾸준히 게재하는 한편, 본인의 페이스북 페이지에서는 특히 무신론자와 유신진화론자들을 여러 차례 예리하게 비판해 왔다. 최근 문제가 된 게시물들 대다수도 이러한 맥락에서 장 박사에 의해 업로드된 것으로 보인다.

창조과학자로서 장 박사의 주된 연구 주제는 공룡이 진화론자들의 주장처럼 '수억 년 전'에 살다가 멸종한 태곳적의 생물이 아님을 입증하고, 공룡과 인간이 태초에 함께 창조되어 같이 살았다는 확실한 증거를 찾아내는 데에 있었다. 2018년도에 전라남도 해남군에서 진행된 청소년 창조과학 여름 비전캠프에서 장 박사가 강연한 아래의 내용을 통해 그의 평소 신념을 어느 정도 엿볼 수 있다.

"진화론자들이 또 뭐라고 할까요? '성경에 진리가 담겨 있단 건 거짓말이다. 성경에는 공룡이 안 나오지 않느냐? 성경에 공룡이 나온다면 어디 한번 보여줘봐라!' 이렇게 막 조롱을 합니다. 그러면 또 우리 친구들은 어라? 그런가? 어디 보자⋯⋯. 양 나오고, 당나귀 나오고, 독수리 나오고, 그리고 뭐야, 돼지, 돼지 나오고. 그런데 공룡은 진짜 안 나오네? 그럼 성경에 모든 진리가 안 담겨 있을 수도 있겠네? 이렇게 그냥 혹해버린단 말이에요. 그런데 있죠, 그거는 창조과학을 안 배워서, 학교에서 진화론만 가르치고 창조과학을 안 가르쳐서 그렇습니다. 그러면 과연 창조과학에서는 뭐라고 하느냐? 자, 따라 해보세요. 다 같이. '성경에는 공룡이 나온다.' 다시 한번! '성경에는 공룡이 나온다!'"

"〈욥기〉 40장 15절 말씀. '이제 소같이 풀을 먹는 베헤못을 볼지어다.' 우리 친구들이 가져온 성경에는 여기에 '베헤못' 말고 다르게 적혀 있을 수도 있어요. 뭐라고 적혀 있죠? 그렇죠. 하마. 하마라고 된 성경이 있을 거예요. 그런데 그거 아닙니다. 베헤못은 사실 하마다? 절대 아니에요. 왜냐면 그 다음다음 구절 같이 보겠습니다. '그것이 꼬리 치는 것은 백향목이 흔들리는 것 같고.' 백향목이 뭐죠? 나무죠. 아주 커다란 나무. 높이가 25미터가 넘어요. 여러분, 하마 꼬리 어떻게 생겼는지 본 사람 있어요? 동물원에서? 못 보셨으면 지금 보여드릴게요. 자, 화면 보이시죠? 우와! 엉덩이가 진짜 크죠? 그리고 저 엉덩이 사이에, 너무 웃지 말고, 저기 사이에 늘어진 게 꼬리입니다. 우리 친구들 어떻게 생각하세요. 저게 나무 같나요? 하마만이 아니고 코끼리, 코뿔소, 진화론자들이 아는 동물 중에 소처럼 풀 뜯는 놈 뭐를 가져다 놔도 꼬리가 백향목처럼 길고 두꺼운 동물은 없어요. 하지만 우리 친구들은 그런 동물이 있었다는 사실을 알고 있죠. 뭘까요? 뭐죠? 그렇죠! 공룡! 공룡입니다."

"지금까지 고대 미술작품 속에 그려진 공룡의 모습을 살펴봤는데요, 그럼 이제 우리 친구들 또 궁금한 게 생겼을 거예요. '박사님! 그럼 지금은 공룡들이 다 어디 갔어요?' 궁금하죠, 그렇죠? 아까 제가 성경에 히브리어로 용, '탄닌'이라고 적힌 게 다 공룡이라고 했는데, 그 '탄닌'이란 단어가 스물여덟 번이나 나온다고 그랬잖아요. 그거는 당시 사람들한테 공룡이 굉장히 익숙한, 이를테면 우리가 호랑이나 사자를 생각하듯이, 그렇게 누구나 아는 동물이었을 거란 얘기거든요. 그만큼 잘 알려져 있던 동물이 과연 지금은, 뭐 진화론자들이 말하는 것처럼 운석이 떨어져서 다 으아아아! 하고 타 죽었을 리도 없는데, 진짜로 한 마리도 안 남고 세상에서 다 사라졌을까요? 그게 말이될까요? 우리 친구들은 어떻게 생각하세요?"

—이상 〈장대웅 박사님 2018 비전캠프 강연 영상〉에서 녹취 기록

이처럼 장대웅 박사는 공룡의 존재가 성경에 기록되어 있을 뿐 아니라, 지금도 세계 어딘가에 공룡이 살아남아 있으리라는 굳은 믿음의 소유자였다. 그런 만큼 그가 주최한 탐사의 목적이 공룡의 생존을 입증하는 데에 맞춰져 있었음은 당연하다. 실제로 장 박사는 2015년 3월에 열린 창조증거탐사대 발족식에서 "공룡의 생존 증거를 찾아냄으로써 진화론에 치명타를 입히고 성경이 참된 진리임을 입증하는 것"이 탐사대의 궁극적 목표임을 선언

46

한 바 있다.

이러한 장 박사의 신념에도 불구하고 창조증거탐사대의 제1회 탐사는 남해군 가인리 화석산지, 제2회 탐사는 미국 텍사스주의 공룡 계곡 주립공원(Dinosaur Valley State Park)에서 공룡과 인간 발자국이 공존하는 것으로 잘 알려진 화석들을 재차 확인하는 정도에 그쳤다. 하지만 파푸아뉴기니로 떠난 2018년의 제3회 탐사에서는 원주민들이 로펜(Ropen)이라 부르는 살아남은 익룡을 찾아 움보이섬(Umboi Island)을 짧게나마 방문하며 탐사대의 사명에 충실한 활동을 수행하는 한편, 현지의 한글 교실에 교과서와 창조과학 동화책을 기증하는 등의 뜨거운 선교 사역으로 국제적인 주목을 받기도 했다.

그리고 지난 3월, 한국창조과학연구원은 아프리카 중서부의 국가인 콩고공화국을 창조증거탐사대의 다음 목적지로 발표했다. 《라이프미션》과 《기독투데이》를 비롯한 유수의 교계 언론에 실린 보도자료에 따르면 탐사의 주된 목적은 "살아 있는 공룡이라고 널리 알려진 미지의 생물 모켈레음벰베(Mokele-mbembe)를 찾아내는 것"이었다. 이후 수개월간 몇 가지 우여곡절을 겪은 끝에 장 박사를 비롯한 네 명의 탐사대원은 지난 6월 10일 마침내 콩고공화국으로 향했고, 약 2주간의 사역을 마친 뒤 6월 29일 자로 전원 무사히 귀국하였다. 한국창조과학연구원의 이단적 언행은 그 직후부터 나타나기 시작하였기에,

필자는 가장 먼저 본 탐사가 정확히 어떻게 이루어졌는지 더욱 자세히 살펴볼 필요성을 느꼈다.

3. 제4회 창조증거탐사에 대해

제4회 창조증거탐사의 목표였던 미지의 생물 모켈레음벰베는, 알려진 바에 따르면 콩고공화국·콩고민주공화국·카메룬 등 중앙아프리카 지역에 널리 전해져 내려오는 전설상의 괴물이다. 그 이름은 현지 언어로 '강물의 흐름을 멈추는 것' 혹은 '무지개'를 의미한다고 알려져 있다. 지역에 따라 음보칼레무엠베(Mbokälemuembe), 리켈라벰베(Li'kela-bembe), 음불루엠벰베(Mbulu-em'bembe), 음쿠음벰부(M'kuoo-m'bemboo), 음케은베(M'ké-n'bé) 등의 여러 다른 이름으로 불리기도 하는 이 생물의 존재 여부와 정체는 예로부터 뜨거운 논쟁의 대상이었다.

이를테면 로리 뉴전트(Rory Nugent)나 레드먼드 오핸런(Redmond O'Hanlon)등의 탐험가들은 모켈레음벰베가 단지 원주민들이 우상으로 숭배하는 '위대한 정령(great spirit)'이자 '신비로운 동물(animal of mystery)'에 불과하며, 크기나 모습을 자유롭게 바꿀 수도 있고 눈을 마주치는 것만으로 사람을 죽일 수도 있는 상상 속의 존재이지 실존하는 생물은 아니라는 증언을 책에 실었다. 하지만 창조과학 연구자들은 원주민들이 모켈레음벰베를 코끼리처럼 크면서도 뱀처럼 긴 목과 꼬리를 지닌, 물에 살면서 과일을 주식으로 삼는 육중한 초식동물로 종종 묘사했다는 사실에 집중해왔다. 이러한 묘사는 책이나 영화를 통해 대중에게도 잘 알려진 브론토사우루스(Brontosaurus)나 디플로도쿠스(Diplodocus) 등 용각류 공룡의 모습을 연상케 한다.

그런 만큼 장대웅 박사가 오래도록 모켈레음벰베에 대한 관심을 표명해온 것은 전혀 이상한 일이 아니다. 장 박사는 저명한 모켈레음벰베 연구자인 로이 매컬(Roy Mackal)이나 윌리엄 기번스(William Gibbons) 등의 대표적 저서를 직접 번역해 출간했을 뿐 아니라, 모켈레음벰베 연구와 신앙생활을 직접적으로 관련짓는 글을 한국창조과학연구원 홈페이지에 여러 차례 게시하기도 하였다.

"잘 알려지지 않은 사실이지만, 1930년대 이후 사실상 정체되었던 모켈레음벰베 탐사에 다시 불이 붙는 과정엔 줄곧 복음의 씨앗이 함께하고 있었다. 그 씨앗을 심은 사람은 바로 오하이오주 출신의 목사 유진 토머스다. 토머스 목사는 아내인 샌디와 함께 장장 42년 동안 콩고에서 헌신하면서, 가톨릭밖에 들어와 있지 않던 땅에 참된 주님의 말씀을 전파하고 병원과 성경학교를 세운 목회자의 본보기다. 1979년에 공룡을 찾아 콩고로 온 로이 매컬과

제임스 파월을 맞이하여 탐사를 물심양면으로 지원한 사람 역시 토머스 목사였다. 또한 그는 콩고 선교 도중 현지인들에게 들은 귀중한 목격담 여럿을 파월과 매컬에게 전해주기도 했다.

토머스 목사가 전한 목격담 중 가장 유명한 것은, 당시로부터 약 20년 전쯤에 피그미족 원주민들이 콩고공화국 북부 리쿠알라주의 텔레 호수에서 모켈레음벰베를 사냥했다는 이야기였다. 이에 따르면 원주민들은 나뭇가지를 쌓아 물길을 막고 모켈레음벰베를 가둔 뒤 창으로 숨통을 끊는 데에 성공했지만, 그 고기를 먹은 사람들도 금방 전부 죽고 말았다고 한다. 토머스 목사로부터 이러한 이야기를 들은 덕택에 매컬은 비로소 텔레 호수에 공룡이 살아남아 있다는 사실을 확신할 수 있었고, 이는 그가 평생에 걸쳐 모켈레음벰베를 찾아 정글을 탐험하는 계기가 되었다. 토머스 목사를 통한 하나님의 인도하심이 한 학자의 삶을 바꿔놓은 것이다."

—이상 〈기도하는 마음으로 공룡을 찾아 나선 과학자들〉에서 발췌

장 박사가 언젠가 모켈레음벰베를 찾아 콩고공화국으로 떠나겠다는 꿈을 품었으리란 사실은 쉽게 유추할 수 있다. 하지만 문명의 손길이 거의 미치지 않는 열대우림 깊숙한 곳으로 탐사대를 보내는 일은 한국창조과학연구원의 규모와 자금력만으론 역부족이었다. 제1회에

서 제3회까지 창조증거탐사대가 콩고 땅으로 향하지 못한 것은 아마 그 때문이었을 것이다. 실제로 제4회 창조증거탐사대의 목적지를 공표한 지난 3월 이후 한국창조과학연구원은 자체적으로 성금을 여러 차례 모금하는 한편, 주요 교회와 교계 단체 곳곳에 탐사자금 지원을 부탁하는 메일을 보내기도 했다.

그중 콩고공화국 탐사가 성사되는 데에 가장 크게 이바지한 단체는 발걸음열방선교회(대표 임보혁 목사)였다. 마침 콩고공화국으로 선교사 파송을 준비하던 발걸음열방선교회는 원래 본인들의 선교 자금이 위험한 열대우림 탐사에 사용되는 것을 꺼렸다고 알려져 있다. 그런 선교회가 태도를 바꾼 이유는 명확하지 않다. 《조이풀뉴스》 2023년 6월 16일자 기사에는 선교회의 창립 회원인 어느 목회자의 성추행 의혹이 불거지자 이를 덮기 위해 '한국 최초의 대규모 창조과학 탐사 지원'을 대대적으로 홍보하기로 한 것이라는 내부고발자의 폭로가 실렸지만, 해당 폭로의 진위에 대해서는 아직 논란이 있기에 여기서는 속단을 아끼고자 한다.

정확한 이유가 어떠하였든, 장대웅 박사가 이끄는 제4회 창조증거탐사대는 발걸음열방선교회의 선교사 파송에 동행하는 형태로 콩고공화국의 수도 브라자빌(Brazzaville)을 향해 무사히 닻을 올렸다. 선교회를 통해 확인한 바에 따르면 탐사대의 첫 일정은 사전 협의대로 브라자빌 곳곳의 교회와 학교를 돌며 과학 교육 봉사 및 창조과학 강연을 진행하는 일이었다. 그러는 동안 장 박사는 본격적인 탐사를 준비하고자 현지 여행사인 콩고 와일드 투어스(Congo Wild Tours)와도 여러 차례 접촉했다. 조사 결과 콩고 와일드 투어스는 해외 유명 방송사의 다큐멘터리 촬영이나 창조과학 연구자들의 탐사에도 동행한 적이 있는 신뢰할 만한 업체로 밝혀졌으며, 필자가 이메일로 보낸 문의에도 여러 차례 성실히 응답해주었다. 콩고에서 장 박사 일행에게 벌어진 일에 대해 자세히 알 수 있었던 데에는 해당 업체의 도움이 무엇보다 컸다.

본격적인 탐사 일정은 예정된 강연을 전부 마친 이틀 날부터 시작되었다. 여행사에 따르면 탐사대는 먼저 가이드와 함께 비행기를 타고 리쿠알라주의 도시 임퐁도(Impfondo)로 향했고, 그곳에서 차량으로 에페나(Epena)까지 가 보호구역 출입 허가를 받은 다음, 다시 배를 타고 보호구역의 입구인 원주민 마을 보하(Boha)에 도착했다. 그곳에서 도보로 열대우림을 뚫고 이틀을 걸어가면 과거에 모켈레음벰베가 사냥당해 잡아먹혔다는 텔레 호수(Lake Tele)가 나온다. 탐사대는 텔레 호수에서 사흘간의 캠핑을 마친 뒤 갔던 길을 되돌아왔고, 출발 12일 뒤에는 가이드와 함께 브라자빌로 귀환했다. 원래 모든 여정을 마친 뒤에는 브라자빌에서의 선교 사역이 추가로 예정되어 있었으나, 장 박사를 비롯한 탐사대원들은 건강 문제를 이유로 이를 취소한 뒤 예정보다 빠르게 귀국하였다.

12일간의 모켈레음벰베 추적과 그 전후 콩고공화국에서 행한 사역에 대해서는, 장 박사를 포함한 탐사대원들이 귀국 후 한국창조과학연구원 홈페이지에 올린 보고서와 후기에 어느 정도 내용이 공개되어 있다. 하지만 각 게시물을 살펴보던 도중 필자는 몇 가지 의아한 부분을 발견하였다. 그 대부분은 교계에서 우려하는 직통계시나 환상 등의 극단적 신비주의 뉘앙스를 담고 있었으며, 무엇보다 탐사대원들 사이에서도 증언이 정확히 일치하지 않았다. 이에 필자는 탐사대와 동행한 콩고 와일드 투어스의 가이드 앙투안 아냐냐(Antoine Agnangna)에게 실제로 어떠한 일이 일어났는지 여러 차례 문의하였고, 그 결과 더욱 큰 사실관계의 불일치를 확인할 수 있었다. 해당 내용을 아래에 자세히 기재한다.

4. 탐사대 증언의 불일치에 대해

4.1. 보하에서 일어난 일에 대해

앞서 적었듯 제4차 창조증거탐사대는 텔레 호수로 향하기 전 원주민들이 거주하는 마을인 보하에 잠시 머물렀다. 보하의 주민들은 텔레 호수를 둘러싼 보호구역의 소유권을 상당 부분 인정받고 있기에, 텔레 호수에 방문하길 원하는 외부인은 누구든지 당국의 허가뿐만 아니라 마을을 다스리는 촌장들의 허가 또한 받아야 한다. 허가 과정에는 원주민들의 조상신과 숲의 정령들에게 안전을 기원하는 의식도 포함되어 있다.

장 박사 일행은 이러한 의식에 참여하기를 단호히 거부했으며, 이는 한국창조과학연구원 홈페이지의 게시물과 가이드의 증언에서 모두 확인할 수 있었다. 하지만 이에 대한 마을 사람들의 반응이 어떠하였는지에 대해서는 양쪽의 주장이 극명히 엇갈렸다.

"창조의 증거를 찾아온 사람이 우상 숭배 제사에 동참할 수는 없었다. 그렇다고 여기까지 와서 그냥 돌아갈 수도 없는 노릇이었다. 대체 어떻게 해야 할지 고민하던 도중 나는 불현듯 깨달았다. 어차피 하나님의 뜻을 따라가는 길이니, 하나님의 뜻대로 하면 되지 않겠는가? 그렇게 생각하며 나는 가방에서 성경을 꺼내 촌장에게 대뜸 내밀었다. 그러고서는 한국말로 떳떳하게 말했다.

"하나님께서 저를 지켜주십니다."

그러자 곧 놀라운 일이 일어났다. 분명 내 말을 알아듣지 못했을 텐데도, 마을 사람들이 높이 치켜들었던 창을 하나둘씩 거두는 것이 아닌가! 살기등등했던 분위기는 금세 누그러졌다. 자기들이 믿는 어떤 귀신보다도 더욱 강하신 분이 나와 함께하심을 본능적으로 알아본 것이었을까? 참으로 은혜로운 경험이라 아니할 수 없었다."

—이상 〈주님이 살아 계심을 보았다!: 제4차 창조증거탐사대 결과보고(5)〉에서 발췌

"장 박사는 절대 의식을 치르지 않겠다고 버텨서 일행을 곤란하게 했다. 다행히도 마을에 상주하던 현지인 선교사가 촌장들을 설득했고, 그들은 곧 짐꾼을 더 고용하고 추가금을 넉넉히 내면 의식을 생략해도 좋다는 의사를 전해왔다. 내 말을 들은 장 박사는 추가금을 현금이 아닌 성경과 의약품으로 주면 어떠하겠냐는 의사를 표했지만, 이를 굳이 통역하지는 않았다."

—이상 앙투안 아나냐의 메일에서 발췌·번역

4.2. 정글에서 느낀 기척에 대해

보하를 떠나 텔레 호수까지 가는 도중, 장 박사는 "근처에서 무언가 큰 것이 움직이는 듯한 기척"을 느꼈다고 모든 후기와 보고서에 똑같이 적었다. 일부 게시물에는 "한밤중에 분명히 땅이 울리는 것을 느꼈다", "짐꾼으로 동행한 원주민들은 눈에 띄게 두려워했다" 등의 묘사가 포함되어 있었으나 일관적이지는 않았다. 한편 가이드는 다음과 같이 답변했다.

"내가 기억하는 한 그와 같은 일은 한 번도 일어나지

않았다. 둘째 날 고릴라 무리가 주변에 있는 것을 파악하고 잠시 멈춰 선 적은 있는데, 그러한 경험을 착각한 것이 아닐까 한다. 텔레 호수 주변에는 고릴라가 아주 많기 때문이다."

—이상 앙투안 아나나의 메일에서 발췌·번역

4.3. 텔레 호수에서 목격한 것에 대해

장 박사 일행의 증언에 따르면, 최종 목적지였던 텔레 호수에 도착한 이튿날 이른 아침에 탐사대는 모켈레 음벰베임이 틀림없는 동물을 직접 목격하였다. 이 내용은 탐사대원들이 올린 거의 모든 게시물에 유사하게 나타났지만, 그 세부 사항을 살펴보자 금방 수많은 불일치가 발견되었다. 이를 요약하면 다음과 같다.

"호숫가를 걸어가는 거대한 동물의 모습을 지척에서 보았다. 몸집은 코끼리보다 더 컸고, 뱀처럼 긴 목과 꼬리가 달려 있었으며, 색은 불그스레한 회색이었다. 옆구리에는 무언가에 깊이 찔린 상처가 난 것 같았다. 그것은 아주 온순했기에, 우리는 심지어 그것이 누워 쉬는 물가까지 다가가 상처에 손가락을 집어넣어볼 수도 있었다." (장대웅 박사)

"처음에는 하마나 코뿔소인 줄 알았다. 하지만 그것이

호수를 가로질러 우리가 텐트를 친 곳으로 다가오자 곧 내가 잘못 생각했다는 사실을 깨달았다. 그것의 정수리에는 긴 뿔 하나가 달려 있었고 꼬리는 뱀처럼 길었다. 이윽고 호숫가에 올라온 그것의 양쪽 앞발에는 흉터가 하나씩 있었다. 큼지막한 못에 양발을 찔렸다가 아문 자국처럼 보였다."(한승중 탐사대원)

"거센 바람에 텐트가 날아가지 않도록 붙잡고 있던 도중, 아주 커다란 구렁이를 닮은 길고 새카만 민달팽이 한 마리가 호수 건너편 둑에 뚫린 굴에서 기어나와 물을 건너는 것이 보였다. 민달팽이의 등에는 톱니 모양 돛이 삐죽삐죽하게 돋아나 있었고, 신기하게도 물속을 헤엄치는 게 아니라 물 위를 미끄러지듯이 기어가는 듯했다. 그것이 호수 한복판에 도달할 무렵 풍랑이 기적적으로 잦아들었다."(주성은 탐사대원)

"호수에 그물을 던지며 물고기를 잡던 마을 사람들이 깜짝 놀라 웅성대고 있었다. 가까이 가서 보니 물고기가 그물에 가득 차서 끌어 올리기 힘들 지경이었다. 그중 한 그물에는 엄청나게 크고 새하얗게 빛나는 거북이 걸려들었는데, 목은 길었고 머리에는 뿔이 나 있었다. 마을 사람들이 거북을 물에 놓아주자, 그것은 물 위를 걸어 우리에게 천천히 다가왔다."(최기채 탐사대원)

탐사대원들의 게시물 중 일부에는 문제의 동물을 찍었다는 사진도 함께 올라와 있었다. 다만 사진이 지나치게 흐릿했기 때문에 탐사대원들이 묘사한 것과 같은 동물이 찍혀 있는지는 판별할 수 없었다. 앞선 경험담에서와 마찬가지로 가이드는 텔레 호수에서 탐사대가 미지의 동물을 목격했다는 이야기 전체를 부정했으며, 필자가 보내준 사진은 "물에 뜬 통나무를 찍은 것"이라고 일축했다.

4.4. 병 고침의 은사에 대해

텔레 호수에서의 캠핑을 마치고 보하에 돌아와 휴식을 취하던 도중, 장 박사는 갑작스러운 고열과 어지럼증 등의 증상을 보이다가 이내 혼수상태에 빠졌다. 보하에는 마땅한 병원이나 의약품이 없었기에, 일행은 배로 다섯 시간 거리에 있는 에페나까지 장 박사를 급히 데려가기로 했다. 그때 보하에 와 있던 현지인 선교사가 장 박사를 보겠다고 나섰다. 이후 일어난 일에 대한 관련자들의 증언은 다음과 같다.

"아, 이렇게 죽는구나! 말도 통하지 않는 이 만리타향에 내가 묻히겠구나! 그런 생각에 사로잡힌 채 고통 속에서 신음하던 바로 그때 (……) 귓가에 예수님의 음성이 똑똑히 들려왔다.

"네가 진실로 나를 믿느냐?"

나는 조금의 주저함도 없이 세차게 고개를 끄덕였다. 그러자 예수님께서 다시 물으셨다.

"네가 진실로 나를 위하여 증언하겠느냐?"

그리하겠나이다! 제가 주님의 증인이 되겠나이다! 그렇게 속으로 외치는 순간, 주님의 보혈이 내 벌어진 입속으로 흘러 들어오는 게 느껴졌다. 그 보혈은 진리였고 생명이었고 사명이었으며 또 말씀이었다. '오직 성령이 너희에게 임하시면 너희가 권능을 받고 예루살렘과 온 유대와 사마리아와 땅끝까지 이르러 내 증인이 되리라!(〈사도행전〉 1:8)' 그 말씀을 듣자마자 나는 몸이 씻은 듯이 나았음을 직감했다. 아니나 다를까, 방금까지 깨질 것 같았던 머리가 맑아지더니 팔다리에도 서서히 힘이 돌아오는 게 아닌가!"

— 이상 〈주님이 살아 계심을 보았다!: 제4차 창조증거탐사대 결과보고(9)〉에서 발췌

"선교사님께서는 먼저 감자처럼 생긴 열매를 꺼내 반으로 쪼개더니, 노란 속살의 즙을 짜서 박사님의 입에 흘려넣어주셨습니다. 그런 다음에는 박사님의 손을 붙잡고 기도를 시작하셨는데, 비록 무슨 내용인지 알아들을 수는 없었으나 박사님이 빨리 낫기를 바라는 마음만큼은 틀림없이 전해졌습니다. (……) 몇 분 지나지 않아 정말로 박사님께서 눈을 뜨신 것입니다! 우리는 눈물을 흘리며 선교사님께 감사를 드렸고, 선교를 위해 가져온 영문 성경도 한 권

건네드렸습니다. 선교사님께서는 한사코 거절하셨지만 결국에는 우리의 성의를 받아들여 주셨습니다."

―이상 〈제4차 창조증거탐사 후기(주성은 대원)〉에서 발췌

"장 박사를 치료한 '선교사'는 매우 이상한 사람이었다. 나는 그가 남자였는지 여자였는지, 젊은이였는지 늙은이였는지, 키가 컸는지 작았는지도 전혀 확신하지 못하겠다. 그는 장 박사의 배 위에 올라앉아 목과 가슴을 마구 짓눌렀고, 이 지역의 정글에서 나는 과일인 말롬보(Malombo)를 씹어 삼켰다가 새김질해 장 박사의 입에 토해내길 반복했으며, 그 사이사이에 '받아서 먹으라', '이것은 내 몸이니라'라는 말을 계속 중얼거렸다. 깜짝 놀란 내가 도대체 무얼 하는 것인지 묻자, 그는 심한 사투리가 섞인 말투로 이렇게 답했다.

"나는 예수의 살이 되었다. 그 목사가 그렇게 했다. 내가 잡아먹혔다는 이야기를 냉큼 주워서 자기네 신의 증거라고 퍼뜨렸다. 내 고기를 예수에게 먹였다! 이제는 내 차례다. 내가 예수를 배 속에서부터 뜯어 먹겠다. 앞으로는 예수가 내 살이 될 것이다."

이 혼란스러운 대답을 듣고서 그가 정말로 선교사가 맞는지 의심하게 된 나는, 이번엔 그의 소속과 이름을 물었다. 그의 대답은 이러했다.

"나에게는 많은 이름이 있다. 하지만 무엇이 진짜 이

름인지는 아무도 모른다. 나의 진짜 이름은 예전에 먹혔으니까. 그래도 내가 누구인지 알고 싶은가? 나는 약속의 증거다. 나는 요단강의 흐름을 멈추는 자다. 나는 참된 말롬보 덩굴이다. 나는 생명을 주는 녹말떡(Foufou)이다. 내가 잡아먹은 것이 곧 나이기 때문이다."

그로부터 얼마 지나지 않아 박사가 눈을 떴기 때문에, 나는 선교사를 추궁하길 그만두었다. 하지만 그가 장 박사 일행으로부터 커다란 날고기 덩어리를 받아 들고 텐트를 떠나던 모습만큼은 똑똑히 기억한다. 이후로 보하를 떠날 때까지 선교사의 모습을 다시 볼 수는 없었다."

—이상 앙투안 아냐냐의 메일에서 발췌·번역

보하에서 장 박사가 겪었다고 하는 병 고침 은사에 대한 증언을 모으면서, 필자는 장 박사가 직접 번역한 모켈레음벰베 연구자 기번스의 책《콩고의 신비동물 모켈레음벰베》속의 일화 하나를 떠올렸다. 1986년에 임퐁도에서 밤을 보내던 도중 기번스는 마귀의 영에 짓눌려 몸이 마비되는 일을 겪었는데, 유진 토머스 목사의 말을 떠올리고 예수님께 도움을 요청하자 마귀는 곧 물러났고 몸도 다시 움직일 수 있게 되었다. 한때 심령술과 타로카드 등에 빠져 살았던 기번스는 이 일을 계기로 토머스 목사의 세례를 받고 단순한 탐험가가 아닌 독실한 기독교인으로 거듭나, 지금도 창조과학자로서 모켈레음벰베의 존재를 증명하는 데에 힘쓰고 있다.

물론 장 박사를 비롯한 관계자 전원이 기번스의 이 일화를 베껴 거짓말을 한다고 주장하려는 생각은 추호도 없다. 다만 장 박사의 경험담과 기번스의 일화 사이에서 보이는 유사성을 완전히 간과하기는 힘들다는 것이 필자의 조심스러운 견해이다.

5. 게시물 속의 이단 사상에 대해

지금까지 설명한 것처럼 제4차 창조증거탐사에 참여한 대원들의 증언에는 의아하거나 모순되는 점이 적지 않았으나, 적어도 그 내용이 명백하게 이단적이라고까지 단언할 근거 또한 발견되지 않았다. 한국창조과학연구원이 이단적 내용을 담은 게시물을 공개하기 시작한 것은 탐사대원들의 보고서와 후기가 전부 게재된 이후부터였던 것으로 보인다. 그러한 게시물 중 필자가 찾을 수 있었던 가장 최초의 것은, 바로 7월 9일에 한국창조과학연구원 대표 김신희 교수가 업로드한 〈제4차 창조증거탐사 성과 발표 세미나 후기〉였다.

"발표회의 하이라이트는 탐사대원들이 찍어 온 사진을 두고 열린 토론이었다. 비록 사진 대다수가 흐릿한 점은 아쉬웠지만, 참석자 전원은 그 사진들이 예수님께서 콩고 밀림 속에 살아 계신다는 확고한 증거임에 반론을 제기하지 않았다. (……) 주님이 그 크신 목과 백향목 같은 꼬리로 자신을 감싸 안는 것을 느꼈다는 대원들의 증언에 발표회장은 감동의 탄성으로 가득 찼다."

—이상 〈제4차 창조증거탐사 성과 발표 세미나 후기〉에서 발췌

이날 이후로 한국창조과학연구원이나 그 회원들에 의해 인터넷에 업로드된 게시물 전부를 꼼꼼히 읽어보니, 이단 사상이 포함되지 않은 경우를 찾기가 힘들 정도였다. 지난 7월에 이단적이라고 지목된 게시물들은 그야말로 빙산의 일각에 지나지 않았다. 하지만 이단적 게시물의 절대량보다 더욱 우려되었던 것은 그 사상의 해괴망측함이었다. 주장하는 바가 상식적으로도 신학적으로도 이해하기 힘들어 필자의 능력으로는 도무지 제대로 정리할 수가 없었기에, 여기에서는 문제가 되는 게시물들로부터 이단 사상의 핵심이라 생각되는 구절만을 추려 소개하는 것으로 갈음하고자 한다.

"베헤못은 과연 어떤 공룡이었을까? 과거의 창조과학자들은 베헤못이 '요단강 물이 쏟아져 그 입으로 들어가도 태연'(〈욥기〉 40:23)하다는 이유로 매우 거대한 용각류 공룡이리라고 추측했으나, 그러한 추측은 베헤못이 '연잎

아래에나 갈대 그늘에서나 늪 속에'(《욥기》 40:21) 엎드린다는 구절과 모순된다. 하지만 베헤못이 갈대 그늘에 숨을 수 있을 정도로 작은 공룡이었다면, 어째서 성경은 몸길이가 30미터 이상이고 몸무게도 60톤이 넘었던 육중한 아르겐티노사우루스(Argentinosaurus)와 같은 공룡들을 제치고 베헤못을 '하나님이 만드신 것 중에 으뜸'(《욥기》 40:19)이라고 말하는가?

이 구절이 베헤못의 크기가 아닌 특별함을 강조한다고 해석하면 수수께끼는 곧장 풀린다. 히브리어 원문에서 '으뜸'은 '레쉬트'(ראשית)로 표기되어 있는데, 이는 '최초' 또는 '첫째 소출'을 뜻하기도 한다. 하나님의 첫째 소출은 무엇인가? 그것은 독생자이신 예수 그리스도일 수밖에 없다! 하나님은 욥에게 당시 흔한 동물이었던 한낱 공룡을 보여주신 것이 아니라, 독생자로 이 땅에 오실 왕 중의 왕 예수님의 존재를 예언하심으로써 그 권능을 보이신 셈이다."

—이상 《〈욥기〉 40장 말씀의 올바른 이해》에서 발췌

"한 번이라도 복음서를 제대로 읽어본 사람이라면, 예수님이 결코 우리와 같은 인류일 수 없단 사실을 부정하지 못할 것이다. 인간이 처녀수태로 태어날 수 있는가? 물 위를 걸을 수 있는가? 못에 박히고 창에 찔려 십자가에 매달렸다가 부활할 수 있는가?

하지만 자연계에는 이미 이와 같은 놀라운 능력을 지

닌 생물들이 존재한다. 이를테면 육중한 코모도왕도마뱀을 비롯한 여러 파충류는 종종 단성생식으로 새끼를 낳는다. 중남미의 바실리스크도마뱀은 물 위를 달릴 수 있어 '예수 그리스도 도마뱀'이라고도 불린다. 또한 파충류와 양서류의 놀라운 자기재생 능력은 오래도록 과학자들을 괴롭혀왔는데, 그중에서도 도롱뇽 종류에 속하는 아홀로틀은 팔다리가 잘리는 등 사람에게라면 치명적일 부상조차 너끈히 회복할 수 있다.

이외에도 길게 늘어나는 카멜레온의 혀는 채찍처럼 휘두르는 무기가 될 수 있고, 어떤 종의 두꺼비가 분비하는 독은 사람을 취하게 하는 향정신성 물질이기에 물에 타면 술과 같은 작용을 할 수 있으며, 여러 종의 뱀이나 개구리가 지닌 치명적인 독 중에는 무화과나무를 순식간에 말려 죽일 수 있는 것이 있을지도 모른다―바로 예수님께서 하셨던 것처럼!"

―이상 〈도마뱀으로 이 땅에 오신 예수님〉에서 발췌

"다음으로 〈출애굽기〉 34장 29절 말씀 보겠습니다. '모세는 자기가 여호와와 말하였음으로 말미암아 얼굴 피부에 광채가 나나 깨닫지 못하였더라'. 자, 여기서 '광채'라는 단어 주목합시다. 히브리어로는 '케렌'입니다. 케렌. 케렌에는 두 가지 뜻이 있어요. 하나는 광채, 또 하나는 뿔. 아마 방금 이렇게 생각하셨을 거예요. 에이, 사람 얼굴에 어떻게 뿔이 나냐. 그런데 여러분, 그러면 광채가 날 수는 있습니까? 사람의 얼굴이 직접 빛을 발할 수 있어요? 성경에서 직접 광채가 난다고 묘사되는 건 전부가 하나님, 예수님, 성령님뿐입니다. 모세가 그럴 순 없어요. 모세의 얼굴에는 뿔이 돋은 겁니다. 광채가 아니라.

(……) 얼굴에 뿔이 난 사람이 성경에 모세만 나올까요? 여기서 〈욥기〉 다시 보겠습니다. 〈욥기〉 이제 지긋지긋하시겠지만 그래도 한 구절만 더 짚고 넘어갈게요. 〈욥기〉 마지막 장, 42장 14절. 욥이 새로 얻은 딸들 이름이 나와요. 첫째랑 둘째는 안 중요하니까 넘어가고, 셋째 딸 이름이 게렌합북입니다. 여기서 이 '게렌'이 뭘까요? 게렌, 케렌, 뿔이죠 뿔. '합북'은 뭐냐? 그 여자들 눈에 바르는 거 있죠? 화장품? 마스카라, 맞다, 마스카라. 게렌합북은 말하자면 눈화장의 뿔, 뿔로 한 눈화장, 그런 뜻이 됩니다. 이게 뭘까요? 그렇죠. 딸이 눈가에 이렇게 뿔처럼 튀어나온 게 있어갖고, 마스카라를 안 발라도 그늘이 지니까 자연스레 화장한 것처럼 참 곱고 예쁘더라. 그런 애정을 담은 이름입니다. 우리, 눈가에 뿔 달린 동물 뭔지 알죠? 아까 말했으니까 다 기억하죠? 그렇죠, 트리케라톱스."

—이상 〈장대웅 박사의 창조과학 강좌(29)〉에서 녹취 기록

이처럼 이단적이고 신성모독적이라고밖에 말할 수 없는 주장들에 크게 충격받은 한편으로, 필자는 대체 장

대웅 박사가 어떠한 심경으로 이러한 주장을 하고 있는지 만나서 직접 이야기를 들어야겠다는 결심을 굳혔다. 어떠한 해명도 의사소통도 없이 교단에 대한 비방만을 거듭하던 한국창조과학연구원을 통해 연락을 취하는 일은 쉽지 않았으나, 필자는 교계 인맥을 총동원한 끝에 마침내 장 박사와 개인적으로 대면하는 약속을 잡는 데에 성공했다. 약속 일자는 바로 지난 8월 20일이었다.

6. 장대웅 박사와의 대면

관악구의 한국창조과학연구원 사무실 근처 카페에서 마침내 만난 장 박사는, 우려와는 달리 목소리도 얼굴빛도 매우 건강해 보였다. 간단한 안부 인사를 나누는 동안에도 특별히 이상한 기색은 눈에 띄지 않았다. 하지만 이단성 시비에 대한 화제를 꺼내자 장 박사의 태도는 돌변했다. 목에 핏대를 세우고 목소리를 높여가며, 장 박사는 "자칭 보수 교단이라는 놈들이 진화론자들의 이간질에 넘어가, 영적 전쟁의 최전선에서 무신론적 인본주의 사상과 싸워온 창조과학자들을 오히려 이단이라고 배격하는 현실"에 대한 분노를 토해냈다.

그가 올린 게시물 속의 이단 사상을 지적했을 때도 마찬가지였다. 자신이 이단적인 주장을 하였다는 자각

자체가 없는 듯, 그는 성경을 있는 그대로 해석하는 것이 복음주의의 핵심 아니냐는 원론적 이야기만을 반복할 뿐이었다. 그러는 동안에도 이단적 언설을 끊임없이 쏟아 낸 것은 물론이었다. 당시 녹취한 내용 중 일부를 여기 그대로 옮긴다.

"나는 어, 나는 누구보다 주님을 굳게 믿는 사람이에요. 왜냐? 텔레 호수에서 주님을 직접 봤거든. 내가 쓴 글 봤으면 선생님도 알잖아, 응? 1959년도에 주님께서 원주민들에게 자기 피와 살을 나눠 주신 바로 그곳에 내가 다녀왔단 말이야. 그런데 내가 어, 어떤 고난과 박해가 있어도, 그 누가 돌을 던진다고 해도, 주님께서 멸종하지 않고 콩고 밀림에 엄연히 살아 계신다는 성경적이고 과학적인 사실을 부정할 수 있을까? 못 하지. 나는 그런 거는 못 해요.

유진 토머스 목사, 또 윌리엄 기번스, 그런 사람들의 문제가 뭐였느냐? 우리 주님을 데려다가 자기 믿음을 증명하기 위한 수단으로만 써먹었어요. 증언을 견강부회로다가 갖다 붙이고, 가끔은 조작도 슬쩍 하고. 그래서 주님께서 어떻게 되셨는데. 신앙과 공경의 대상이 아니라 그냥 세상적인 흥밋거리, 애들이 좋아하는 무서운 공룡, 그렇게 됐잖아요. 본래 모습도 이름도 모르게 됐단 말이야. 잡아먹히신 거지요, 말하자면.

나는 그런 포스트모더니즘 인본주의 마귀 사상에 우리

68

가 더 뜨겁게, 함께 맞서야 한다고 생각해요. 주님께서 다리 달린 뱀이든 구렁이든 거북이든, 용각류든 아님 각룡류든, 어떠한 모습으로든 나타날 수 있으심을 우리가 진심으로 온 마음 다해서 믿어야 한다고. 창조과학 사역은 다른 게 아니라 그게 목적이어야 돼요. 콩고 밀림 깊은 곳에 주님이 실존하신다는 증거를 성경에서 찾기 위한 예배이자 묵상이 되어야 한다고. 알아듣겠어요?"

—이상 장대웅 박사의 발언을 녹취 기록

7. 마치며

한국창조과학연구원과 장 박사의 이단성 여부는 9월 중순의 각 교단 총회에서 의결되겠지만, 현재로서 그 결과가 어떻게 나올지는 더 논할 여지가 없어 보인다. 이 글을 쓰는 동안에도 장대웅 박사는 본인이 기존에 펴낸 아동용 창조과학 서적의 개정판 발간을 예고하며, 예수님을 거대한 도마뱀이나 공룡으로 묘사한 스케치 10여 점을 페이스북 페이지에 게재하였다. 한편 한국창조과학연구원은 미국 최대의 개신교 교단인 남침례회(SBC)에서 제명된 것으로 알려진 몇몇 해외 창조과학 단체들과의 합동 세미나를 발표하였고, 청소년층을 대상으로 한 창조과학 캠프와 강연도 계획하고 있어 이단 사상의 확산이 우려되는 실정이다. 실제로 송경호 목사님의 말씀으로는 이미 몇몇 대형 교회의 청소년부와 청년부에서 그 영향이 확인되었다고 하니 필자로서도 걱정을 금할 길이 없다.

마음 같아서는 장대웅 박사와 며칠 밤을 새워서라도 이야기를 나누어 그의 신앙을 올바른 길로 되돌리고 싶지만, 위에 적은 마지막 대면을 끝으로 장 박사는 어떠한 연락도 받지 않았다. 필자가 한국창조과학연구원 사무실에 직접 찾아갔을 때도 마찬가지였다. 사무실 문은 굳게 잠긴 채 아무리 두드려도 열릴 기색이 없었고, 안에서는 장 박사를 비롯한 여러 사람이 통성기도하는 소리가 어렴풋하게 들려왔다. 기괴하게 울부짖고 흐느끼며 중얼거리는, 기독교인들의 통성기도라고는 믿기 힘들 정도로 소름 끼치는 소리였다. 한때 그들이 신앙의 형제자매이자 하나님의 일꾼이었음을 알려주는 흔적이라고는 오로지 기도 중간중간에 되풀이해서 들려오는 성경 구절 하나뿐이었다.

"내 살을 먹고 내 피를 마시는 자는 내 안에 거하고 나도 그의 안에 거하나니."(《요한복음》 6:56)

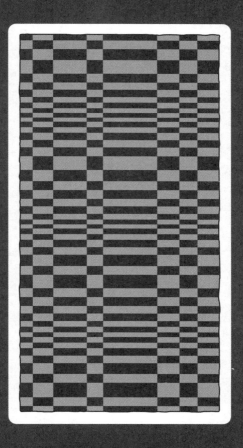

최의택

"해수야!"

말자 씨의 뭉친 어깨를 집중적으로 주무르고 있는데 방문을 벌컥 열어젖히고 복순 씨가 날 불렀다. 나는 물론이고 내 앞에 누워 코까지 골아가며 잠을 자던 말자 씨가 소리에 놀라 컥 하고는 일어났다.

"끝난 겨?"

"아니요, 아직……."

내 말을 끊고 복순 씨가 고함치듯 말했다.

"아유, 지금 그것이 문제가 아니여! 나와봐, 언능!"

복순 씨는 마을에서도 답답하기로 이름난, 말하자면 충청도 사람들의 충청도 사람이었다. 본인이 노래를 부르는 대로라면 대대로 명성이 자자한 정승 집안의 귀한 막내딸이라 그렇다지만 확인된 사실은 아니었다. 그러나 실제로 복순 씨에게는 답답함과 품위 사이의 뭔가가 있었고, 그런 복순 씨가 저리 성화를 내는 것이 일단은 신기해서 나와 말자 씨는 본의 아니게 평소보다 더 느릿느릿 움직이다가 또 한 번 복순 씨의 성화에 몸을 움츠렸다. 거실에서 다음 순서를 기다리던 사람들과 이미 내 손을 거치고도 그냥 눌러앉아 남편 욕 자식 욕 손주 자랑을 하며 화투를 치던 사람들이 우리를 기웃거렸다. 복순 씨는 아예 날 밀치고 밖으로 나갔다. 나는 얼결에 신발을 꿰어 신으며 말했다.

"왜요? 누가 위독해요? 그럼 제가 아니라 의사를 불러야죠."

하지만 그런 일은 아니라는 감이 왔다. 옆에서 본 복순 씨한테서 흥분의 냄새가 났기 때문이었다. 복순 씨의 이런 모습을 처음이자 마지막으로 본 것은 작년 겨울이었다. 밤새 끙끙 앓으며 죽었다 깨어난 복순 씨가 나한테 대뜸 치료를 하라고 말했을 때, 그때도 복순 씨에게선 짙은 흥분의 냄새가 났었다.

대체 무슨 일일까. 나는 긴장해 두 손을 꼭 움켜쥐고 복순 씨를 따라 집 밖으로 나갔다.

어느덧 노란 옷으로 바꿔 입은 나무들로 물든 세상에 오점이 찍힌 듯 한 여자가 대문 밖에 서 있었다. 한눈에 봐도 이곳 사람이 아니었다. 가방과 등짐 같은 것을 앞뒤로 둘러메고서 등짐이 떨어질세라 허리도 펴지 못하고 가끔 등짐을 추켜올리기 위해 몸을 들썩이는 모습이 영락없는 이방인이었다. 타고난 촉이 나에게 경고하는 듯했다. 앞으로의 일은 결코 만만찮을 거라고. 내 입장에서 가장 먼저 떠오른 것은 새카만 양복을 차려입은 2인조 공무원이었지만, 다행히 저 사람은 그쪽과는 무관해 보였다. 하지만 도대체 누가, 왜 저러고 있나 생각하는데 옆에서 복순 씨가 여전히 흥분을 감추지 못하고 내게 속삭였다.

"네 앞날은 이제 튼 겨."

그 종착지가 격리 시설이 아니라면 말이겠죠. 하지만 난 잘못한 게 없다고. 그렇게 생각하면서 천천히 앞으로 나아갔다. 그러면서 물었다.

"뭐 하는 사람이래요?"

"널 만나러 왔는데 뭐 하는 사람인 게 뭔 상관이여."

"저한텐 상관있어요."

"애 엄마여."

그러고 보니 여자가 짊어진 건 짐이 아니라 사람이었다. 하지만 애라기엔 덩치가 꽤 컸다. 아무리 낮게 잡아도 읍내에서 볼 수 있는 국민학생 정도랄까. 당장 걷지도 못할 만큼 상태가 위중한 건가? 그렇다면 이런 델 올 게 아니라 병원엘 가야지, 하는 생각이 들었지만, 일단 나는 달려가면서 말했다.

"안녕하세요. 멀리서 오셨나 봐요."

날 기다리다 지친 듯, 멀리 보이는 두타산을 바라보며 등에 업은 아이를 퉁겨 올리던 여자가 "아, 예" 하고는 조금 주저하다 덧붙였다. "안양이요."

옆에서 복순 씨가 "양양?" 하고 말하는 것을 내가 얼른 정정했다.

75

"73년도에 시로 승격된 그 안양이요!" 나도 모르게 아는 분야가 나오자 흥분해서 외쳤다가 얼른 덧붙였다. "와, 되게 멀리서 오셨구나. 일단 아이 좀 내리고……."

내가 아이를 향해 손을 뻗자 여자는 거의 반사적으로 몸을 틀어 아이를 나한테서 떨어뜨렸다. 순간 모두가 멈칫했는데, 여자도 퍽 놀랐는지 난처해하며 쥐어짜듯 말했다.

"괜찮아요. 그런데 안양을…… 아세요?"

"그러니까 그게……."

아차 싶었다. 누가 봐도 수상쩍은 행동이었다. 복순 씨가 옆에서 거들었다.

"얘가 머리가 비상혀. 여기 내려온 지 이틀 만에 마을 사람들 집구석에 숟가락이 몇 개인지 꿰더라니깐. 그래서 첨에는 간첩인 줄 알고 얼마나 소란이 일었는지 몰러. 아휴, 말해 뭐혀."

도와주는 건지 훼방 놓는 건지 알다가도 모를 이야기에 나는 그저 하하하, 하고 웃을 뿐이었다. 하지만 다행히 여자는 수긍한 얼굴이었다. 나는 말했다.

"신문에서 본 것 같아요. 그냥 이름이 낯익은 거죠."

정확히는 기출문제집에서 봤지. 지구 거주 자격시험을 위한 매우 정석적인 문제집이었다. 좀 쓸데없이 난도가 높은 것이 아닌가 싶기도 하지만.

나는 조금 더 다가가서 여자의 등에 업힌 채 세상모

르고 잠들어 있는 아이를 힐끔 보았다. 그러고 보니 아침잠 없는 노인이 아닌 아이가 깨어 있기엔 다소 이른 시간이다. 대체 이 시간에 여기 있으려면 안양에서 몇 시에 일어나야 할까. 쉬이 짐작할 순 없었지만 적어도 그 과정이 녹록지는 않았겠다는 짐작이 무겁게 내려앉았다. 내 시선을 의식한 여자가 말했다.

"학교에 다녀요."

마치 항변하는 듯한 말이었다. 무엇 때문에? 나는 맥락을 이해하는 데 실패했다. 하지만 그럴 때 대처하는 방법을 알고 있기 때문에 당황하지 않고 대화를 이어갔다.

"아침부터 고생깨나 하셨겠다. 여긴 어떻게 아시고?"

"아, 그게…… 소문이…… 여기가 치료를 잘한다고…….."

"그럼, 잘하지." 복순 씨가 말했다. "내가 이이 때문에 여태 살아 있는 것 아뉴. 이이 손길만 닿으면 막혔던 혈이 아주 뻥 뚫려."

"복순 씨 허풍은. 아니에요, 그런 거."

"아유, 이 계집애 또 뺀다. 아니긴 뭐가 아니여. 새댁, 들어봐유. 내가 작년 동지섣달에 할아버지 떠나보내고 혼자서 아주 끙끙 앓는데, 그냥 그대로 갈 것을 이년…… 아니, 이이가 밤새 곁에서 이리 조물딱 저리 조물딱 해가지곤 날 살려놓은 겨. 여기에 거짓은 추호도 없어."

"복순 씨 그냥 급체했던 거잖아요! 들어가서 그림이

77

나 맞춰요. 빨리!"

복순 씨가 구시렁거리며 집으로 들어간 것을 확인하고 나서야 나는 정색을 하고 여자에게 말했다.

"진짜 아니에요."

여자는 혼란스러운 얼굴로 복순 씨가 들어간 집과 나를 번걸아 보고는 자신의 어깨를 베고 자는 아이 쪽을 곁눈질했다. 그러고는 다시 나를 쳐다보며 말했다.

"장애가 있어요."

"예?"

나는 명치를 세게 맞은 느낌이었다.

"선천성 근이영양증이라고, 근육병의 일종이래요."

"어…… 저기요…….'

"기 치료가 도움이 된다고 해서 왔어요."

"그게…… 그러니까…….'

"그리고 그쪽 외계인이라면서요."

나는 할 말을 잃었다. 복순 씨가 말했을까? 아니다, 안양을 알지도 못하는 사람이 그곳 사람한테 내 얘기를 했을 리 없다. 이곳 사람 중에도 내가 외계인이라는 사실을 아는 사람은 몇 안 되는데, 내 쪽에서 일부러 숨겼다기보다는 저쪽이 딱히 관심이 없는 것에 가까웠다. 그래서 서울을 뒤로하고 여기까지 오게 된 거였기도 하고.

여자가 내 눈치를 보더니 앞에 멘 가방을 한 손으로 뒤져 종이를 꺼내 보였다. 내 신상 정보가 담긴 서류였다. 서류 말단에는 내가 아주 잘 아는 공무원의 서명이 날인돼 있었다. 여자는 미안해하는 얼굴이기는 했지만 사과 하지는 않았는데, 사실 여자가 사과할 일은 아니었다. 이 나라에서 외계인 관리를 이런 식으로밖에 하지 못하는 게 안타까울 따름이지. 시간이 지나면 좀 나아지려나. 글쎄.

"일단 들어가서 얘기하세요. 아이 누이고."

하지만 여자는 꼼짝도 하지 않고 뭔가를 종용하는 듯이 날 쳐다볼 뿐이었다. 그런 여자의 눈빛과 입매에는 당장이라도 싸울 기세가 담겨 있었는데, 그 정도가 다를 뿐이 나라에서 살면서 마주한 엄마들에게서 한결같이 봐온 것이었다. 어쩌면 이곳에서 아이를 키우는 여성에게는 비슷한 특성이 강요되기라도 하는 걸까. 사실이라면 이 나라에서 아이를 낳아 기르는 일은 분명 고되고 외로운 일일 터였다. 그런 생각을 하자 앞에 있는 여자에게 존경심이 들며 조금이지만 긴장이 풀리는 것도 같았다.

"저, 성함이 어떻게 되세요? 저는 해수예요. 김해수요. 실은 혜수, 여이를 써서 혜수라고 짓고 싶었는데 이 서류 떼어준 멍청한 누구 때문에 해수가 됐죠."

여자는 웃어야 할지 안타까워해야 할지 가늠하는 듯 작게 예, 하고는 뒤늦게 말했다. "아, 박미서예요. 미소 아니고 서울 할 때 서요."

사소한 것까지 설명해야 하는 사람들이 있다. 그리고

미소가 아닌 미서 씨도 그런 사람이었다. 나는 미서 씨를 안으로 안내했다. 그렇게 하지 않을 수가 없었다.

복순 씨의 말이 마냥 허풍인 것은 아니었다. 작년 겨울, 남편의 장례식을 마치고 홀로 정리를 하던 복순 씨는 자칫 밤사이 남편을 따라 요단강을 건널 뻔했다. 시골 노인들과 함께 살다 보면 요상하지만 재밌고 반짝이는 말들을 많이 알게 되는데, 쉽게 말하면 죽을 뻔했다는 것이다.

탈이 나지 않으려야 않을 수가 없었다. 장례식 내내 술을 마셨으니 말이다. 게다가 음식은 또 왜 그렇게 많이 집어 먹는지. 딱히 할아버지와 정이 깊었던 것 같지도 않았는데 복순 씨는 메울 수 없는 구멍이라도 뚫린 듯 먹고 마셔댔다. 사람들은 그런 복순 씨를 안타까운 눈으로 보며 줄초상 운운했는데, 처음 듣는 말이어서 그 뜻을 물어 알게 되고 나니 도저히 복순 씨를 홀로 두고 나올 수 없었다. 그 결과 복순 씨는 죽지 않았고, 나는 마을의 유일한 '치료사'가 되어버렸다.

내가 대단한 의료 행위를 한 것은 아니었다. 물론 지구에 거주하기 위해 기본적으로 이곳 주류 생물에 대한 생물학적 지식을 학습하기는 한다. 가령, 인간은 하루 일부분을 의식이 없는 무방비 상태로 지낸다든가, 신체 대부분이 산소와 수소가 결합된 물질로 되어 있다는 등의 사실들이었다. 그리고 그러한 기초적인 사실들이 조합되어 일어날 수 있는 비상 상황들을 우리는 숙지하고 있었다. 그리고 다행히도 복순 씨의 경우는 그 매뉴얼에 들어가 있었다. 정확히 체증인지 술병인지가 아리송했지만 말이다.

심각한 상황은 아니었지만 복순 씨가 노년에 혼자이고 날이 너무나도 추웠기 때문에 자칫하면 사망에 이를 수도 있었다. 내가 한 것이 있다면 그런 복순 씨 곁에서 밤새 팔다리를 주무른 것뿐이었다. 식은땀을 흘리며 끙끙대던 복순 씨는 얼음장 같던 손발에 온기가 돌기 시작하기가 무섭게 잠들어버렸는데 어쩌면 혼절한 건지도 모를 일이었다. 그러고도 한참을, 어느 정도는 두려움 때문에 주무르는 일을 멈추지 않았다. 하지만 나라고 고되지 않았던 것은 아닌지라 인간의 표현대로 잠이 들고 말았는지 복순 씨의 목소리에 깜짝 놀라 정신을 차렸다. 복순 씨는 내 손을 무슨 송편이라도 되는 것처럼 주물러대고 있었다. 그러면서 중얼거렸다.

"외계인 손이 제일가는 약손이라더니."

나는 얼른 고개를 돌려 벽에 걸린 시계를 확인했다. 새마을운동 로고가 새겨진 벽시계는 4시를 가리키고 있었다. 내가 물었다.

"좀 정신이 드세요?"

"치료를 혀."

"네?"

"치료혀라고. 왜 이 귀헌 손을 썩혀, 썩히기를."

그때의 복순 씨는 언제 끙끙 앓았냐는 듯 생기가 넘쳤고 얼핏 흥분한 것처럼 보이기도 했다. 나는 복순 씨한테서 손을 뺐다.

"누가 썩힌다고 그래요. 얼마 전에도 이 손으로 빚은 송편이 몇 갠데. 그게 다 누구 입으로 들어갔는데. 썩은 건 복순 씨 배 속으로 들어가 똥 돼서 나와버린 그 송편이죠."

"이것이 못 하는 소리가 없어. 야 이년아, 너 같은 걸 누가 외계인이라고 따돌린다는 겨? 지금이라도 그냥 다시 올라가. 올라가서 이 손으로 떳떳하게 살어."

"뭐, 떡집이라도 해요? 사람들이 외계인이 만든 떡을 퍽이나 사 먹겠네요."

"그네들이 그걸 어떻게 알고?"

"저 같은 게 장사를 하려면 위에서 허가가 떨어져야 해요. 그리고 대문짝만 하게 써서 알려야 한다고요. 나, 외, 계, 인."

"육시랄, 그런 법이 어딨는 겨?"

"이 나라에 있어요."

복순 씨가 다시 내 손을 덥석 잡았다.

"니는 못 들어봤겠지만, 예로부터 전해 내려오는 말이 있어. 외계인이 손길 한 번만 슥 해주면 심 봉사도 눈을 뜬다는……. 근데 심 봉사가 누군지는 알어?"

"모르죠."

"너 여기 살려고 무진장허게 공부했다며, 다 헛한 겨? 어떻게 그 유명한 양반을 몰라?"

"누군데요?"

"심청이 아버지 아녀."

"심청이는 누군데요?"

"너 같은 걸 통과시킨 윗대가리들도 뻔하다."

어쨌거나 지구에 몇 안 되는 외계인으로서 나는 죄책감을 느끼며 복순 씨한테 짜증을 냈고, 복순 씨는 헛헛헛 하고 웃으며 심청과 그의 아버지 심학규에 대해 알려줬다. 심 봉사란 말하자면 앞이 보이지 않는 심 씨 성의 인물을 부르는 별칭이었다. 그리고 이 심학규라는 인물은 이곳 동화의 등장인물로, 실존 인물은 아니었다. 하지만 복순 씨 말마따나 매우 유명한 인물이기는 했다.

"심 봉사는 딸내미를 잘 둬서 눈을 떴지만, 결국 인당수에 몸을 던져 죽었다 깨어난 청이도 외계인 아니냐 이 말이여."

"비약이 너무 심한 것 같은데요."

그러자 복순 씨가 날 매섭게 노려보더니 물었다.

"외계인이 뭐여."

"그야 지구인이 아닌……."

"바다에 빠져 죽었다가 연꽃 속에 담겨 다시 살아 돌아온 것이 그럼 나 같은 사람이라는 겨?"

가끔 복순 씨가 눈을 부릅뜨고 우기면 당해낼 재간이 없었다.

"예. 예. 하지만 저는 그런 능력 없어요. 그냥 팔다리를 주물렀을 뿐이라고요."

"니 손에서 기가 나오는가 보다."

기라니. 기껏해야 인간의 평균 체온보다 약간 높은 체온을 지녔을 뿐이건만. 그래서 보통의 지구인이 신체를 통해 방사하는 전자기파보다 미세하게 더 높은 에너지를 방사하는 것을 기라고 할 수 있나? 그런 생각을 하면서 내 손을 내려다보던 나는 문득 송편이 떠올랐다. 추석을 앞두고 마을 사람들이 모두 모여 송편을 빚는데 내가 반죽을 조물조물 만져 모양을 만들어놓으면 사람들이 탄성을 자아냈었다. 애 낳으면 아주 예쁘겠다는 말은 덤이었다. 나는 속으로 웃으며 생각했다. 사람 부려먹는 방법도 가지가지군. 그러면서도 기분이 나쁘지는 않아서 결국 내가 거의 모든 송편을 빚게 되었던 것이다. 그때 사람들은 서울에서 내려온 젊은이를 부려먹기 위해 없는 칭찬을 했던 것이 아니었다. 내 손의 온기가 송편을 잘 빚게 만들었던 것이다. 내가 팔다리나 어깨를 주무르면 터져 나오던 탄성도 괜한 소리가 아니었다. 어쩌면 복순 씨는 정말로 내가 살린 걸 수도 있겠다는 생각에 나는 심장이 두근거렸다. 무언가 큰 뜻을 품고 지구에 온 것은 솔직히 아니었지만, 막상 외계인이라고 찬밥 취급을 받으면서 쪼그라들었던 자존감이 조금은 되살아나는 느낌이었다.

물론 그뿐이었다. 실제로 효과가 있다고 해도 그저 약간의 도움 정도였다. 하지만 복순 씨는 그날 이후 만나는 사람마다 붙들고 내 얘기를 했다. 외계인 손이 어쩌고 하지는 않았고, 그냥 내가 당신을 살렸다고, 나한테 기 치료에 재능이 있는 것 같다며 마을 사람들을 말린 굴비처럼 줄줄이 엮어 내 집으로 왔다. 나는 해명했다. 복순 씨 허풍이라고, 기 같은 거 안 나온다고. 몇몇은 내심 실망한 듯 보였지만, 대부분은 그조차 젊은이의 재롱으로 보아 넘기고는 그대로 자리를 잡고 앉아 화투 패를 섞었다. 결국 난 그들에게 커피를 타 주고 과일을 깎고 밑장 깔다 걸린 사람에게 엄중한 경고를 내리는 틈틈이 팔다리를 열심히 주물렀는데 그러고 나면 어느새 해 질 녘이었다. 지구에 온 이래 하루가 그렇게 짧게 느껴진 건 처음이었다. 집으로 돌아가려던 복순 씨가 내게 말했다.

"세상 별거 없다. 정신없이 하루가 가면 그걸로 된 거여. 밥 차려놨으니까 먹고 자. 그래야 내일 또 저 할망구들 수발들 거 아녀."

헛헛헛, 복순 씨의 웃음소리를 멍하니 듣다가 집으로 들어가 복순 씨가 차려준 밥상에 앉았다. 뜻밖에도 복순 씨는 요리를 못했다. 어쩌면 진짜 정승 집안의 귀한 아기씨였을 수도.

미서 씨가 원하는 '치료'는 순조롭게 진행됐다. 사실 순조롭지 않을 것도 없는 일이었다. 단순히 몸을 주물러 경직된 근육을 풀어주고 혈액 순환이 원활하게끔 온기를 불어넣어줄 뿐이니까 말이다. 하지만 그 과정이 이제 막 국민학교에 입학한 아이에게는 따분하고 지루할 수 있고 간혹 아프거나 짜증스러울 수도 있을 텐데 그런 내색 한 번 없이 아이는 시종일관 진지한 표정으로 이곳저곳을 쳐다봤다. 내가 다 궁금할 정도여서 결국 물었다.

"뭘 보는 거니?"

그러고 보니 아직 이름도 모른다는 생각이 뒤따랐다.

"그냥 다요."

나는 치료실처럼 쓰게 된 작은방을 아이의 시선을 따라 둘러보았다. 이렇게 유심히 본 적이 있었던가. 하지만 방은 그냥 방이었다. 여름 장마철 습기로 생긴 곰팡이가 조금 신경 쓰이긴 했지만 그래도 다른 곳에 비하면 나름 깔끔한, 그래서 딱히 볼 것은 없는 평범한 방이었다. 대체 이곳의 무엇이 아이를 사로잡고 있는 걸까 생각하는데 아이가 그 답을 알려주었다.

"처음 보는 건 뭐든 신기해요."

"그건 그래."

처음 이 땅에 내려왔을 때를 떠올려보니 조금 전 아이의 표정이 이해가 됐다. 따지고 보면 그리 특별할 것도 없는데. 어쩌면 나도 모르게 장애가 있는 아이에게서 어딘가 특수한 면을 찾으려 했던 걸까? 마치 외계인인 내 행동 하나하나에 요상한 의미를 부여하던 사람들처럼? 나는 아이를 바로 눕히고 머리를 쓰다듬었다.

"수고했어."

"끝난 거예요?"

"응."

아이는 더 할 말이 있는 눈치로 제 다리를 내려다보기 위해 애썼다. 나는 뒤늦게 아이의 의도를 알아채고 아이의 움직이지 않는 다리를 똑바로 세워주었다. 그리고 말했다.

"사람의 몸에는 전기 신호 같은 게 흘러."

아이가 또다시 진지한 표정으로 날 쳐다봤다. 복순 씨한테 떠밀려 기 치료랍시고 사람들의 팔다리를 주무르기 시작한 것이 처음으로 후회가 됐다. 숨을 고른 나는 말을 이었다.

"그래서 우리가 뭔가를 해야지, 생각하면 머리에서 신호가 내려와 몸을 움직이게 하는 거야." 나는 아이의 두 무릎을 모아 잡고 말했다. "자, 벌려봐."

"하지만 전……."

"괜찮으니까, 자."

아이가 입을 앙다물고 용을 썼다. 하지만 내가 잡고 있는 아이의 무릎은 기껏해야 내 손에 아주 미약한 저항감을 줄 뿐이었다.

"됐어."

아이가 상기된 얼굴로 가쁘게 숨을 쉬었다.

"너는 다른 사람들보다 신호가 약해. 그래서 힘이 제대로 들어가지 않는 거야."

아이의 눈은 말하고 있었다. 그래서요? 이제 외계인에게 기를 받았으니 신호가 세지는 건가요?

처음에는 거짓말을 할 수는 없다고 생각했다. 그래서 꺼낸 이야기였고, 이제 결정적인 말만 남았다. 외계인이 만지면 아픈 곳이 낫는다는 건 다 미신이야, 그러니까 넌 낫지 않아, 앞으로도 쭉 엄마한테 업혀서 학교에 다녀야 할 거야……. 하지만 내 말에 집중하고 있는 아이를 보니 무서워졌다. 내가 뭐라고 이 아이의 희망을 깨지? 헛된 희망이라도, 이 아이와 미서 씨한테서 멋대로 빼앗을 권리가 나한테 있는 건 아닌데. 나는 마른침을 삼키며 아이의 반짝이는 눈을 보다가 결국 말했다.

"내가 실력이 그렇게 막 대단하지는 않아서…… 그래서 얍, 하고 네 신호를 키워줄 수는 없지만…… 어, 그러니까…… 앞으로 점점 나아질 거야."

고작 한다는 말이…… 그냥 나가 죽어라…….

아이는 실망한 기색이 역력했지만 이렇게 말했다.

"그래도 조금 더 세진 것 같아요. 원래는 이렇게 세우고 있지도 못하는데."

죽고 싶다는 관용구를 이런 때 쓰는 건지 확실하지는 않지만 아무튼 내가 그랬다.

"그래, 꾸준히 하면 분명 도움이 될 거야."

"감사합니다."

나도 아이가 고마웠다.

아이가 복순 씨의 품 안에서 똑바로 앉은 채 약과를 먹는 모습을 보며 미서 씨가 나지막이 말했다.

"고마워요."

"예? 뭐가요?"

미서 씨는 쓸쓸한 미소를 보이고는 말했다.

"여기 오기 전까지 남산에 다녔어요. 쟤 업고요. 아주 용한 무당이 있다길래. 그래서 굿까지 하게 됐죠."

내가 딱히 무어라 할 말이 없어 가만히 쳐다만 보자 미서 씨가 짐짓 우스꽝스러운 표정을 지었다.

"정말 믿어서 간 건 아니에요. 여기도…… 그렇고요."

"그럼 왜……."

"그런 거라도 하지 않으면 죄짓는 것 같아서요."

담담하게 말하는 미서 씨의 말을 듣고 나는 입을 굳게 닫았다.

"처음부터 그랬던 건 아니에요. 사람들이 그렇게 만들었죠. 쟤 데리고 동네에만 나가도 사람들이 이상한 눈으로 쳐다보는데, 아니 이마에 써 붙인 것도 아니고 다들 귀신이 따로 없다니깐. 굿 해야 하는 건 그 사람들 아닌가. 그렇게 만나는 사람마다 이게 좋네 저게 좋네……. 물론 처음에는 고마웠어요. 신경 써주는 거잖아요. 근데 다음에 다시 만나면 자기 말대로 해봤는지 꼭 확인을 해요. 애가 여전히 안 걸으니까. 해본 것도 있지만 그냥 듣고 흘린 것도 있어요. 아니, 애한테 뱀술 같은 걸 어떻게 먹여요. 그렇다고 사실대로 말하면 게으르다는 소리나 들으니까, 그냥 적당히 얼버무리고. 그럼 꼭 재미라도 들린 것처럼 점점 기상천외한 얘기들을 해요. 개를 잡아라, 녹용이 좋다더라, 뱀을 술 말고 탕으로 끓여라, 현관에 팥을 뿌려라, 108배를 해라, 세례를 받아야 한다, 아니다 이름이 잘못됐다 등등. 온갖 미신에, 사이비 종교에서도 듣기 힘들 것 같은 얘기들……. 아무리 좋게 생각해도 아닌 것 같은 얘기에 조금이라도 의심하는 기색 보이면 배은망덕한 나쁜 년 취급하고. 그래서 저런 자식이 나왔다고……. 그래서 한동안은 재랑 집에서만 지냈는데 그건 또 그거대로 못 할 짓이더라고요. 그러다 보면 이런 생각이 들어요. 사람들이 맞을지도 몰라, 내가 저 애를 저렇게 낳았으니까 감수할 건 해야 돼……. 그래서, 이러고 다니는 거예요."

나는 고개를 주억거렸는데, 달리 할 수 있는 것은 없었다.

"그렇게 여기저기 다니면서 결국 안 된다는 걸 확인

할 때마다 애가 철이 드는 것 같아요. 그게 요즘엔 가장 마음에 걸렸는데, 해수 씨는 희망을 깨지 않아줘서, 그게 고맙다고요. 사설이 길었죠."

미서 씨가 가방에서 흰 봉투를 꺼냈다.

"늦게라도 학교에는 가야 해서 앞으로도 이 시간에 올게요. 괜찮죠?"

"예…… 예?"

미서 씨가 푹 웃더니 일어났다. 나도 따라 일어나며 무슨 말이라도 하려 했지만 미서 씨의 속도를 따라갈 수는 없었다.

"장애 진단해준 종합병원에서 재활 치료라면서 애를 온갖 고생시키고 말도 안 되는 돈을 받아요. 그러고도 모자라서 우리 애를 실험용 쥐 취급하는 그곳에 가느니 차라리 사이비 외계인한테 기 치료를 받는 게 낫죠. 안 그래요?"

"그게…… 저 외계인은 맞는데요."

미서 씨가 웃었다.

"그럼 앞으로도 우리 애한테 외계인의 기 좀 불어넣어주세요."

그러고는 꼭 도망이라도 치는 것처럼 아이를 둘러 업고 집 밖으로 나가버렸다. 나는 흰 봉투를 들고 인사도 못 한 채 서서 복순 씨를 쳐다만 봤다. 복순 씨는 복순 씨대로 품에서 아이를 뺏기고 허탈해하는 눈치였다.

"간 겨?"

나는 고개를 끄덕였다.

"앞으로도 계속 오겠대요. 외계인이고 기 치료고 소용없다는 걸 알면서도요. 나, 어떻게 해요?"

"어쩌긴 뭘 어째, 하면 되지."

"하지만……."

"하지만은 뭘 하지만이여. 저 새댁도 다 안다면서. 알면서도 오겠다는 거 아녀, 여기 오는 다른 사람들처럼. 니 눈에는 여기 오는 할망구들이 정말 치료가 필요해서 널 찾는 줄 알어? 처음에야 혹시나 싶은 마음도 있겠지. 그래도 1년 동안이나? 아서라."

"저도 그 정도는 알아요. 여기가 그냥 마을회관 대신이라는 거."

"아는데!"

"하지만 돈을 받았잖아요!"

나는 돈 봉투가 뱀이라도 되는 것처럼 상 위에 내려놓았다. 복순 씨가 그것을 물끄러미 바라보더니 끙 하곤 자리에서 일어나 이곳저곳을 쏘다니며 달력이며 부채며 담요, 화투 패 같은 것들을 집어 들었다.

"뭐 해요?"

복순 씨가 품 안 가득 들고 온 물건들을 돈 봉투 위에다 쏟았다.

"이것들은 괜찮고?"

전부 여기 오는 할머니들이 올 때마다 하나씩 가지고 온 것들이었다. 이뿐만이 아니었다. 냉장고에 있는 과일, 떡, 반찬은 물론 장롱 속에 있는 이불들, 심지어 내가 입고 있는 옷들까지. 실은 이 집도 내 것이 아니었다. 아직 이 나라에서는 외계인에게 부동산 소유를 허락하지 않았다. 나는 상 앞에 털썩 주저앉았다.

"니는 어떻게 생각할는지 모르겠지만, 다 도리인 겨."

내가 여전히 돈 봉투 쪽을 꺼림칙하게 보자 복순 씨가 말했다.

"정 뒤가 구리면 그 돈으로 좋은 일을 하든가."

"무슨 일이요?"

"그건 니가 생각해야지! 이년이 아주 날로 먹으려고."

혼자가 된 나는 흰 봉투를 들고 한참을 고민하다 결국 그것을 장롱 서랍에 넣었다. 지금은 아무리 생각해도 좋은 생각이 나지 않았다. 나는 이불을 깔고 드러누워 눈을 감았다. 잠들기 위해 애썼지만, 처음 인간처럼 잠을 자려 했을 때보다도 훨씬 정신이 또렷했다. 나는 눈을 감은 채 밤새도록 생각했다. 그리고 새벽닭이 우는 소리에 벌떡 일어나 장롱 서랍에서 봉투를 꺼내 들고 집을 나섰다.

근처 목공소 할아버지네로 간 나는 밤새 생각한 것을 할아버지한테 설명한 다음 할아버지의 조수를 자처해 나무를 깎기 시작했다. 두어 시간이 지나고, 완성된 작품을 들고 집으로 돌아가 보니 벌써 복순 씨와 다른 할머니들이 와 있었다.

"꼭두새벽부터 어딜 싸돌아다니는 겨? 뭐, 신호라도 보낸 겨?"

할머니들이 음흉한 웃음을 터뜨렸다. 나는 들고 있던 것의 종이 포장을 뜯어 사람들에게 보였다. 할머니들이 내가 들고 있는 것에 쓰여 있는 글자를 읽기 위해 집중했다. 가장 먼저 성공한 사람은 복순 씨였다.

"유사 기를 불어넣어드립니다? 뭔 개소리여?"

"오늘부터 정식으로 사업을 할 거예요. 이건 간판이고요."

복순 씨는 내가 저번에 했던 떡집 얘기를 기억하는지 사람들 눈치를 보며 간판에 새긴 우주선 모양을 가리고 섰다. 그리고 속삭였다.

"이젠 아예 대놓고 외계인으로 살겠다 이거여?"

"네. 그리고 대놓고 기 치료를 할 거예요. 유사 기 치료. 마음에 에너지를 불어넣어줄 수 있는 공간과 시간을 팔 거예요. 여태까지 해온 그대로요."

복순 씨가 기가 차다는 듯 웃었다.

"하여간에 니는 난 년이여."

"간판 달고 올게요."

대문 밖으로 나가 자리를 살핀 나는 벽에 못을 박고 간판을 걸었다. 그리고 뒤로 걸어가면서 간판의 글자를 소리 내 읽어보았다.

94

"유사 기를 불어넣어드립니다."

그때였다. 집에서 복순 씨와 할머니들이 우르르 몰려 나왔다.

"얘가 아직도 뭘 모른다니깐."

복순 씨가 주전자를 들고 사발 하나를 내게 건넸다.

"사업을 하려면 고사를 지내야 하는 겨. 받아."

내가 얼결에 받아 든 사발에 막걸리가 콸콸 부어졌다. 나는 사발 속에서 위태롭게 흔들리던 막걸리를 가만히 내려다봤다. 막걸리는 한참을 관성에 요동치다가 시간이 흐르자 결국은 잠잠해졌고, 그 표면에는 내 모습이 비쳐 보였다.

"제사 지내냐? 고사를 지내야지."

그래서 나는 막걸리를 단숨에 마셔버렸고, 복순 씨에게 등짝을 얻어맞았다. 별이 보이는 듯했는데, 기분이 묘하게 좋았다.

비합리적 종말점

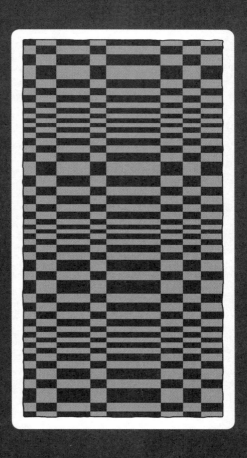

이하진

알 수 없는 두통과 마비 증상을 호소하던 한 미국 여성은 동네 병원을 전전하다 해답을 찾지 못한 채 대학병원으로 향했다. 기본적인 문진에서 아무 이상도 발견하지 못한 의료진은 CT를 촬영했고, 그 결과 여성의 뇌에 달라붙어 있는 기생충을 발견할 수 있었다. 의료진은 외과적인 수술을 통해 기생충을 적출해내었고 이내 그것이 현존하는 어떤 종과도 일치하지 않는다는 사실만을 알게 된 뒤 기생충의 사체를 한 기생충학자에게로 보냈다. 사체를 받은 학자는 그 기생충을 조충속에 속하는 새로운 종이라 판단하였고 테니아 아멜리아(Taenia amelia)라는 학명을 붙여주었다. 테니아(Taenia)는 조충속이라는 뜻이었으며 아멜리아(Amelia)는 학자의 이름이었다.

한국어로 아멜리아뇌조충이라 불리는 이것은 미국에서의 첫 발견 사례 이후 약 1년 뒤 국내에서도 발견됐다. 첫 국내 사례자 역시도 최초 사례자와 비슷한 증상을 호소하며 여러 병원을 전전한 끝에 대학병원에 와서야 기생충을 발견할 수 있었다. 그즈음 최초 발견국인 미국에서 확인된 감염자는 100여 명에 달했는데, 그럼에도 불구

하고 이번 국내 사례자의 감염은 전례가 없을 정도로 뇌
손상이 진행된 후였다. 때문에 해당 사례자는 외과적 수
술을 통한 기생충 제거 이후로도 좌반신이 마비된 채 여
생을 살아가게 되었다.

당시 국내 의료진은 사례자의 수술 후 우울감에 주목
했는데, 수차례 사례자와 심리상담을 진행한 결과 우울감
은 신체 결손으로부터 기인한 것이 아니었다. 그것은 어
떤 고양감의 부재에서 기인하는 것만 같았으며 마치 조증
삽화 이후 우울 삽화를 느끼는 양극성 장애 환자와도 같
은 양상이었으나 사례자는 어떤 정신병력도 가지고 있지
않았다. 그렇다면 뇌에 기생하는 아멜리아뇌조충이 알 수
없는 작용을 일으켰으리라 추측하는 것이 타당했다.

국내 의료진은 늘어가는 감염 사례들 사이에서 아멜
리아뇌조충과 감정 상태 사이의 상관관계를 추적했다.
그 결과 아멜리아뇌조충의 특이한 성질을 발견할 수 있
었다. 아멜리아뇌조충은 피하에서 몸집을 불리는 감염
초기 이후 뇌에 정착하는 감염 중기에서 뇌하수체를 자
극해 감염자에게 일정 기간 약간의 고양감과 긍정적인
인지 왜곡을 주었던 것이다. 이 인지 왜곡이라 함은 흔히
들 사람들이 자신감이라 부르는 성질의 감정과 비슷했는
데, 감염자는 그 덕분인지 감염이 진행되는 동안 집중력
과 목표 성취 수준의 상승을 느낄 수 있었다.

이후 감염 후기에 접어들어 자리를 잡은 기생충은 대

뇌피질을 갉아 먹기 시작했다. 그러한 과정에서 이루어지는 배설 활동은 후뇌의 망상체를 자극했는데, 이때 감염자는 비정상적일 정도로 수면욕을 느끼지 못하게 되었다. 특히 이러한 감염 후기에 중기의 특성이 겹치게 되면 마치 국내의 최초 사례자가 그랬던 것처럼 양극성 장애의 비전형적인 조증 삽화로 오인되기 쉬웠는데, 이는 아멜리아뇌조충의 발견과 진단을 지연시키는 데 한몫하기도 했다. 의료진과 연구자들은 이러한 아멜리아뇌조충의 특성이 정신 질환을 의태하여 쉬이 발각되지 않으려는 기생충의 진화 방향처럼 보인다고 입을 모아 말하곤 했다.

감염 후기를 지나 아멜리아뇌조충이 대뇌피질을 충분히 공격하고 나면 본격적으로 척수를 갉아 먹기 시작했고 이때 감염자는 두통과 함께 국소적인 신체 마비를 경험하다 끝내는 전신 마비에 이르렀다. 요약하자면 아멜리아뇌조충은 감염 후기의 증상을 제외하면, 정신증적 증상을 동반하나 낮은 치사율을 가진 보잘것없는 기생충처럼 보였다. 이에 WHO는 아멜리아뇌조충에 대해 '신종 기생충이 발견되었으나, 유의할 수준은 아님'이라 발표하였으며 구충제를 먹으며 공공 방역과 생활 방역에 힘을 쏟을 것을 당부하는 선에서 권고를 전했다.

하지만 어느 날을 기점으로 전 세계에서 아멜리아뇌조충 감염자는 급격히 늘어났다. 각국의 보건당국이 감염경로를 추적했지만 일관성이나 공통점이라곤 없는 감염자의 동선이 추적을 거의 불가능케 했다. WHO는 각국에 보다 더 적극적인 방역과 역학조사를 명령했다. 그럼에도 불구하고 감염자는 계속 늘어만 갔으며 감염경로의 규명은 어렵기만 했다. 대부분의 조충이 그러하듯 기생충 알의 경구 섭취로 인한 감염이 가장 유력한 후보로 지목되었으나 감염자 중 생고기 따위를 섭취한 사람은 거의 없었다. 게다가 대부분의 감염자 통계가 소득 및 생활 수준과의 상관관계를 보여주지 않았다. WHO는 결국 아멜리아뇌조충에 의한 공식적인 첫 사망자가 발생한 날 각국의 보건당국에 보편적인 역학조사의 형태를 강압적인 취조의 형태로 바꾸길 권고했다.

*

어느 날 한 역학조사관은 출처가 불분명한 사탕이 다수 감염자의 가정에 공통적으로 존재했다는 사실을 발견했다. 모양도 색깔도 제각기에 유행한다는 신종 마약과도 같은 형태였기에 단순한 감염 사태가 아닌 생물학적 테러임을 짐작한 조사관은 연구소에 샘플 분석을 의뢰한 뒤 경찰에 수사 협조를 요청했다. 조사관은 사탕이 발견된 한 가정에 사탕의 출처를 물었다. 성인 남성에게서는 아이가 받아 온 것이라 잘 모르겠다는 대답을, 자리에 동석해 있던 아이에게서는 어느 건물 근처를 지나다 땅바닥에서 주웠다는 답을 들은 조사관은 바로 그 건물을 찾아갔으나 별다른 단서를 얻을 수는 없었다. 다른 집에서도 비슷한 맥락으로 특별한 수확은 없었다.

연구소는 사탕에서 기생충 알이 발견되었다는 소식을 전했으나 그것의 정확한 유통 경로를 추적하기 어려운 이상 감염을 완벽히 틀어막는 것은 불가능에 가까웠다. 각국은 '길거리에서 나눠 주는 사탕을 조심하라'는 경고를 겨우 내보낼 수 있었을 뿐 유의미한 움직임을 행하진 못했다.

조사관은 이것은 분명한 악의라고 느꼈다. 누군가의 장난에 의해 세상이 혼란스럽게 돌아가는 꼴을 차마 두고 보지 못했다.

그즈음 아멜리아뇌조충의 전 세계 누적 감염자는 약 4천만 명에 누적 사망자는 300여 명에 달했다. 그리고 마약 단속반에 근무하던 경찰이 마침내 조사관이 제시했던 사진과 유사한 모양의 마약을 밀거래 현장에서 압수하게 됐다.

거래 현장에서는 중증의 감염자 무리가 함께 발견되었다. 한 명의 뇌에서 무려 열 마리의 기생충이 발견되기도 했으며, 이를 계기로 전 세계는 이번 기생충 감염 사태를 마약 유통에서 기인한 것으로 보게 되었다. 얼마 뒤 마약 단속반은 해당 마약이 기존의 화학적 약리작용이 아닌 아멜리아뇌조충 감염의 장기적이면서 만성적인 신경증

계열의 고양감을 기반으로 하는 것으로 보았으며, 이전에 유통되었던 '사탕' 역시도 유사한 마약의 일종으로 추정된다고 밝히기도 했으나 진실은 모르는 일이었다.

WHO는 마약 유통의 단속을 더욱 엄격히 관리할 것을 지시했다. 각국 보건당국은 열중하던 역학조사를 그만두고 어디서 이루어질지 모를 마약 밀거래 단속에 온 심혈을 기울였다. 얼마간은 효과가 있었고, 그렇게 아멜리아뇌조충은 자취를 감추는 듯했다. 유통이 위축됨에 따라 마약 사범 검거율이 줄어들었고 강력한 통제에 그 어두운 시장도 위축되는 것처럼 보였다.

하지만 마약 단속이 엄격한 국가에서도 어느 순간 감염자가 늘어났다. 마약에 대해 음성 반응을 나타내는 사람들에게서도 계속해서 감염이 발생했다. 결국 어느 학교의 학생들이 집단 감염되어 전신 마비에 이른 사태로 인해 충격을 받은 전 세계는 혼란에 빠졌고 원인조차 모른 채 나날이 치솟는 감염자 수로 인해 대중의 불안은 통제를 벗어났다. 그럼에도 이전에 비하면 감염자 수에 대한 그래프 기울기는 완만했는데 이는 보건 체제를 불신한 사람들의 동향에 따른 결과였다. 즉, 집계되지 않았을 뿐 실질적인 감염은 계속되고 있었다.

그렇게 아멜리아뇌조충에 대한 누적 감염자 수는 억을 가볍게 넘어선 지 오래였고 이제는 10억의 반수를 막 넘은 참이었다. 기하급수적이니 천문학적이니 하는 비유조차 가벼울 정도로 누적 사망자 수 역시 어떤 감염병과도 비교되지 않을 정도로 가파르게 불어났다고 추산되었다.

일부 국가에서는 늘어가는 사망자의 시신을 적절히 처리하지 못해 재감염의 연쇄가 이어지는 등 가히 최악이라 표현할 수 있을 정도로 상황은 부정적으로 흘러갔다. 기묘한 점은 높은 경제 수준을 가진 국가에서 더 높은 아멜리아뇌조충 감염률을 보였다는 점이었다. 그리고 오히려 그런 국가에서 대중의 통제가 더 어려웠는데, 높은 경제 수준으로 구축된 정교한 정보망을 뒤덮은 것들이 기생충이 전기 콘센트를 통해 전파된다거나 특정 종교를 믿는 사람은 그 교리에 의해 감염되지 않는다거나 주기적인 섹스를 통해 체온을 높임으로써 감염을 예방할 수 있다는 등의 유사과학적 미신 따위였기 때문이었다. 그로 인해 송전탑이 무너진다든가, 예배당에서 섹스 파티가 벌어진다든가 하는, 합리로는 납득 불가능한 일들이 곳곳에서 벌어졌다.

하지만 그 시기 모두가 간과한 사실이 있었다. 실제로 마약과 아멜리아뇌조충이 상관관계를 갖는다 한들, 누가, 왜 하필 마약에 기생충 알을 섞었겠는가 하는 동기의 문제가 있었다는 것. 게다가 진짜 문제는 모든 마약에 알이 존재하는 게 아니었으며 마약에만 알이 들어가는 것도 아니었다는 점이었다. '사탕'을 생각해보면 말이다. 그런데 모두가 마약에만 매달린 나머지 이제 그 사탕에는 그것을 최초로 눈치챈 조사관만이 주의를 기울이고 있었다. 즉, 잊히고 있었다.

조사관은 보건당국에 사탕을 계속 조사해달라고 촉구했고 개인적으로도 추적을 이어나갔다. 하지만 사탕은 홀연히 자취를 감춘 지 오래였다. 그럼에도 불구하고 계속해서 늘어나는 감염자는 필시 그러한 사탕 따위가, 정확히는 기생충의 알이 다른 식제품의 형태로 줄곧 유통되고 있음을 시사하는 것이리라.

사탕을 지목했던 조사관은 계속해서 집요하게 매달렸다. 이제는 어째선지 잘 보이지도 않는 그 사탕 샘플을 더 많이 확보했어야 했다며 후회하면서 말이다. 게다가 그것은 이제는 사탕이 아니라 다른 것으로 둔갑해 퍼져나가고 있을지 모르는 일이었다. 그만한 공포가 또 어디 있겠는가? 어떤 의도로부터 발생한 것인지조차 알 수 없는 채로 일상에 숨어 번지는 감염 불안은 사회적 신뢰를 무너뜨리기에 충분했다. 이제 사람들은 작은 선의와 호의조차 불신하고 의심했으며 이에 누구도 선뜻 먼저 선행의 손을 내밀지 않게 되었다. 그즈음 누적 감염자 수는 전 세계 인구의 10퍼센트에 도달하였고 재감염을 통제하지 못해 아예 괴멸된 국가도 있을 지경이었다. 그런 시대에 리스크를 짊어지고 '굳이' 선행을 선택하는 사람은 극소수에 불과했다. 아주 특별한 의지나 사명감을 지닌 사람들조차 감당할 수 없는 시신의 산과 감염 불안 앞에서 광기에 잠식되곤 하였으니.

그리고 이때쯤 사탕을 처음 발견한 그 조사관이 아닌 다른 이들도 알아차리기 시작했을 것이다. 이성적으로 헤아릴 수 없는 무언가에 의해 악의가 퍼지고 있다고. 세상은 합리적으로 움직이지 않으며, 공포로써 비합리를 재생산한다고. 감염에 있어 긍정적인 연쇄를 이어나가면서.

그러한 비합리의 끝 모를 연쇄 속에서 조사관은 감염 사태 발생으로부터 5년째가 되던 해에 마침내 그 앞에 무릎 꿇었고 그는 이제 가족들과 함께 세계의 끝일지 모를 시대를 관조하기로 결정했다. 풍파 속에서도 계속되는 것이 일상이었고 삶이었기에, 통제할 수 없는 부조리 앞에서 인간은 절망하므로, 그는 비탄을 외면코자 했다.

전례 없던 기생충이 세상을 평정했다. 마치 누군가가 시뮬레이션 게임을 돌리는 듯이 가볍게도 많은 생명이 스러져갔다. 조사관으로서 수많은 선행의 가치를 목격하여 익히 알고 있었던 그는 인간성이 가벼워지는 세상일지라도 선의를 잃지 말아야겠다고 다짐했다. 오는 친절을 마다하지 않았으며 여유가 되는 한 감염 피해자들을 위해 선행을 베풀었다. 그것이 그가 인간성을 지키는 방법이었다. 조사관 시절 남이 준 수상한 음식은 먹지 않는다며 거절하던 그는 이제 이웃이 준 영양제로 하루를 시작했으며 혹자는 그가 조사관을 그만둔 뒤 오히려 얼굴이 밝아졌다고 말하기도 했다. 이런 시대에 고된 일이었으니 당연하다며 그는 밤낮 구분 없이 지치지도 않고 웃는 낯으로 이웃을 사랑했다.

그가 그 사탕을 다시 발견한 건 어린 아들과 함께 길거리를 걷던 도중이었다. 사탕을 나눠준다며 누군가에게 달려갔다 온 아들의 손에는 조사관 시절 몇몇 가정집에서 보았던 마약과 흡사한 모양의 바로 그 사탕이 쥐여 있었다. 그는 불안감에 압도된 채 소리를 지르며 아들에게 출처를 따졌고 아들은 그가 늘 지나치던 어느 사이비 종교의 길거리 전도 현장을 가리켰다.

그는 곧바로 신자에게 다가가 양손으로 멱살을 붙잡고 소리쳤다. 전부 어디서 난 거냐고, 이게 뭔지 아느냐고. 그들은 말했다. 신의 축복이라고, 누구든 행복하게 만들 수 있는 약이라고. 그는 얼토당토않은 소리에 반박했다. 사람들은 그런 걸 마약이라고 부른다고. 그리고 그 안에서 기생충 알이 발견된 건 알고 있느냐고. 어디서 그딴 걸 얻어 와 함부로 뿌리고 있는 거냐고. 신자들은 말했다. 기생충이라니 말도 안 되는 소리라고. 말이 심하다고. 이미 모두가 비슷한 걸 먹고 있는데 몰랐냐고. 그는 눈썹을 찌푸리며 말했다. 뭐?

요즘 영양제니 뭐니 하는 것들 다 이런 거라며, 기생충이라니 그럴 리가 없다고 자신들의 결백을 주장하는 신자들을 뿌리친 채 그는 아들이 손에 쥐고 있는 사탕을 길바닥에 내팽개친 뒤 아들의 손을 붙잡고 집으로 향했다. 두통을 짓누르면서 조사관 시절 동료에게 전화로 물었다. 불명의 영양제 따위가 유통되는 걸 알고 있느냐고. 동료가 모른다고 답하자 그는 거칠게 욕설을 내뱉으며 전화를 끊었다.

그리고 사태를 알아보기 위해 띄운 인터넷 창에서는 상세 성분을 알 수 없는 영양제 광고의 배너가 구석에 띄워져 있었다. 그는 떨리는 손으로 배너를 눌렀다. 제조사도 정확히 알 수 없이 '기적의 만병통치약' 같은 문구를 변형하고 변형해서 설명이라곤 없이 카피만을 반복하는 상품 소개가 이어졌다. 그는 분노에 차 페이지를 꺼버렸다. 문제는 그다음이었다. 의외의 유입을 포착한 인터넷의 알고리즘이 그에게 관련된 광고를 연달아 보여주기 시작한 것이다. 우울증 치료, 면역력 강화, 피로 회복, 자양 강장, 체질 향상, 혈액순환 개선, 기의 순환 원활, 성격 변화, 카페인 대용, 천연 성분 유래, 다이어트 보조, 집중력 강화…….

그것들은 정식으로 인가받지 않은 채 SNS 따위에서 아무런 제재도 없이 개인과 개인 사이에 거래되고 있었다. 심지어 '공부 젤리'나 '젊음의 생기를 되찾아주는 알약' 같은 건강 보조식품으로 둔갑해 사람들을 현혹하고 있었다. 성분과 작용 기전을 명시하지 않은 채로 효능과

효력만을 주장하며 장사꾼의 돈줄로 전락한 지 오래였다. 그것이 가져올 후폭풍은 생각하지도 않은 채로.

비슷한 광고들은 전 세계적으로 퍼져 있었다. 그리고 그것들이 퍼진 시점은 아멜리아뇌조충 감염 사태가 발생했던 시기와 정확히 일치했다. 무지로 점철된 악의 없는 악행. 그것이 세계를 덮친 감염 사태의 전말이었다. 이 수많은 유통사 중 단 한 곳도 예측하지 못했던 것일까? 이렇게 많이 퍼질 줄을? 사람들이 이렇게나 쉽게 정체 모를 것들을 맹신하며 소비한다는 사실을? 그렇기에 아멜리아뇌조충은 성공한 것일지도 몰랐다. 그는 이제 확신할 수 있었다. 아니, 깨달았다. 아멜리아뇌조충의 감염 전략은 인간의 비합리였다.

그는 갖가지 언어로 모니터 화면을 가득 채운 기생충 알 식품들의 광고 카피를 하나하나 번역기에 넣은 뒤 읽어보았다. 단 한 번만으로 되찾을 수 있는 확실한 행복감, 정신과 기록 없이 우울증 치료, H대 수석 졸업이 만든, S대 수석 입학이 개발한, 지친 삶에 활력을, 집중이 필요할 때, 이런 시대니까, 이웃에게 선물하세요, 친구에게 선물하세요, 친척에게 선물하세요, 부모님께 선물하세요, 그리고 당신에게.

그는 손을 뻗어 한구석에 치워뒀던 휴대폰을 낚아챘다. 그의 휴대폰 화면에는 전 세계 사망자가 누적 1억 명을 돌파했다는 뉴스가 띄워져 있었다. 뉴스를 확인한 그는 휴대폰을 바닥에 떨어뜨렸다. 공허를 움켜쥔 그의 손에서는 아무 감각도 느껴지지 않았다.

운명의 수레바퀴는
멈추지 않아

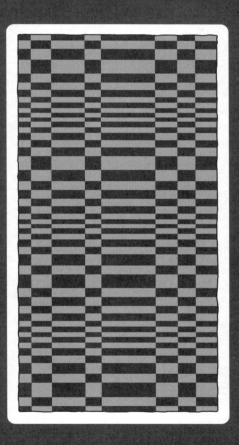

전혜진

세상에는 계절 장사라는 게 있다. 비 오는 날은 우산이 잘 팔리고 햇볕 쨍쨍한 날에는 시원한 음료수가 잘 팔리는 법이다. 물론 자가용을 타고 다니는 데다 주차장이 지하에 있어서 장마철에도 하루 종일 비 맞을 일 없는 사람도 많고, 바깥 기온이 40도에 육박하는데도 실내에서 에어컨 바람이 춥다며 카디건을 걸치는 사람도 있고, 패션지에는 눈보라 치는 한겨울에 앙고라 털로 짠 반소매 터틀넥을 입은 모델 사진이 올라오는 것을 보면 언제나 꼭 들어맞는 일이라고는 할 수 없지만, 그래도 어느 정도는 대충 그런 편이다. 꽃이 피는 계절이 있으면, 풀 한 포기 남지 않고 전부 얼어붙는 계절도 있어야 한다. 그것이 세상 돌아가는 이치라고들 한다.

"……하지만 이 정도로 파리가 날릴 줄은 몰랐는데."

하율은 손님이라고는 눈 씻고 찾아볼 수 없는 타로점집 구석에서 한숨을 쉬었다. 점집이라고 해봤자 검은 천으로 덮은 커피 테이블 하나에 접이식 의자 세 개가 겨우 들어가는, 새시로 벽의 삼면을 막은 지하상가 구석의 손바닥만 한 부스에 불과했다. 하지만 이것도 자리라고,

들어올 때도 권리금과 보증금을 꽤 내야 했고, 매달 나가는 월세도 만만치 않았다. 하지만 이렇게 파리만 날려서야, 이번 달도 적자일 게 뻔했다.

"……디피가 후져서 그런가."

타로카드 하면 대개는 그냥 연애 점 보는 도구 정도로 생각하지만, 조금 진지하게 대하는 사람들은 호러 영화 같은 데서 본 신비한 분위기, 집시라든가 마녀, 중세의 이미지도 같이 떠올릴지 모른다. 아니, 그런 것까지는 아니더라도, 적어도 뭔가 있어 보이는 느낌만이라도 확실히 내주었으면 좀 나았을 수도 있다. 초라하지만 어쩐지 신비로워 보인다거나, 손님은 적지만 숨은 명소 같다거나, 타로 리더가 정말 신기라도 있는 듯한 분위기만이라도 제대로 낼 수 있었다면 좋았을 텐데.

하율은 부스의 삼면을 감싸고 있는 타로 이미지를 올려다보았다. 말이 좋아 이미지지, 타로 점집에 흔히 쓰이는 유니버설 웨이트 타로카드의 '광대' 카드 이미지에, 어설프게 룬 문자와 행성 기호들을 합성한 것을 현수막 같은 천에 뽑아 새시 꼭대기에 커튼처럼 매단 것이다. 이 자리를 처음 얻었을 때는 비록 공간은 좁아도 인테리어를 잘해서 마녀나 집시 점쟁이의 오두막처럼 신비로운 느낌이 나게 만들고 싶었다. 벽을 장식하는 그림 하나만 생각해도 500년 전에 그 시대 귀족들을 모델로 만들어진 비스콘티 스포르자 타로라든가. 중세 시대 성의 응접실

116

에 걸려 있는 세월의 때가 앉은 낡은 태피스트리 콘셉트로 걸고 싶었다.

하지만 이상은 이상이고 현실은 현실, 이미지를 출력하는 데는 돈이 든다. 설령 아무리 오랫동안 사용되어온 빈티지 타로카드를 스캔해서 근사한 이미지를 만들 수 있었다고 해도. 대충 현수막 출력하는 데서 뽑아 온다면 빈티지가 아니라 그냥 빈(貧)티다. 그런 데다 원본 이미지라도 번듯하면 또 몰라. 우여곡절 끝에 만든 이미지는 벽을 덮을 만한 크기로 출력하기에는 너무 작은 데다 어설프기까지 했다. 출력소에서는 쓸데없는 고생을 했다며, 타로 점집 개업용으로 가장 잘나가는 이미지 중에 고르라며 뻔한 그림 서너 장을 보여주었다.

이 따위 건, 지나가는 중학생도 비웃을 테지.

사실 인테리어 따위가 문제는 아니라는 건 하율도 잘 알고 있었다. 원래 점집이 잘나가는 건 적당히 혼란스러운 시기다. 주가가 오르다가 꺾이고, 부동산 가격도 출렁거릴 때 장사가 더 잘된다. 여기에 계절도 변수가 된다. 가을이면 수능을 잘 보겠느냐, 대학은 어딜 가겠느냐 하면서 물어보러 오고, 봄이나 크리스마스 전후로는 연애점을 보러 오는 사람도 많다. 그다음으로 장사가 잘되는 건 정신없이 활기찬 시기다. 그럴 때 사람들이 많이 물어보는 것은 주로 돈 문제다. 남들이 주식이나 코인을 해서 돈을 벌었다는데 지금 들어가도 괜찮을 것인지 같은 것 말이다. 이럴 때는 카드를 섞어서 점을 보는 게 문제가 아니라, 아침저녁으로 경제 신문이라도 열심히 읽어서 손님들이 원하는 이야기를 그럴듯하게 들려주는 게 관건이다. 타로가 아무리 신통해도 타로가 처음 만들어지던 시절에는 비트코인 같은 것은 없었으니까.

지금은 문자 그대로 불황이다. 지하상가 여기저기에 간판을 내리고 폐업한 가게들이 보였다. E라인의 임부복 가게는 몇 달 전에 문을 닫았는데, 사장님이 자살을 해서 몇몇 친한 사장님들이 조문을 다녀왔다는 이야기도 들렸다. 지하철과 연결되는 구간과 출입구 근처를 제외하면 손님 구경하기도 어려워졌다. 가끔 건너편 옷가게 사장님이 기웃거리며 묻기도 했다.

"자기야, 언제쯤 경기가 좀 풀린다니? 나는 언제쯤 돈 좀 만져본다니?"

그 질문은 정말로 타로 점을 믿어서가 아니라, 종일 손님 없는 작은 가게에 혼자 앉아서 휴대폰만 들여다보는 하율이 딱해서 하는 말이라는 것을 하율도 알았다. 그렇게 친하지도 않은 사이에 커피 마시러 오라고 하기보다는, 타로 점을 핑계로 커피값이라도 보태주는 게 나아서였을 수도 있고.

그러게나 말입니다. 경기는 언제 풀릴까요? 저는 언제쯤 돈을 만져볼까요? 그렇게 큰돈을 바라는 것도 아니랍니다. 처음 여기 들어올 때 들었던, 노력하기에 따라 꽤 많은 돈을 벌 수 있다는 이야기의 주인공까지는 바라지도 않으니까, 가게 월세 정도는 메꿀 수 있으면 좋겠는데요. 하율은 한숨을 쉬었다. 경기가 더 어려워졌는지, 요즘은 옷가게 사장님도 전처럼 자주 들여다봐주지 않는다. 하율은 오늘도 아무도 들어오지 않은 이 좁은 점집에서, 카드를 펼쳐놓기엔 꽤 좁은 테이블 앞에 앉아 자신을 위해 카드를 섞기 시작했다.

커피 테이블을 뒤덮은 검은 천은 고급스러운 벨벳이 아닌, 흉내 내어 만든 벨루어 천이었다. 그 위에 놓인 마녀의 수정구슬 비슷한 것은 유리구슬이었고. 전부 인터넷으로 구입한 것들이다. 남대문이나 을지로, 인터넷 쇼핑몰 같은 데는 아예 철학원과 타로카드숍 개업용 아이템, 추천 상품, 제일 많이 나가는 것 따위가 패키지로 묶여서 팔리고 있다. 쇼핑몰 화면 위에 깜빡깜빡하고 번쩍번쩍한 아이콘까지 앞뒤로 붙여서, 다들 이걸 한다고, 후회하지 않는 선택이라고. 하긴, 조계사 앞에 가면 절에 필요한 것은 물론이고, 갓 신 받은 무당들이 신당 차릴 때 필요한 것도 전부 패키지로 있다고 한다. 처음 그런 것들을 알아보고 비웃었던 것처럼 타로 점을 보러 여길 오는 사람들도 마찬가지일 거다.

낡을 거라면 아예 수십 년, 수백 년 묵은 듯이 낡고 신비로워 보이든가, 그게 아니면 아예 산뜻하고 깔끔하고 팬시해야 했다. 요 앞에서 인증 사진을 찍고 인스타에 올리기 한 점 부끄럼 없을 만큼. 그것도 아니라면 흥미진진한 레트로 느낌이라도 줘야 했다. 이도 저도 아닌 이상 여긴 손님도 없이 파리나 날리며 자리를 차지하고 앉아 지하상가를 칙칙하게 만드는 흉물밖에는 되지 않는다. 하율은 카드 뭉치를 섞다 말고 중얼거렸다.

"……나는 가짜야."

그때 낡은 새시가 요란한 소리를 내며 열렸다.

이제 중학생일까 싶은 여자아이였다. 등까지 내려온 찰랑거리는 긴 머리카락과 짙은 감색 세일러복에 새빨간 스카프가 일본 애니메이션에서 빠져나온 것처럼 비현실적이었다. 이 근처 학교는 아니었지만, 점 보는 데 학교는 사실 상관없는 일이다. 하율은 얼른 표정을 영업용 모드로 바꾸며 자리를 권했다.

"어서 오세요."

"혼자서 뭘 하는 거냐."

아이는 대뜸 반말로 물었다. 하율은 기가 막혀 눈만 깜빡였다. 아무리 요즘 애들이 막 나간다고 해도, 끽해야 중학생 같은 애가 대뜸 반말이라니. 세상 말세였다. 하지만 그 생각을 미처 다 떠올리기도 전에, 하율의 눈에서 눈물이 후두둑 떨어졌다.

"뭐야, 우는 거냐?"

정말 서러워서 못 살겠다 싶었다. 무슨 어린애가 냅다 들어와서 반말부터 지껄이고, 사람이 우는데 호통을 치질 않나.

"나가, 나가. 오늘 장사 안 하니까 나가, 나가라고!"

애초에 이 일을 평생 할 거라고는 생각하지도 않았다. 바이러스성 전염병이 대유행하던 첫해, 하율이 다니던 회사는 크게 휘청거렸다. 작업반장이 감염되었으니 같은 조 직원들 전부 출근하지 말라고 하고는, 월급은 출근한 날만큼만 주었다. 회사 사정도 사정이었지만, 당장 숨만 쉬어도 나가는 돈들, 지난달에 샀던 티셔츠 한두 장이 사람의 목을 졸라 왔다. 월급도 제대로 나오지 않고, 돈도 제대로 돌지 않는다, 먼저 나가서 퇴직금이라도 챙기는 사람이 승리자다, 그런데 지금 나가서 뭐 해 먹고 살아야 하나, 다들 그런 이야기들을 수군거릴 때 하율은 정말로 사표를 냈다.

대책 없이 다니던 회사를 그만두고 나와서 시작한 게 이 일이었다. 학교 다닐 때부터 타로 점 같은 것을 좋아했다. 대학 때는 오컬트 동아리에서 잠시 지냈는데, 그 무렵 타로에 대해서는 좀 제대로 배웠다고 자신할 수 있다. 그냥 적당히 카드만 펼쳐놓고 카드 내용과는 상관없이 말발만 세우는 얼치기들도 목만 잘 잡으면 어지간한 회사 다니는 것보다 더 번다는데, 자신이 이 일을 하면 더 잘 벌 수 있을 것도 같았다.

—언니 누나뻘이니까 더 낫지. 애들 고민이 다 뭐겠어, 시험 고민, 연애 고민, 그런 거지. 그냥 애들 고민 들

어준다 생각하고 말만 상냥하게 해줘도 용하다며 단골 되는 게 그 나이 애들이야. 정말 자기 하기 나름이라니까.

앞서 이 자리에서 사주를 보던 아주머니는 양손 엄지손가락을 들어 보이며 말했다. 여긴 되는 자리라고, 강력 추천한다고, 목도 좋아서 근처 고등학생들이 시험 앞두고 특히 많이 오는 곳이라, 자기 하기에 따라선 자릿세 내고도 돈을 갈퀴로 쓸어 담듯이 벌어들인다고. 그런 말에 혹해 이 자리에 타로 점집을 차리겠다고 마음먹자마자, 갑자기 컨베이어 벨트 위에 끌려 올라간 듯이 모든 일이 차례차례 흘러갔다. 얼마 안 되는 퇴직금과 저축은 순식간에 사라졌다. 자기 능력에 말발만 좀 받쳐주면 되는 장사라더니, 보증금에 권리금에 자릿세에 월세까지, 시작부터 빚더미였다. 겨우 구색만 갖추고 바로 문을 열었다. 편의점처럼 이 근처 학생은 투 플러스 원이라며 호객도 했다. 처음에는 손님도 꽤 찾아왔다. 사주 아주머니 말씀대로 학생들이 제법 찾아왔고, 가끔은 지나가던 직장인들이 연애 상담을 하러 왔으며, 멀쩡해 보이는 사람이 불륜 상담을 하러 오기도 했다. 하지만 타로 점 한 판에 5천 원, 하루 종일 점을 봐봤자 빚을 갚기는커녕, 매달 월세 내기도 빠듯했다. 하루 세 끼 먹던 것을 두 끼로 줄이고, 생활비는 회사 다닐 때 만들었던 카드들로 돌려 막기를 반복했다.

언젠가 이 빚만 다 치우고 나면, 바로 문 닫을 거라고 생각했다. 아니, 어쩌면 사주 아주머니도 비슷한 생각을 하고 있었을지도 모른다.

비슷한 방식으로 속았고 비슷한 방식으로 버티다가 비슷하게 어리숙한 젊은 아이가 얼씬거리자 옳다구나, 폭탄을 떠넘기고 나간 것인지도 모른다. 하율은 서러운 마음에 엉엉 울었다. 나가라고, 나가라고, 제발 나가라고. 빚이고 뭐고 상관없으니 정말 다 때려치우고만 싶었다.

그때 교복을 입은 여자아이가 말했다.

"우습구나. 웬 남자들이 여자 혼자 있다고 문 열고 들어와서 행패 부리고. 저녁때 정리하고 들어가려는데 술취한 아저씨가 헛소리할 때에는 가만히 있었으면서. 나 같은 어린애가 반말 좀 했다고 그렇게 서럽게 울다니."

눈물이 딱 그쳤다. 하율은 천천히 고개를 들었다.

그 애의 말대로였다. 걸핏하면 누가 와서 시비 걸고, 술집 아니냐, 술 따라봐라, 하며 새시를 잡고 흔드는 취객들도 있었다. 지하상가 여기저기에 CCTV가 있는데도, 여긴 비교적 외지다 싶었는지 위협적으로 추근거리는 남자들도 한둘이 아니었다.

"……어떻게 알았어."

"딱하고 가엾구나. 귀인이 오셔도 알아볼 눈이 없으니."

귀인. 귀인이라는 말에 하율은 자리에서 일어나려다 그만 주저앉았다. 사주 보러 다닐 때 동쪽에서 귀인이 온다거나 하는 이야기를 듣기도 했는데 그런 것일까.

"타로카드야 한낱 도구에 불과하지만, 도구라 하더

123

라도 정성 없이는 다루지 못하는 법. 하물며 이런 어설픈 장난감으로야."

아이가 오연한 표정으로 하율을 내려다보자, 하율은 어깨를 움츠리며 고개를 푹 숙였다. 이곳의 모든 것이 부끄러웠다. 현수막 뽑는 가게에서 대충 뽑아 온 배경과 개업용 세트에 구색 맞추듯 들어 있던 유리구슬까지도. 그중에서도 아이는 손을 뻗어 테이블 위에 놓인 카드만을 가리켰다. 하율은 카드를 손으로 가리며 아이를 쳐다보았다.

낡은 카드였다. 처음 취미 삼아 타로카드를 배워보겠다고 마음먹었을 때 구입해 지금까지 소중히 쓰고 있는 카드. 그런 카드에 무슨 문제라도 있는 듯이 가리키는 것이 신경 쓰였다. 하율은 조심스레 카드를 집어 들어 앞뒤로 뒤집어 보았다. 그때 아이가 혀를 차며 하율의 앞에 쪼그려 앉았다.

"지하상가 문구점에서 파는 스물두 장짜리 카드로 점을 본다고 하면 너라도 비웃을 테지?"

"그, 그렇지요. 그런 것은 그냥 타로라고 이름만 붙였지 아무렇게나 대충 만든 장난감 같은 거니까⋯⋯."

"그러면 네 카드는 어떠냐. 지하상가 문구점이 아니라 인터넷 서점이면 괜찮은 것이냐?"

아이는 하율의 앞에 쪼그려 앉아 눈높이를 맞추며 웃었다. 하율은 눈만 끔뻑거렸다.

"하지만 이건 저기…… 타로카드 만드는 회사에서 만든 정품인데……."

중얼거리며 카드를 뒤집어보는데, 카드 상자 아래에 작게 적힌 회사 이름이 눈에 띄었다.

"회사 이름을 보면 알겠지만, 거긴 신성한 도구를 만드는 곳이 아니야. 미국에 있는 카드 게임 만드는 회사지. 그런 데서 대량으로, 중국에 있는 공장에서 생산해 인터넷 서점에서 파는 거다. 오늘 주문하면 내일 도착하는 흔한 물건 중 하나로."

하율은 입이 바싹 말라붙었다. 그때 아이가 하율의 머리를 어린아이를 달래듯이 쓰다듬었다.

"그래도 너는 눈을 뜨지 않았느냐."

"예?"

"말하는 것을 들었다. 나는 가짜야, 라고."

"아……."

"벨벳 토끼 인형 이야기를 아느냐? 자기 주인에게 정말정말 사랑받다가 버림받고서 진짜 토끼가 되는 인형 이야기인데, 그 토끼 인형이 처음에는 자기가 진짜 토끼인 줄 알았다. 그러다가 자기가 그냥 톱밥과 솜으로 몸을 채운 인형, 즉 가짜라는 것을 알게 되지. 너도 그렇다. 자기가 가짜인 줄 알게 되었으면 이제 진짜가 되는 일만 남은 게 아니냐."

정말 그럴까.

하율의 뺨을 타고 눈물 한 방울이 떨어졌다. 눈도 깜빡이지 못한 채, 그는 유일한 신이자 동경하는 아이돌을 바라보는 기분으로 그 아이를, 자기 입으로 귀인이라고 말한 그를 우러러보았다. 아이는 천천히 자리에서 일어나 교복 치맛자락을 손으로 탁탁 털더니, 손을 내밀어 하율의 오른손을 붙들어주며 교회에 안 다닌지 10년이 넘은 하율에게도 익숙한 한마디를 아무렇지도 않게 툭 던졌다.

"두려워 말라. 내가 너를 도와준다."

하율은 하느님의 목소리를 들은 듯한 두려움과 떨림으로 눈물을 흘리며 그를 향해 무릎을 꿇으며 경배를 표했다. 하율의 눈에 아이의 모습은, 마치 구름을 뚫은 햇살 사이로 세상을 내려다보는, '연인' 카드나 '심판' 카드의 대천사처럼 보였다.

*

하율에게 타로카드를 본격적으로 가르쳐주었던 사람은 대학 오컬트 동아리 선배였다.

예전에는 대학에 가서 동아리 활동을 하는 사람도 꽤 많았다지만, 요즘은 굳이 동아리 활동 같은 것을 하는 사람은 거의 없었다. 서울로 진학한 친구들의 이야기를 듣거나, SNS에서 서울 쪽 대학생들의 사진을 봐도 그랬다.

취업 관련 동아리나 영어 회화 동아리, 주식 동아리 같은 데는 면접까지 봐가며 들어간다고 했고, 취업할 때 한 줄 적어 낼 수 있을 것 같은 전통이 있는 스포츠 동아리나 봉사 활동 동아리, 창업 동아리도 인기가 있었지만, 모여서 노는 동아리의 이야기는 영 찾아보기 힘들었다.

현실은 더 참혹했다. 사람도, 경제적인 뒷받침도, 주변의 지원이나 선후배 간의 끈끈함도 부족한 지방 사립대에는 취업에 도움이 되는 동아리마저 변변히 갖춰져 있지 않았다.

"이름이 하율인 걸 보면, 집에서 교회 다니나 보다. 그렇지?"

하율이 대학에 입학하자, 같은 과 선배 한 명이 이름을 듣고 친한 척을 했다. 하나님의 율법을 줄여서 하율 아니냐며, 선배는 싫다는 하율을 끌고 어디론가 향했다.

"마침 잘됐다. 내가 다니는 성경공부 모임이 있는데."

그때 알았다. 이 학교에 왕성하게 활동하는 동아리란 무슨 선교회, 무슨 전도단, 그것도 아니면 사이비의 냄새가 풀풀 풍기는 명상 동아리 정도였다는 것을. 그리고 선교회니 전도단이니 하는 기독교 동아리들조차 어쩐지 정상적으로 보이지 않는다는 것을. 무엇보다도 부모님이 교회에 열심히 다닌다고 해서, 자식도 성실한 신자로 자라나리라는 법은 없다. 하율은 교회가 싫었고 사이비는 더 싫었으며 이름만 듣고 지레짐작해 자신을 사이비 종교 동아리에 팔아넘기려는 선배는 더 싫었다. 필사적으로 도 망치다가 문이 열린 같은 복도 다른 동아리방으로 구르듯 뛰어들어간 곳이 바로 오컬트 동아리였다. 들어가자마자 캐비닛을 들이받는 바람에 캐비닛 위에서 툭 하고 떨어진 타로카드가 하율의 머리를 치고 바닥으로 죽 펼쳐졌다.

"떨어뜨린 사람이 정리해."

머리는 괜찮은지, 다치지 않았는지 묻지도 않고 선배 는 그 말만 했다. 하율은 카드를 주워 담으며 동아리방을 휘 둘러보았다. 책꽂이에는 모던 매직이니 헤르메스 이 론이니 하는 두꺼운 책들이 꽂혀 있었다. 선배는 타로 카 드의 '죽음' 카드가 인쇄된 담요를 두르고 일어나 하율이 카드를 제대로 정리하는지 지켜보았다. 좁다 보니 일흔 다섯 장밖에 되지 않았다. 하율은 캐비닛이나 다른 가구 밑으로 카드가 쓸려 들어갔나 싶어 안절부절못한 채, 손 에 든 카드를 다시 세었다.

"세 장이 모자라요."

"그럼 됐어. 그거 원래 짝 안 맞는 카드야."

선배는 하율의 손에 들린 카드를 낚아채더니 손 안 닿는 높은 곳에 다시 올려놓았다.

"원래 카드는 다른 카드를 부르는 법이야. 한 장이 길을 잃고 사라지면 다른 것도 계속 줄줄이 길을 잃는 법이지."

선배는 진지했다. 하율이 어영부영 오컬트 동아리에 눌러앉는 것을 내버려둘 정도로 허술한 사람이었지만,

자기가 신봉하는 각종 오컬트 의식에는 늘 심혈을 기울였다. 그는 매일 달의 위상을 확인하고, 요일별로 다른 색깔 양말을 신었으며, 동아리 방 창가에는 허브 화분들을 키웠다. 하율이 타로카드에 대해 묻자 선배는 진지하게, 우선 밥부터 사라고 했다.

"모든 일에는 그에 합당한 대가를 치러야 하는 법이지. 남의 운명을 보는 일도 마찬가지야. 내 인과율을 소모하는 일인데, 대가 없이 남의 운명을 엿봐선 안 돼."

"그러니까 이 밥도 말하자면, 대가인 거군요."

"고작 학식으로 때울 수 있을 거라고 생각하지 마. 우선 타로카드 덱을 하나 구해 오고……."

선배의 말을 듣자마자 하율은 폰으로 인터넷 서점에 접속해, 타로카드를 검색한 뒤 제일 위에 뜨는 상품을 주문했다. 주문 완료 화면을 보여주자, 선배는 한숨을 쉬었다.

"고대로부터의 비의를 손에 넣는 일을, 학교 식당 자판기에서 음료수 뽑아 먹는 것처럼 하고 있네."

"그럼 어떻게 해요? 지금 쓰고 계신 건요?"

"안 샀어. 받았지."

선배는 어깨를 으쓱거렸다.

"신에게 선택받는 것은 우리가 고를 수 있는 일이 아니야. 신이 나를 선택하고 카드가 나를 선택하는 거지. 내 경우엔 물려받았어. 왜, 무속인들도 무구를 물려받거나, 혹은 다른 무속인이 파묻은 것을 찾아내거나 한다잖아."

"그런 거예요?"

"뭐, 너무 걱정하지 마. 취미로 타로 보는 사람도 많으니까. 신에게 선택받는 건 특별한 일이지만, 사실은 꽤 험난한 일이기도 하고……."

선배는 위로했지만, 하율은 조금 우울해졌다. 하지만 선배는 하율이 고른 카드도 좋은 거라고, 유니버설 웨이트는 20세기에 만들어진 모던 타로이지만 초보자에게는 가장 기본이 되는 덱이라고 말해주었다.

선배는 하율이 쓰는 것과는 달리 알리스터 크롤리라는 사람이 만들었다는 복잡하고 어려운 카드를 쓰고 있었다. 평소에는 말수가 적은 선배였지만, 하율에게 타로를 가르칠 때만큼은 황금새벽회가 어쩌고, 마법이 어쩌고, 수비학이 어쩌고 하면서 신들린 사람처럼 떠들어댔다. 그리고 무엇보다도, 책에는 나오지 않는 중요한 지식들을 하율에게 가르쳐주었다. 소금과 아로마 오일로 타로를 정화하는 방법이나, 할인점에서도 파는 색깔이 들어간 싸구려 초를 이용해서 각 행성에 기도를 올리는 방법, 수정의 원석으로 기를 모으는 방법 같은 것이었다. 하율은 선배가 하는 대로 자취방 구석에 작은 제단을 차렸다. 할인점에서 사 온 컵과 식칼, 오망성이 그려진 재떨이, 학교 뒷산의 나뭇가지를 다듬어 만든 완드를 놓고, 그 앞에서 하라는 영어 회화 발음 연습 대신 히브리어로 된 주문의 발음을 연습하곤 했다. 그렇게 1년이 흐르고 두 학기의 학점을 말아먹을 무렵, 선배는 졸업했다. 거의 선배 혼자 지탱하다시피 한 동아리는 순식간에 와해되었고, 하율은 갈 곳을 잃었다. 종종 연락하겠다던 선배는 전화도 받지 않았다. 학생회는 강제로 짐을 뺐고, 한 주가 지나자 무슨 창업 동아리가 그 공간을 차지했다. 그 앞을 지날 때마다 낙원을 빼앗기고 이 세상에 혼자 남겨진 듯한 기분이 들었다. 그렇게 하율은 꾸역꾸역 현실을 살았고, 학교를 졸업했다.

사실 타로 점집을 차리는 내내 남의 등에 떠밀리듯 끌려다녔고, 자신을 속이려는 인간도 한둘이 아니었으며, 어머니의 실망도 이만저만이 아니었다. 이럴 거면 대학은 왜 나왔느냐, 굶어 죽든 말든 연락도 하지 말라며 어머니는 하율의 전화를 차단하기까지 했다. 하율이 생각하기에도 타로 점집을 차리기보다는 회사에 다시 들어가는 게 맞았다. 하지만 그래도 하율은 이 일을 하고 싶었다. 지금은 비록 연락이 완전히 끊어져 있지만, 이 바닥에 있으면 언젠가 선배와 다시 접점이 생길 것 같았다. 어떻게든, 어떤 식으로든. 그게 어떻게 이루어질지는 알 수 없지만.

*

예전에 선배는 모든 일에는 합당한 대가를 치러야 한

다고 말했다. 아니, 선배까지 가지 않더라도 무릇 현명한 사람이라면 자신의 집 앞에 나타난 신이나 천사를 환대해야 하는 법이다. 마므레의 상수리나무 곁에서 신과 천사들을 만난 아브라함이 그들을 보자마자 뛰어나가 맞으며 땅에 엎드려 절하고, 고운 밀가루로 떡을 만들고 살진 송아지를 잡아다 대접한 것처럼. 혹은 소돔의 성문에 앉아 있던 롯이 두 천사를 보고 땅에 엎드리며 제집으로 모셔 가 누룩이 들지 않은 빵을 대접하고, 마을 사람들이 그 손님들을 끌어내 강간하려 하자 제 딸들을 대신 내어주면서까지 손님들을 보호했던 것처럼.

마치 사흘 굶은 사람처럼 떡볶이를 먹어 치우는, 중학교 교복을 입고 나타난 타로의 천사를 바라보며 하율은 어렸을 때 지긋지긋하도록 읽었던 성경 내용을 떠올렸다. 물론 이 학생이 자기 입으로 천사라고 말하지는 않았다. 하지만 하율은 천사가 아니고서야 자신이 이렇게 절망에 빠졌을 때 홀연히 나타나 위로하고 도와준다고 말할 리 없다고 생각했다. 무엇보다도 신이나 천사는, 수태고지 같은 특수한 상황이 아닌 이상 굳이 자기 정체를 밝히고 세상에 내려오지 않는다. 그리고 아주 작은 힌트만으로도 자신을 알아보고 환대하는 이에게는 그에게 응당 필요한 것을 주곤 했다. 신은 자신을 대접한 아브라함에게, 비록 그들 부부가 노인이지만 자식을 낳을 것이라고 말했다. 천사들은 롯의 가족들에게 도망갈 길을 알려주었다. 그렇다면 자신의 점집 앞까지 다가와, "너를 도 와준다"고 말하는 천사는 어떨까. 그는 또 어떤 지혜로 자신을 위기에서 건져줄 수 있을까. 물론 신이나 천사를 환대하며 보답을 바라선 안 될 것 같았지만, 자신은 기적 을 바라거나 생명을 구해달라는 게 아니었다. 그냥, 지 금보다 조금만 더 장사가 잘되든가, 아니면 아예 이 일을 그만두고 새로운 일을 찾아 어떻게든 먹고살 수만 있으 면 되었다.

그때 자기 앞에 놓인 떡볶이 한 그릇을 다 비운 타로 의 천사께서 말씀하셨다.

"요즘 사람들은 진지함이 없어. 타로에 대해서도 신 의 말씀을 전하는 도구라고는 생각하지 않아. 그냥 연애 점을 보는 예쁘장한 카드인 줄 알고 말이야."

"맞아요, 맞습니다."

하율은 고개를 끄덕거렸다. 선배 생각이 났다. 선배가 졸업해버린 이후로, 그 누구도 이렇게 타로에 대해 진지 하게 말해주지 않았다. 타로카드 이야기를 하면 다들 연 애 점을 봐달라거나. 무슨 주식이 오르겠느냐거나, 그런 거 들고 다니는 걸 보니 어린애 같다, 아니면 오타쿠 같다 는 소리만 숱하게 들었다. 그런 데다, 그런 데다……

"이 일이 되게 쉬운 건 줄 알아요. 한 며칠 배우면 되 는 거 아니냐, 요즘은 인터넷으로 일주일이면 배운다는 데, 돈 쉽게 번다는 이야기도 하고요. 정말 어처구니가 없어요."

"쉽고 어렵고를 떠나 기본 예의라는 게 없구나."

"아 참, 그렇지. 지난번에 점을 보러 왔던 학생은 점 다 보고 나서 카드 한 장만 자기 주면 안 되냐고 하더라고요. 한 명이 그러는 것도 아니어서, 대체 누가 그런 무례한 요구를 해도 된다고 알려줬는지 모르겠네요."

"예전 같으면 드라마를 보고 와서 그러는 사람들도 있었다지."

"드라마요?"

"지금으로부터 20년쯤 전에, 어마어마한 인기를 끌었던 드라마에서 타로카드가 나온 적이 있었지. 그때 드라마 속 타로 리더가 주인공에게 '운명의 수레바퀴' 카드를 건네주는 장면이 나오는 바람에, 타로점을 보고 나서 타로카드를 주는 게 당연한 줄 아는 사람들도 있었다. 요즘도 그러한 것이냐."

"그건 아니고, 다이어리 꾸미기 좋을 것 같답니다. 레트로하다고요. 그래서 그런지 요즘은 타로 덱을 펀딩하거나 공구하면서 아예 타로카드 이미지로 만든 스티커를 같이 주는 경우도 있답니다. 사람들이 워낙 다이어리 꾸미기나 스티커 모으는 걸 좋아해서요. 저는⋯⋯ 그런 것은 어쩐지 마음이 들어 있지 않은 것 같아 사지 않지만요."

눈치를 살피며 마지막 말을 덧붙이자, 천사는 미소를

지었다.

"경외심이라는 게 없는 자들이야."

"그러게나 말입니다."

"그대는 노력이라는 것은 한 것 같지만, 여전히 우상을 섬기고 있고."

하율은 얼른 눈을 내리깐 채, 자신의 타로카드를 살폈다.

신에게 선택받는 것은 특별한 일이다. 자신이 쓰는 것은 그냥, 취미로 카드를 배워보려는 사람이 쓰기 딱 좋은 물건일 것이다. 선배는 자판기에서 뭘 뽑아 먹는 것과 다를 게 없다고 했었지. 천사도 같은 말을 하고 있었다.

"수시로…… 정화 의식을 했어요. 책에는, 그런 것은 할 필요 없다고 나오지만, 그렇게 배웠으니까."

하지만 대체, 어떻게 해야 진짜가 될 수 있을까. 선배처럼 누군가의 비전이나 무구를 물려받아야만 진짜가 될 수 있는 것일까.

"여긴 타로 점집이니까 손님들이 오잖아요. 손님들이 만지고 돌아갈 때마다 오르고나이트 아래에 둬서 간단히 정화하고, 매일 집에 데려가서 정화했어요. 소금에, 작은 수정 클러스터에, 허브에다가, 그날그날 달의 위상이나 요일에 맞는 향초를 켜고 버너에 아로마 오일을 넣어서 훈증한 것을 쐬기도 하고."

"그래, 그 정도면 정성을 들였다고도 할 수 있겠군.

하지만 그것만으로는 역시 부족해."

"부족한가요."

"부족하지."

천사가 고개를 들었다. 하율은 울고 싶은 마음으로 천사를 바라보다가, 조심스럽게 물었다.

"저는…… 이제부터 뭘 해야 하는 걸까요."

"그대는 노력을 들이는 방법은 잘 알고 있다. 하지만 노력을 들일 대상이 잘못된 거야."

"잘못……되었다고요?"

"진짜가 되어야 하는 것은 그대다. 그 카드 덱이 아니라."

"예?"

"……네가 사용하는 그 타로는 유니버설 웨이트라고 한다. 그 카드의 원본은 라이더 웨이트라고 하는데, 아서 에드워드 웨이트 경이 도안을 만든 후 파멜라 스미스라는 화가에게 그림을 의뢰하여 만든 카드다. 웨이트 경은 황금새벽회에서 신비주의를 연구하고, 타로카드와 성배, 카발라에 대해 연구했던 사람이지. 파멜라 스미스 역시 황금새벽회 출신이었다."

"아, 그건 알아요. 그런데…….""

"최초에 만들어진 라이더 웨이트는 분명 진짜였지. 신비주의를 연구한 학자이자 마법사가 자신의 비의를 담아 만든 카드였으니까. 하지만 웨이트 경도, 파멜라 스미스도 세상을 떠나고, 저작권에서 자유로워진 이 카드는 그야말로 아무나 찍어내도 좋은 카드가 되어버리지 않았느냐. 이 카드만 해도 그렇다. 라이더 웨이트에서 색깔을 부드럽게 바꾸고 얼마간 수정을 해서 새로 찍어낸 것이 아니냐. 금빛으로 번쩍거리게 찍어내고, 이 그림을 뒤에서 본 모습을 새로 그리고, 나중에는 이 그림을 놓고 어설프게 사인펜으로 따라 그려서 색칠까지 비슷하게 한 것을 타로카드랍시고 팔지 않았느냐. 정작 중요한 상징은 다 빠진 채로 말이다. 그런 것들에 비하면, 차라리 만화 캐릭터를 그려 넣은 것은 예쁘고 그릴 때 정성이라도 더 들어갔겠지."

"그렇다면 이 카드 말고, 라이더 웨이트를 써야 하는 건가요?"

"자신만의 카드를 만들어야 한다는 이야기다."

천사의 말에, 하율은 눈만 깜빡였다. 카드를 만들라고? 한두 장도 아니고 78장을 다? 자기도 모르게 입이 딱 벌어지는데, 천사가 남은 튀김을 집어 하율의 입에 쑥 집어넣었다.

"그대는 이 어설픈 허수아비를 진짜라 여겨 마음을 두고 매일 수행을 계속해왔다. 비록 방향은 잘못되었다 하나, 그와 같은 수행을 계속해온 그대는 이미 한 사람의 마녀라고도 할 수 있지. 설령 이 카드의 상징을 베껴 그리는 것이라 하더라도, 수행한 마녀가 그리는 것이라면 그 자체로 진짜가 될 가능성을 품고 있는 것이다."

"제가…… 마녀라고요?"

"그대는 〈백조 왕자〉 이야기를 알고 있느냐. 아마도 어렸을 때 동화책으로 읽었을 테지. 마녀의 저주에 백조가 된 왕자들을 구하는 것은, 막냇동생인 공주의 수행이다. 공주는 밤마다 쐐기풀을 뜯고, 그 쐐기풀로 실을 자아 왕자들을 위한 옷을 지었으며, 그 일을 행하는 동안 입을 굳게 다물고 단 한 마디도 하지 않았다. 심지어는 목숨을 잃을 지경이 되었는데도 말이야. 비록 처음에는 평범한 인간이었을지라도, 뚜렷한 목적을 갖고 꾸준히 수행한다면 한 사람의 마녀로 거듭나, 강한 마녀의 저주마저 물리칠 수 있는 것이다. 그대에게는 그럴 힘이 있다."

입에 가득 찬 튀김을 우물거리며 억지로 목구멍으로 넘기는 하율을 보며, 천사는 웃음 지었다.

"말하지 않았느냐. 내가 너를 도와준다고."

*

처음에는 이게 무슨 헛소리인가 했지만. 세상에는 의외로 자기 자신만의 카드를 만들기 위해 애쓰는 사람들이 많았다. 천사도 말했던 저 라이더 웨이트 카드에서 테두리 선만 따놓은, 사용하는 사람이 자기가 원하는 대로 색칠해서 자신만의 카드를 만들 수 있는 세트부터 시작해서, 아예 새로운 카드를 만들 수 있도록 뒷면만 평범한 타로카드 무늬가 들어가고, 앞면은 텅 비어 있는 백지 카드도 있었다. 자기가 좋아하는 만화 주인공을 소재로 타로카드나 트럼프카드를 만들 수 있도록, 그림을 그려 넣으면 인쇄소에서 출력할 수 있는 형태로 만들어주는 앱도 있었다. 세상은 넓고, 자신이 좋아하는 것을 위해 부지런히 공을 들일 수 있는 사람은 정말로 많았다. 하율은 부끄러웠다. 고작 매일매일 카드를 정화하는 정도로 카드에 정성을 다했다고 생각하다니. 고작 그 정도로 천사에게 매일매일 수행을 해왔으니 너는 마녀라고, 또 진짜가 될 수 있다는 말을 듣다니, 천사란 또 얼마나 상냥한 존재인가.

어쨌든 선을 따라 색칠만 하거나 태블릿으로 그리는 것은 정성이 부족한 것 같아, 하율은 82장 단위로 묶어서 파는 백지 카드를 한 세트 샀다. 그림을 잘 그리는 편은 아니었지만, 자기가 쓰던 카드를 그대로 모사해서 만들어보기 위해 매일 그림 연습도 했다. 손님이 없을 때는 자신의 가게에서 작업을 하기도 했다. 다행히도 인터넷에서 그림을 그대로 모사하기 위해 모눈을 그리고 따라 그리는 방법을 찾을 수 있었다. 하율은 그 방법대로 원래의 카드 위에 모눈을 그린 비닐을 덮어놓고, 다시 백지 카드에 흐릿하게 모눈을 그려 그 안에 그림을 따라 그리는 방식으로 한 장씩 카드를 베껴 그리기 시작했다. 완전히 자신만의 도안을 만들 수는 없겠지만, 그래도 따라 그리는 방식으로라도 자신만의 카드 한 덱을 만들 수는 있을 것 같았다.

그러나 천사는 냉정했다.

"지금 장난하는 거냐."

천사가 하율이 그리던 카드를 경멸하듯 노려보자, 하율이 변명하듯 기어들어가는 목소리로 말했다.

"그, 그렇지만 제가 디자인까지 다 할 능력은 없고……. 그, 그리고 애초에 이 웨이트 카드도 가만히 보면 15세기의 비스콘티 스포르자 카드를 따라 그린 거고……요!"

"내 말은."

천사는 카드를 내려놓고, 의자를 끌어다 앉았다.

"하다못해 절에서도, 값싼 나무 염주라 해도 고승이 만져 손때를 태운 것이라면 가피가 깃든 물건이라고 하지. 그런데 코팅까지 다 되어 있는, 게임 회사에서 만든 백지 카드에 마법적인 힘이 깃들겠느냐. 이런 소재에는 물감도 배지 않고, 유성펜 외에는 무엇으로 칠해도 겉돌 뿐인데. 이 카드에 칠을 해서 소금으로 정화하고 아로마 오일로 힘을 불어넣는다 한들, 그려놓은 그림만 벗겨지지 않겠느냐. 그대는 나보다 이 세계에서 오래 육화해 있었으면서도, 이런 단순한 이치 하나를 몰라 어리석은 짓을 반복하는구나."

천사님의 말이 맞았다. 그동안의 노력이 아무짝에도 쓸모없는 것이어서 조금 슬펐지만, 천사님의 말은 틀리지 않았을 것이다. 그는 자신이 이 백지 카드에 78장을 다 옮겨 그리는 헛수고를 하기 전에, 그 방법은 틀렸다고 알려주러 온 것이다. 그렇게 마음을 고쳐먹고, 하율은 지하상가에 있는 문구점으로 향했다. 캘리그래피나 작은 수채화를 그릴 용도로 엽서 사이즈로 잘라놓은 펄프에 섬유를 섞어 만들었다는 도톰한 수채화 용지들을 샀다. 인터넷으로 수채화 그리는 법 강좌를 듣고, 연필로 흐릿하게 도안을 따라 그리고, 다시 가늘고 선명한 피그먼트 펜으로 선을 덧그렸다. 수채물감으로 흐릿하게 한 장씩 칠하고, 마르면 그 위에 다시 덧칠했다. 그림을 다 그린 뒤에는 캘리그래피 펜으로 카드의 이름을 적고 테두리를 그렸다. 이 일이 어느 천년에 다 될까 생각할 때마다, 하율은 팔만대장경을 생각했다. 왜, 고려 시대 팔만대장경을 새기던 사람들은, 혹시라도 잘못 새기면 그 한 판을 처음부터 다시 새겨야 한다고, 한 글자마다 절을 하고 글자를 확인한 뒤 새겼다고 하지 않던가. 하율은 그 팔만대장경을 새기는 마음으로 자신만의 타로카드를 만드는 일을 계속해보기로 했다. 타로 점집이 잘되는 일은 이제 부차적인 일이 되었다. 그럴 수밖에. 자신은 천사에게 선택받은 사람이었으니까.

이 일에 몰두하며, 하율의 마음은 평화로워졌다. 하

지만 한편으로는 점을 보겠다며 들어오는 손님을 방해하지 말라고 화를 내며 내쫓기도 했다. 월세가 밀렸고, 돌려막기를 하던 카드도 한도에 가까워졌다. 하지만 하율은 계속, 한 장 한 장 카드를 그려나가는 데 몰두했다. 카드를 그리지 않는 시간에는 바닥에 앉은 채, 머리 위에서 빛의 기둥이 내려오는 상상을 하며 명상을 했다. 하늘에서 쏟아진 빛이 자신을 거쳐 바닥으로 흘러나가는 모습을 상상하다 보면, 자신이 한 그루 나무가 되어 하늘과 땅 사이를 연결하는 것처럼 느껴지기도 했다. 이것이 지혜의 나무이고 생명의 나무로구나, 타로카드에 대한 책들을 읽을 때 뭔가 싶었던 카발라라는 것이 이런 것이었구나. 이 통로를 통해 우리는 인터넷 사이트에 접속하듯이 대 우주의 진리, 아카식레코드에 접근하는 것이로구나. 누군가의 성적이나 연애나 불륜이나 비트코인 같은 이야기에 맞장구치며, 대충 좋은 이야기를 해주고 위로해주고 복채를 받는 것이 아니라, 이렇게 인간은 신에 다가가 미래를 엿볼 수 있는 것이겠구나. 그런 생각으로 가슴을 충만하게 채우는 동안, 제대로 들여다보지 못한 우편함에는 독촉장들과 내용증명, 나아가 최고장 같은 것들이 쌓이기 시작했다.

"이번 것은 나쁘지 않구나."

천사는 하율이 그린, 엽서 크기의 타로카드들을 들여다보며 미소 지었다. 하율은 이제야 자신의 노력이 인정받았다고, 이제 진짜가 될 수 있다고 생각했다. 하지만 천사는 카드를 돌려주며 말했다.

"너의 노력도, 그려놓은 결과물도 나쁘지 않다. 하지만 도구를 선택하는 데는 좀더 신중해야 하지 않았겠느냐."

"무슨 말씀이십니까. 저는 제가 살 수 있는 한 좋은 물감을 사서, 좋은 종이에 정성껏 그렸습니다. 더 좋은 카드를 그리기 위해 유튜브 강좌들을 보고, 연습도 많이 했습니다. 또 어떤 노력을 해야만 하겠습니까."

"내가 말한다면, 의심하지 않고 따르겠느냐?"

천사가 물었다. 하율은 그의 말이 원망스럽고 야속했다. 그동안 현실의 어려움을 잊고 이 그림에만 매달렸는데, 그는 이번에도 이 모든 것들에 대해 노력은 가상하지만 아직 부족하다고 말하고 있었다.

하지만 그럼에도, 여기서 포기한다면 역시 그것밖에 안 되는 거라고, 이왕 이 미친 짓을 시작했으면 끝까지 가야 하는 거라고, 마음 한구석에서 누군가가 속삭이는 것 같았다. 그래, 미친 짓이다. 이건 정말 미친 짓이었다. 월세도 밀리고, 이제 돌려 막을 카드도 없는데, 진짜가 무엇인지도 알지 못하는 채로 그저 진짜가 되기 위해 따르라니. 하지만 그럼에도 불구하고, 하율은 고개를 끄덕였다. 천사가 웃었다.

"그렇다면 네 정성을 다해, 재료부터 네 손으로 만들어보아라. 닥종이나 파피루스를 만드는 것처럼 나무껍질을 벗겨 종이를 만들고, 숯의 검댕을 모아 잉크를 만들어서. 녹슨 철의 붉은빛과 이끼의 초록으로 색을 입히고 버드나무 가지를 그을린 목탄으로 밑그림을 그려서, 그렇게 그 시작부터 끝까지 온전히 네 손으로 쌓아 올리는 것이다."

"그렇게 하면, 저는 진짜가 됩니까?"

"진짜가 된다는 것이 무엇이라고 생각하느냐."

"모릅니다. 몰라서 묻는 게 아닙니까."

"진짜가 된다는 것은, 수은이 황금이 되는 것과 같은 것. 갈고닦아 단련하여 마침내 이전과는 다른 존재가 되는 것이다. 그렇게 온전히 네 손으로 모든 것을 해내며, 그 과정에 담긴 네 마음이 너를 진짜로 만들 수도 있을 것이다."

천사는 웃으며 하율에게 손을 내밀었다. 그의 말이 옳았다. 한 장 한 장 카드를 그리는 것은 하율 자신을 갈고닦는 일인 동시에 하늘을 향한 기도와도 같았다. 하늘로부터 쏟아진 빛이 땅으로 이어지고 자신이 한 그루의 생명의 나무가 되어 하늘을 향해 손을 뻗으며, 다시 하늘을 향해 기도를 돌려보내는. 이 카드들은 그 기도의 끝에 하늘로 돌려보내는 제물이었다.

그리고 하율은 알고 있었다. 신에게 바치는 제물로 가장 좋은 것은, 산 제물이라는 것을.

커피 테이블 위에 놓아두었던 캘리그래피 펜을 집어

들었다. 생글생글 웃고 있는 그 눈을 찔렀다. 피는 붉었다. 녹슨 철의 붉은빛을 기다릴 필요도 없었다. 나무껍질을 벗겨 종이를 만들 필요도 없었다. 사람의 살갗이 종이가 되어줄 테니까. 휘두르고 꿰뚫으며 살갗을 긁어, 피부 위가 타로의 문양들로 새빨갛게 뒤덮였다. 그리고 하율은 마침내 자신의 좁디좁은 타로 점집 안에서 정신을 잃었다.

*

하율이 눈을 뜬 곳은 병원이었다. 왼쪽 눈이 있어야 할 자리는 아팠고, 두꺼운 붕대로 감겨 있었다. 여기저기, 손등이며 팔에 태양계의 행성들을 상징하는 문양들이 거칠게 휘갈겨져 있었다. 펜촉에 찍히고 긁힌 상처였다.

이만하기가 다행이라고 했다. 나머지 한 눈마저 펜으로 찍으려는 것을, 그날 장사를 마치고 들어가려던 옷가게 사장님이 발견한 거라고 했다. 119를 부르고, 경찰을 부르고, 혹시라도 무슨 범죄가 일어난 것인가 싶어 주변 CCTV를 뒤졌다. 하지만 아무도 보이지 않았다. 사람들은 몇 달 동안 월세를 내지 못하던 하율이 끝내 극단적인 선택을 하려고 했다고들 말했다. 그런 게 아니라고 말을 해도, 사람들은 하율을 두고 지하상가 사장 중에는 정말로 자살한 사람도 있는데 그만하기가 천만다행이라고 했다.

하율이 입원한 사이, 임차인이 가게로 찾아왔다. 옷가게 사장님이 그간의 사정을 전했다. 임차인은 어차피 여기서 더 이상 장사를 할 수 있을 것 같지도 않은데, 이만 가게를 빼고 정산하자고 권했다. 보증금에서 지난달까지의 밀린 월세를 제하고 바로 돌려주겠다고, 위치 자체가 나쁘진 않으니 하율의 점집과 그 옆에 있던 작은 떡볶이집을 포함해 새시로만 막아놓은 세 가게를 한 번에 밀어버린 뒤, 그 자리에 가벽을 세우고 커피 체인점을 들일 거라고 했다. 병원비를 무슨 돈으로 내나 걱정하던 하율은 차라리 다행이라고 생각했다. 짐은 임차인이 사람을 불러서 빼고, 옷가게 사장님이 한동안 맡아주기로 했다.

권리금은 싹 날렸지만, 보증금을 돌려받자 조금이나마 숨통이 트이는 것 같았다. 어차피 병원비를 내고, 돌려 막던 카드빚 일부를 갚고 나면 남는 것도 없겠지만. 적어도 병원비를 못 내서 퇴원 못 하는 것은 아닌가 하는 걱정만은 덜어낸 셈이었다.

그래도 빚을 다 갚은 것은 아니니까, 나가서 무슨 일이라도 해야겠지. 다시 취직을 해야 하나. 이 공백기를 뭐라고 설명하지. 창업했다고 말해야 하나. 거짓말은 아니지만, 타로 점집 같은 것을 했다는 이야기를 회사에서는 뭐라고 받아들일까. 아니, 그 이전에 눈이 이렇게 된 것은 뭐라고 해야 하지. 한쪽 눈이 없어도 취직은 할 수 있는 걸까. 눈물이 찔끔찔끔 흘러 상처가 쓰라렸다. 이런 상황인데도 병원에 와서 들여다보는 가족도, 친구도 없다는 것이 더욱 속이 상했다. 옷가게 사장님이 두 번 와준 것 빼고는, 정말 아무도 와주지 않았다. 서글플 정도로.

그 천사조차 현실이 아니었다. 자신이 머릿속에서 만들어낸 괴물이었을까. 빨간 스카프를 맨 세일러복 소녀에 대해 이야기하자, 사람들은 현실이 너무 힘들어서, 그런 천사라도 상상하지 않고는 견딜 수 없었던 거라고 말했다. 손님도 오지 않고, 자꾸 빚만 늘어가고, 먹고사는 것이 너무나 힘들고 고통스러워서 그런 망상 속으로 빠져든 거라고 했다. 괴롭고 부끄러웠다. 그런 말을 들을 때마다, 차라리 이대로 모든 것을 끝내버릴 수 있다면 얼마나 좋을까 하고 생각했다. 병원 복도 끝, 세로로 긴 창문 앞에 서서 바라본 바깥 풍경은 어느새 연말이었다. 그 눈 쌓인 풍경을 바라보는 자신은, 마치 78장의 타로카드 중에서 가장 비참하다는 펜타클 5번 카드처럼 서글프기만 했다.

겨우 퇴원을 허락받고, 원무과에서 병원비를 정산했다. 영수증과 처방전을 출력해주던 간호사인지, 원무과 직원인지 하율에게 이름과 생년월일을 물어보다 잠시 머뭇거렸다. 영수증이 바로 나오지 않아, 하율은 자기가 지금 바쁘다고, 빨리 가봐야 할 것 같다고 중얼거리며 고개를 들었다.

하나밖에 남지 않은 하율의 눈에, 하늘색 제복에 남

147

색 카디건을 걸친 선배의 모습이 비쳤다.

"……선배?"

원무과에 앉아 있는 선배의 목에는, 타로의 운명의 수레바퀴 카드를 축소해 만든 목걸이가 걸려 있었다.

엑소더스

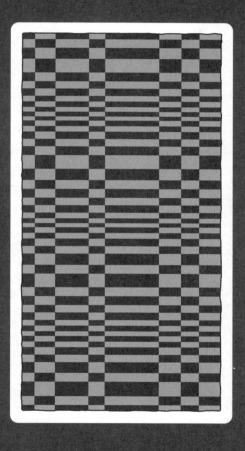

손지상

1. 풍부한 균열

바깥에서 부산한 소리가 들린다.

"이제 곧 이 댕기 머리랑도 안녕이네."

"내가 잘라줄게."

"웃기고 있네. 댕기 자른다고 머리채 붙잡아다 멱따려고 그러는 거지? 내가 전에 가죽 다섯 피 안 빌려줬다고?"

"들켰네?"

웃음소리가 이어진다.

이툼은 혼자였다. 홀로 컴컴한 이글루에 앉아 현관을 막은 방한막 틈새를 살짝 열어본다. 이툼을 뺀 무사케 부족원 모두가 곧 시작될 성인식 준비로 분주하다. 소꿉친구들도 보인다. 서로 웃고 떠들고 장난친다. 가운데 무리를 이끄는 동생 상툼과 옆에 나란히 선 남자가 보인다. 명치끝에 무언가 묵직하게 매달린 느낌을 애써 지우려고 손에 든 물건에 정신을 모은다. 하나 만지는 손끝이 어수선하고 야물지가 못하다.

묵묵히 손끝으로 쇳조각을 튕겨 소리를 살핀다. 기묘하고 우스꽝스러운 소리. 작은 쇳조각 판을 잘라 만든 악기다. 이름은 묵쿠리. 무사케 부족의 성인식에서는 묵쿠리 실력을 보여야만 어른으로 인정된다.

"자, 그만 떠들고 얼른 준비해! 이제 어른 될 건데 아직도 애들처럼 굴 거야?"

상툼의 목소리가 들린다. 자신에게 하는 말 같다. 괜히 뜨끔해서인지 손길이 멈춘다. 나이가 나이니만큼 이툼도 성인식에 참가하고 싶었다. 부족장이자 이툼과 상툼의 어머니인 '대모'는 법도를 따르는 데 매우 엄격한 보수적인 성품이다. 그럼에도 이툼은 성인식에 참여하기는커녕 아직도 변발에 댕기머리다. 이미 동갑내기들은 성인식을 치르고 어른으로 대접받으면서 사회에 인정받는 일을 해내고 있는데 이툼은 어린아이 취급을 받았다.

상툼의 목소리가 머릿속에서 울린다.

알고는 있다. 알고는 있다만……. 이툼은 속으로 되뇌었다. 스스로의 처지를 충분히 인지할 만큼 나이를 먹었다. '대모'의 아들로서 어떻게 처신해야 하는지 충분히 숙지할 만큼 교육도 받았다. 그럼에도……

방금도 또래 친구들의 둘째, 셋째 동생뻘인 훨씬 나이 어린 이들과 커다란 공동 이글루에 함께 모여 묵쿠리를 점검하고 놀아야 하는 처지였다. 성인식에 참가하는 손윗사람을 위해 동생들이 묵쿠리를 점검하는 게 무사케

152

부족의 법도임에도 불구하고.

공동 이글루 속 자기 처지가 민망해진 이툼은 어느새 밖으로 나와 작고 어둡고 외딴 이 이글루 안으로 들어왔다. 그리고 오래 묵은 돌연변이 알비노 펭귄 가죽이 쌓인 구석에서 홀로 상툼이 쓸 묵쿠리를 점검하는 중이었다. 그럴수록 스스로가 견디기 어려웠다. 이대로는 무너져 내릴 것만 같았다. 어딘가에 담기지 못해 바닥에 엎질러진 '얼지 않아 귀한 물'처럼 바닥을 적실 뿐, 자신은 쓸모가 없다고 느껴졌다. 설령 더러운 그릇이라도 자기를 담아만 준다면 매달리고 싶은 심정이다.

묵쿠리를 손에 꽉 쥔 채로 이툼은 아무렇게나 몸을 내던졌다. 알비노 펭귄 가죽 더미는 생각보다 푹신하지 않았다. 동생의 묵쿠리를 입에 가져다 댄다. 울려본다. 윗입술의 반쪽이 떨린다. 간질간질하다. 반면 크레바스로 나뉜 다른 반쪽은 얌전하다. 아무리 해도 입안에서 제대로 소리가 울리지 않는다.

무사케 부족은 묵쿠리를 연주해 다양한 일에 활용한다. 입맞춤하듯 내민 입술 앞에 가져다 대고 긴 쇠판을 튕길 때 나는 소리로 연주한다. 만들기도 어렵지는 않다. 직사각형 쇠판 한가운데를 작은 직사각형 모양으로 자른다. 이때 완전히 자르지 않고 선분이 짧은 쪽 하나를 남긴다. 그러면 큰 직사각형이 '틀'이 되고 일부만 뜯은 작은 직사각형이 '혀'가 된다. 이 혀 끝에 줄을 감는다. 연주

할 때는 줄을 잡아당기고 놓기를 반복한다. 그러면 틀 안에서 혀가 팔딱이며 독특한 진동음이 난다. 입안의 형태를 바꾸면 진동음이 마치 사람이 발음하는 말처럼 다양하게 바뀐다.

하지만 이툼은 다른 부족원과 똑같이 연주하지 못했다.

"여기서 뭐 하고 있느냐?"

갑자기 들린 목소리와 그 배경에 깔린 로봇 개의 관절 모터 소리에 놀란 이툼은 죄지은 사람마냥 몸을 벌떡 일으켰다. 그리고 몸 뒤로 묵쿠리를 감췄다. 어머니의 눈길이 마치 크고 뾰족한 고드름이 내리꽂히는 것 같다. 어둠 속에 숨은 자기 표정을 읽는 게 느껴진다. 어머니가 혀로 입천장을 울려 딱딱 소리와 츳츳 소리를 리드미컬하게 냈다. 그러자 대모 곁에서 용맹하게 호위하던 두 마리 로봇 개가 현관 밖으로 나가 제자리걸음을 하기 시작했다. 엉덩이 부분이 점점 아래로 내려가, 마치 고대 사원 입구를 지키는 수호 동물처럼 앉은 자세로 대기 모드를 취했다.

무사케 부족이 빙하로 뒤덮인 옛 유적을 발굴해 다루는 힘이 바로 이 '박자-기계어'였다. 기계는 오직 꺼짐과 켜짐이라는 박자로만 세상을 인식한다. 그 박자와 진동의 비밀을 무사케 부족의 선조들이 깨달은 뒤로 오랜 세월 다양한 '음악-기계어'라는 비밀 지식이 전수되어왔다. 기계에 숨결을 불어넣고 다시 잠재우는 정도인 초보

상자속

배명훈

적인 수준의 박자-기계어 정도는 평범한 부족 구성원이라도 어른이라면 누구나 묵쿠리를 연주해 구사할 줄 알았다. 다만 복잡한 동작을 시키려면 음악-기계어의 지식을 익혀야 한다.

대모는 당연히 전수자 가운데 하나였다. 또한 대모의 입양된 아들 이툼과 직접 낳은 딸 상툼에게도 물론 비밀스러운 부족의 전통이 전수되어 있었다. 상툼의 고른 치아와 아름다운 입술과 날렵한 혀가 구강 안을 이리저리 춤추며 내는 박자-기계어는 명령을 내리고 사역을 시키는 힘을 지녔다. 반면 이툼은 박자-기계어를 잘 구사하지 못했다. 묵쿠리의 도움도 받지 못했다. 성인식에 참여하지 못하는 이유였다.

"아들아, 너도 알지 않느냐? 나약한 얼음 벽돌 하나가 이글루 전체를 무너뜨린다는 걸."

"예, 잘 압니다 안락하게 지내던 가족을 짓눌러 죽음에 이르게 하고요. 저도 다 압니다. 안다고요."

"마음을 차갑게 다스려라."

잠시 말을 멈춘 대모는 이툼에게 다가가 손으로 얼굴을 어루만졌다. "마음은 묵쿠리처럼 한번 떨리기 시작하면 끝도 없이 진동하게 마련이다. 과도한 진동은 눈을 멀게 하고 의지를 약하게 하며, 몸과 마음을 나약하게 만든다."

이툼은 어머니의 손길을 조용히 뿌리쳤다. 눈꺼풀에 감촉이 남았다. 눈물을 어머니께 들킨 게 마음에 걸렸다. 대모가 손끝을 비벼 얼어붙은 아들의 눈물 조각을 녹인 뒤 입으로 가져갔다. 그러고는 두툼한 섶을 헤쳐 품에서 오르골을 꺼냈다. 어린 시절 이툼과 함께 발견된 오르골이다. 이툼은 말없이 오르골을 쳐다보았다. 이툼은 신을 사랑해본 적이 없었다. 아무리 노력해도 되지를 않았다. 신을 생각하면 캡슐 속에서 끊임없이 울렸다는 오르골 소리만 떠올랐다.

과거 무사케 부족이 사는 마을 해변으로 기묘한 캡슐 하나가 실려 왔다. 쇠약하고 입이 찢긴 알비노 갓난아기와 끝없이 울리는 오르골이 안에 보였다. 캡슐을 열자 오르골이 멈추었다. 아기는 무녀리였다. 대모가 무녀리 아기를 신이 내리신 선물이라 여기고 이툼이라는 이름을 지어 입양한 이유는 몇 년에 걸친 불임에 지쳐서였을지도 모른다. 대모는 두 아이를 차별해서 대한 일이 없었고, 부족 구성원들도 마찬가지였다. 따스하게 가족으로 받아들여주었다. 차이를 느낀 사람은 오직 당사자인 이툼이었다. 차별이 없다는 점이 자기가 얼마나 다르고 얼마나 동정받는지 확인시켜주는 것 같았다. 이툼은 스스로가 인간을 어설프게 흉내 낸 연습용 인형이나 다름없다 여겼다. 잔인한 신은 인형을 다시 거두어가는 자비도 없이, 어머니가 될 준비를 완전히 마친 대모에게 상툼이라는 친딸을 선물했다. 그리고 비록 의붓형제라 할지라도 상툼을 이툼의 동생으로 만들어버렸다. 이툼 안에는

156

항상 부딪히고 갈라진 모순이 있었다. 스스로를 어딘가에 제대로 담기지 못한 부정형의 오염된 액체처럼 느끼고 겉돌았다.

대모가 오르골 손잡이를 돌려 태엽을 감기 시작했다. 작은 기계가 서로 부딪히며 짧지만 울림이 풍부한 진동을 만든다.

"걱정하지 마라." 이툼이 주저하자 대모는 방한막 밖을 향해 검지손가락을 치켜들었다. "방화벽을 쳐두었다. 그러니 안심하고, 네 '운율-숨결'로 오르골과 함께 노래해주거라."

방한벽 밖에서는 호위 개 두 마리가 몸 안에서 특정한 주파수를 잡아내어 상쇄시키는 소음 방화벽을 실행 중이었다. 이글루 안에서 들리는 소리는 밖으로 새어나가지 않는다. 부족 장로들과 대모가 중요한 회의를 나누어야 할 때 보안을 위해 사용하는 기술이다.

이툼은 운율-숨결을 시작했다. 두 소리가 이툼에게서 동시에 울렸다. 보통 사람이라면 불가능한 일이다. 풍부한 저음과 또렷하게 솟아오르는 고음이 화음을 이루었다. 낮은음은 찢어진 입천장과 그 크레바스로 이어진 비강과 목을 울려 몸 안에서 나는 숨결이었다. 한편 높은음은 갈라진 입술 사이로 드러난 잇새를 세차게 할퀴며 공간에 퍼지는 숨결이었다. 두 숨결이 오르골이 연주하는 운율과 어우러져 공간을 편안하게 흔들어주었다. 밖으로

157

새어나갈 일 없는 비밀스러운 감정의 선율. 금지된 언어가 이글루 안 공간에 반사되어 진동을 만들어냈다. 대모에게도 과거 안타깝게 꾸물거리는 불쌍한 이툼을 보았을 때 느꼈던 동정이 되살아난 모양이었다. 항상 위엄을 보이려 굳어 있던 얼굴이 부드럽게 풀어졌다. 그 모습을 본 이툼은 오랜만에 어머니의 마음도 자기 마음도, 그리고 두 마음이 동시에 조화를 이룬 것 같이 느껴졌다.

무사케 부족 신화에서는 모든 힘이 조화를 이루어야 함을 강조한다. 강력한 진동과 온화한 진동은 각각 힘과 능력, 아름다움과 자비로 작용한다. 두 진동이 아름답게 어우러지면 신이 기뻐한다. 그리고 신과 함께하는 조상이 즐거워한다. 그러나 이 두 힘이 충돌하면 위험하다. 오직 파괴만을 낳는다.

파괴를 일으키는 충돌을 무사케 부족은 '케말'이라 부른다. 양쪽에서 강하게 잡아당겨 찢어진 모습을 이른다. 부족장에게는 대대로 내려오는 '죽음의 피리'라는 무기가 있다. 펭귄 두개골로 만든 호루라기 피리로 운율−숨결을 조작해 불협화음의 케말을 인위적으로 만들어낸다. 케말은 산 동물이든 기계 동물이든 상자 속에 갇힌 인공지능이든, 정신을 파괴하고 고분고분하게 만든다. 운율은 그래서 위험하다. 쉽게 불협화음을 만들어 케말을 일으키니까.

한 예로 무사케 부족에게 휘파람은 금기다. 이 주변에

맹수로 돌아다니는 돌연변이 괴수, 바다코끼리 떼가 쉽게 케말을 일으켜, 습격하기 때문이다. 작은 것은 3미터에서 큰 것은 7미터에 달하는 거대한 바다코끼리에게는 타고난 케말이 있었다. 커다란 코로 울려대는 진동이 돌연변이 알비노 펭귄 무리에게 케말을 일으킨다. 천적이 내는 묵직한 진동에 펭귄 무리는 일제히 공황 상태에 빠진다. 혼란에 빠진 돌연변이 펭귄은 자위 수단인 몸 밖으로 튀어나오는 갈비뼈로 동족을 공격하거나 연약한 인간의 살 따위를 꿰뚫어버린다. 펭귄의 정신을 박자-기계어로 길들여 양식하고 먹이를 잡아 오게 시켜 생계를 이어가는 무사케 부족에게는 폭력적인 힘일 뿐 아니라 생활을 받쳐주는 뿌리까지 빼앗기는 일이다.

이툼은 스스로가 케말을 안고 태어났다고 여겼다. 심지어 죽음의 피리가 내는 소리까지도 마음대로 일으킬 수 있다. 죽음이 보내온 아이, 망가진 아이였다.

운율이 끝났다.

여운이 남았다.

감정이 흘렀다.

감정이 들어가 바다처럼 짠 얼지 않아 귀한 물이, 모자의 뺨을 타고 천천히 아래로 내려갔다. 서로 살포시 안아 온기를 나누며, 모자는 서로의 뺨에 입을 맞추어 눈물을 삼켰다. 소중한 온기와 수분을 나누고 낭비하지 않아야 하는 무사케 부족에서 온정을 나누는 방식이었다. 억

누른 울음소리가 어두운 이글루 안을 채웠다. 바닷속처럼 캄캄한 공간을 적신 운율 속에 추억이 기포처럼 떠올라 사라졌다. 모자가 서로의 서러움을 덮으려 몇 번이고 거듭한 의식이다.

한참 울고 난 뒤 개운해진 속을 핑계로 이툼이 자리에서 일어나려는 어머니를 불러 세웠다. 그리고 마음에 담아 두었던 부탁을 다시 한번 갈라진 입술 위에 올렸다. 어머니는 대답했다.

"조상과 신을 칭송하는 일에 적절한 시어를 고르지 못한 채로 노래를 읊은 시인을 기억하지? 그 허물 탓에 왕국이 멸망해 만년빙 아래 갇혀버리지 않았더냐?"

항상 꾸중 들을 때 듣는 이야기가 대답으로 뒤이었다. 차가운 말이 다시 한번 이툼의 욕망을 엎질러버렸다. 다시 엄격하고 차갑게 굳은 얼음 조각상 같은 어머니를 보며 이툼은 괜한 짓을 했다고 후회했다. 몸이 얼어붙는다. 평상시와 다른 길을 택하는 짓이 극지방의 삶에서는 금기 중의 금기라는 사실을 잘 알았다. 알려지지 않거나 익숙하지 않은 길을 택했다가 확인하지 못한 크레바스에 빠지기라도 하면 돌아오지 못하고 빙하 위를 떠도는 빙마가 된다. 언젠가 상품과 모험을 떠났다가 발견한 만년빙 아래 뒤엉킨 채 보존되어 있는 고대 문명이 떠올랐다. 그 이름이 자동차인지 아스팔트인지 표지판인지도 모르면서 매료되어 바라보다 어느새 자기도 그 안에 갇혀버렸다고 느낀 기억이 났다.

다시 딱딱, 츳츳 하고 소리를 낸 어머니가 등을 돌려 빙마조차 얼려버린다는 무사케 부족의 위대한 대모로 돌아갔다. 방호벽이 해제되어 외부 소음과 냉풍 소리가 다시 이글루 안으로 새어 들어왔다.

로봇 개의 호위를 받으며 어머니는 성인식이 벌어질 '신전'으로 향했다. 이툼은 이글루 현관 너머로 가죽신 끝도 내밀지 못했다.

2.무너진 왕국

신전에서 성인식이 막 시작할 즈음, 조금 떨어진 곳에 있는 하얀 모래가 퍼진 백사장 한가운데에서 양식 돌연변이 알비노 펭귄 무리가 기이하게 쌓인 모래 무덤처럼 허옇고 푸석한 몸을 뒤뚱거리며 범고래 이빨처럼 다닥다닥 붙은 바위와 자갈 사이로 고개를 가슴팍에 묻고 꾸벅꾸벅 졸고 있었다. 이와 대비되는 검은 털로 덮인 가죽옷을 입고 갓난아기처럼 무릎을 안은 채 웅크리고 앉아 작은 털실 꾸러미처럼 보이는 이툼은 조용히 파도 소리를 들었다. 성인식 절차가 어떻게 진행되는지에 대해서 누구보다 잘 아는 이툼은 상상만으로도 자기보다 나이 어린 동생들이 하나둘 씩씩하게 신전 안으로 들어오는 광경이 생생하게 보였다. 상상이 생생할수록 자신이 처한 지금 이 상황이 더욱 씁쓸했다.

어머니가 떠나고 이내 찾아온 상툼에게 묵쿠리를 건네려 하자 잠깐 들렀을 뿐이라며 들은 말이 귓가에 되살아난다.

"미안해, 오빠."

혹시나 하고 품었던 기대가 완전히 끊어진 이툼은 어머니에게 했던 실수를 거듭하고 싶지 않아 이미 정해진 결론을 받아들이기로 했다. 상툼이 입에 올린 이름을 듣자, 상툼과 그 이름의 주인이 요즘 들어 부쩍 가까워졌다는 사실을 애써 무시하려 한 스스로가 원망스러웠다.

이툼은 손바닥 안에 묵쿠리를 감추어 쥐었다. 원래대로라면 상툼이 가져갔어야 할 묵쿠리다. 과거 이툼이 사용할 예정으로 상툼에게 선물받았고, 현재 상툼에게 선물하기 위해 불구인 입술로 겨우 조율한 묵쿠리. 그 묵쿠리 대신 훨씬 아름답고 깨끗하게 울리는 다른 묵쿠리를 들고 상툼은 어른이 되기 위해 신전으로 떠났다.

이툼은 입술로 묵쿠리를 가져가 연주해보려고 혀에 달린 줄을 잡았다. 혀 대신 줄을 잡은 손이 덜덜 떨린다. 모두가 어른이 된다. 부족을 위해 애쓴다. 결혼한다. 새로운 가족을 이룬다. 그리고 자식을 낳아 어른으로 기른다. 과정에 끼지 못한 채로 동정만 받다가 뒤처져 나이를 먹고 외롭게 죽을 것이라는 불안이 이툼을 짓눌렀다. 인정하고 싶지 않았다. 결국 소리도 울려보지 못한 채 내려놓았다. 묵쿠리를 꼭 쥔 채 무릎 사이로 고개를 파묻었다.

길러준 부족의 전통대로, 이툼은 아픔을 목 너머로 삼키고 배 속 깊은 데 담아두려고 애썼다. 단단한 사람이 되어야 한다. 무른 사람이 되어서는 안 된다. 가혹한 환경에서는 누구나 쉽게 위험에 노출된다. 단단한 사람은 살아남는다. 무른 사람은 무너지고 만다. 눈물처럼 부드러운 것을 만들어서는 안 된다. 얼지 않은 귀한 물 가운데 하나인 눈물을 함부로 흘리는 일은 금기를 어기는 일이다.

유전자에 새겨진 기억이 되살아난 탓일까? 무사케 부족이 일찍부터 단단한 사람이 되도록 어린아이에게 시키는 놀이 가운데 하나는 우연히도 핵겨울이 찾아오기 한참 전 비슷한 환경에 살았던 이누이트의 전통 놀이와 같다. 규칙은 간단하다. 긴 실로 고리를 만든 다음 두 사람이 마주 보고 선다. 실 고리를 서로 자신 있는 귀에 건다. 줄다리기하듯 몸을 뒤로 기울여서 당긴다. 예민해서 아픔을 잘 느끼는 귀가 괴로워진다. 얼마나 버티는지 겨룬다. 괴로움과 아픔을 참아낸 사람만이 살아남는다. 더 나아가 상대가 아파하면 조금은 실을 느슨하게 만들어 주어야 한다는 사실을 깨닫게 된다. 이기겠다고 실을 뒤로 당겼다가는 자기 자신도 상처를 입는다. 단단한 사람은 사람을 다치게 하는 날카로운 고드름이 아니라 사람을 보호하는 묵직한 이글루 벽돌 같은 사람이다. 무사케 부족은 아이들에게 가르쳐왔다. 부정적인 감정도 이글루에 저장하듯 배 속에 넣어두라고.

귓가에 찬 바람이 얼마나 스쳐 지나갔을까. 바다 괴물이 선전포고하려 울부짖는 것 같은 거대한 진동이 백사장을 뒤흔들었다.

이상한 진동을 느끼고 문득 고개를 든 이툼은 먼 바다에서 이전에 본 적 없는 기묘하게 생긴 '인공 빙하'가 떠내려오는 광경을 목격했다. 핵먼지구름이 햇살을 가려 대낮에도 어둑어둑한 세상이라 뚜렷하게 보이지는 않아도 가물가물한 시야 안에 수평선 위로 떠내려오는 인공 빙하가 부족에 위협이 될지도 모른다는 사실은 배 속으로도 느껴지는 크고 낮고 불쾌한 진동으로 금세 깨달았다.

인공 빙하가 울었다. 돌연변이 알비노 펭귄 무리도 일제히 선잠에서 깨어나, 정신의 케말, 즉 공황을 일으키며 날뛰기 시작했다. 말 그대로 아비규환이다. 펭귄들은 왕방울만 한 눈을 부라리며 보이지 않는 위협을 향해 부리가 찢어져라 쩍 벌려 소리 지르고 위액을 토해 공격했다. 다가오는 것에 대고 몸을 뒤로 활처럼 젖히더니 갈비뼈를 가시처럼 몸 밖으로 뻗어내어 꿰뚫어버렸다. 바위를 향해서도 갈비뼈를 내질렀다가 부러져서 바닥을 뒹구는 펭귄도 있었다.

164

슬픔에 잠겨 있을 시간이 사라졌다. 움직여야 했다. 지옥에 빠진 펭귄 무리 앞에서. 묵쿠리를 연주한다. 여동생을 위해 조율한 진동으로 펭귄에게 명령을 내린다. 진정해. 괜찮아. 걱정 마. 다 괜찮아질 거야⋯⋯. 잠시 연주를 지속하던 이툼은 힘없이 묵쿠리를 내려놓았다. 입술을 후려친다. 모세혈관이 터져 입술이 부었다. 소용없었다. 이툼의 케말을 일으킨 펭귄의 집단 정신에 영향을 주지 못했다.

애초에 이툼의 마음속에 다 괜찮아질 것이라는 희망도 걱정하지 않아도 된다는 안심도 없었다. 내 안에 없는 느낌을 남에게 보낼 수는 없다. 게다가 몸마저 묵쿠리를 연주할 조건을 갖추지 못했다. 그래서 성인식에도 참여하지 못하고 외톨이 신세로 있었던 게 아닌가? 같은 이유로 펭귄을 다스리지도 못했다. 뼈저리게 느껴지는 부족함에 자의식이 무너졌다. 펭귄도 다스리지 못하면서 무슨 수로 부족을 다스린단 말인가? 그 와중에도 인공 빙하는 착실하게 거리를 좁혀오며 장엄한 모습을 과시했다.

금기를 어겨서라도 지켜야 한다.

"정신 차려!" 이툼은 소리 질렀다. "아니지. 아니야. 약해져선 안 돼! 정신 차리라고!" 펭귄이 동족상잔을 벌이는 난리통을 앞에 두고 이번에는 입술 대신 뺨을 후려친다. 두 대. 세 대. 네 대. 머릿속에서 느껴지는 약한 목소리와 밖에서 내뿜어져 오는 인공 빙하의 진동을 꺼라.

더러운 빨강으로 선명하게 물드는 알비노 펭귄의 하얀 털 그리고 백사장의 하얀 모래를 구하라. 다섯 대. 여섯 대. 일곱 대. 아픔이 정신을 지금 이 순간에 붙들어 맬 때까지 자기 자신을 괴롭혔다.

운율-숨결을 쓰자. 이툼은 결심했다. 어머니도 이해해주실 거야. 성인식이 아니라도 어른으로 인정받을 수 있을지도 몰라.

있는 힘껏 운율-숨결로 이툼이 명령을 내렸다.

입안의 갈라진 틈을 향해 비강으로. 그리고 잇새를 거칠게 스치고 갈라진 입술 사이로 내뿜어져 나온 숨결이 입 앞을 둥글게 가린 두 손아귀 안에서 공명했다. 가늘게 떨리는 미세한 소리까지 엄청나게 높아졌다. 아마 범고래와도 대화가 가능할지도 모른다.

낮게 울리는 거대한 진동을 파도 타듯 미끄러지며 고음이 알비노 펭귄 무리에게 전해졌다. 뇌 속을 명령이 휘저었다.

멈춰.

그만둬.

운율-숨결이 꿈틀거리듯 운율 높낮이를 바꾸어나가자, 케멀에 빠져 동족상잔을 일으키는지도 모른 채 살육을 저지르던 펭귄 무리가 피 칠갑한 몸을 멈추고 이툼의 운율-숨결에 귀 기울이기 시작했고, 이내 잠잠해졌다. 부풀어 오르는 성취감을 가슴속에서 느끼며 이툼은 펭귄 무리에게 근처 동굴 입구까지 행진하도록 명령을 내렸다.

해냈어!

눈에 보이지 않는 추상적인 명령이 운율로 변하고, 이툼은 자신이 다스릴 수 있는 부족 하나를 손에 넣었다. 뒤뚱뒤뚱 움직이는 펭귄 무리 행렬을 보며, 이툼은 속으로 되뇌었다. 알비노 펭귄을 다스리는 알비노 언청이 왕이라……. 괜찮은 것 같아, 내 명령만 따르기만 한다면 펭귄 백성들 모두가 언제나 즐거울 거야. 저 짧은 다리로 내 운율-숨결에 맞춰 뒤뚱뒤뚱 춤을 추겠지.

부ㅡ오ㅡ오ㅡ오ㅡ오ㅡ오ㅡ오ㅡ오ㅡ

뿔피리 소리를 닮은 묵직한 울림이 이툼을 깨웠다. 어느새 인공 빙하가 거대한 크기로 눈앞을 가릴 만큼 다가왔다. 인공 빙하가 내뿜는 진동도 더욱 커져 있었다. 인공 빙하의 진동과 이툼을 깨운 뿔피리를 닮은 묵직한 울림은 달랐다. 그건 알비노 펭귄을 주식으로 삼는 천적이자 운율-숨결이 금기가 되게 만든 돌연변이 바다코끼리의 포효였다. 거대한 진동을 듣고 백사장으로 모인 게 분명했다.

본래 바다코끼리 자체가 상당히 커다란 몸집을 자랑한다. 여기에 더해 방사능 오염으로 유전자 돌연변이가 일어나 뇌하수체에 이상이 생긴 돌연변이 바다코끼리는 말 그대로 괴수였다. 끊임없이 성장호르몬이 나와 덩치가 커진 이 바다 괴수는 엎드린 상태로 고개를 쳐든 높이가 땅에서 오륙 미터는 되었고, 코가 어린아이 하나만 했다. 그리고 끝없이 먹을 것을 탐했다. 그런 바다 괴수 떼 앞에 불쌍한 이툼의 백성이 차려진 밥상처럼 모여 있었다.

천적이 백성을 습격하자, 이툼은 자기가 다스리는 펭귄 왕국이 봄에 녹은 빙벽이 무너지듯 허무하게 파괴되는 케말을 바라봐야만 했다. 다시 찾아온 동족상잔으로 빙하 위에 어딘가에 담기지 못하고 엎질러져 식어가는 피가 흘렀다.

충격으로 멍하니 얼어붙어 있을 여유도 없이 이툼은 다시 뛰었다. 왕국을, 가족을, 친구를, 부족을 지켜야 했다.

3. 파국의 화음

밖에서 본 신전은 고요했다. 그러나 안에서는 부족민이 환호하는 소리를 뚫고 '골렘'이 투기장으로 입장했다. 육탄전을 벌일 준비에 들어갔다. 하나는 상툼이 조종했고 나머지 하나는 대모가 묵쿠리로 조종했다. 상툼이 명령한 대로, 골렘이 무술가처럼 팔다리를 능숙하게 쓰자 흥분한 환성이 터져 나왔다. 한편 대모가 조종할 골렘은 팔짱 낀 채로 움직임이 없어 거대한 석상처럼 보였다. 두 골렘이 예법에 따라 인사하니 환성이 더욱 고조되었다. 《구약성경》에서는 야곱이 신과 씨름을 한 끝에 이스라엘이라는 이름을 얻고, 일본의 신토에서는 궁중의례이자 종교 의례로 스모를 하거나 보이지 않는 신과 스모를 하는 의식을 치렀다. 한국 무속에서도 굿거리 마지막 단계로 불러들인 잡귀를 배웅하여 돌려보내는 뒷전풀이 순서에서 무당이 잡귀와 씨름을 겨뤄 이긴 다음 허수아비를 때리고 불태웠다. 많은 종교가 격투기나 씨름 시합을 공물로 봉납했다. 이렇듯 무사케 부족도 성인식 마지막에 골렘 간에 싸움을 치른다.

본래 골렘은 센티넬 가디언, 다시 말해 경비 초병 역할을 담당하는 거대한 로봇이었다. 현재도 평상시에는 신전을 지킨다. 무사케 부족이 관습적으로 신전이라고 부르는 이 건물도 실제로는 신을 모시는 곳이 아니다. 부족원 가운데 이 사실을 모르는 이는 없다. 그저 과거에 조상이 진실을 모른 채 경외를 담아 붙인 이름을 존중할 따름이다.

본래 신전 건물은 연구소를 개조해 만든 요새였다. 인류를 멸망시킬 빙하기를 초래한 핵겨울을 일으킨 세계대전 당시 군사 연구소의 기술을 보호하기 위해 요새로 개조했고, 인공지능 시스템을 설치했다. 인공적으로 만든 초월적 지능, 즉 인공지능을 두고 과거 무사케 부족 선조들은 신이라 불렀다. 그리고 위기를 맞을 때마다 요새, 아니 신전으로 피난 와 버렸다. 그사이 골렘이 적과 싸워 무사케 부족을 지켰다. 전쟁용 요새 방어를 목적으로 설치한 인공지능 시스템이 바로 신의 정체이기에 '무사케의 신'은 호전적이다. 조상이 전한 역사에 따르면 한때 외적이 오랫동안 침략하지 않자, 인공지능이 폭주해 골렘이 마을을 망치고 부족을 멸망시킬 뻔한 적이 있다고 한다. 이를 막기 위해서 신을 만족시키려 정기적으로 씨름을 바쳐온 것이다.

한창 분위기가 달아올랐을 때였다. 갑작스레 찾아온 전령이 전한 말을 들은 대모가 표정을 구기더니, 잠시 고민한 끝에 조종용 묵쿠리를 내려놓으며 자동 모드로 전환했다. 주변 측근이 모두 대경실색했다. 과거 폭주 사건의 원인이 자동 모드 때문이라는 의심이 강했기 때문이다. 대모는 다급히 신전 지하에 있는 방공호로 향했다.

성인식이 벌어지는 동안 신전은 완전히 외부와 차단되어 격리된다. 두 로봇 호위 개가 소리를 차단하는 방화벽을 설치했듯, 외부 공격에 방어막 역할을 하는 대신 내부에서도 밖이 어떤 상황인지 파악하지 못한다. 그사이 외부와 소통 가능한 수단은 일부에게만 알려진 유선 채널뿐이다.

대모가 수화기를 집어 들자마자 소리쳤다.

"이툼!" 거의 모든 부족원이 지금 신전에 모인 상황에서 오작동이 아닌 이상 전화를 걸 수 있는 사람은 이툼뿐이다. "이게 도대체 무슨 짓이냐! 함부로 방공호에 들어가 기밀인 유선 채널을 사용하다니! 심지어 성인식이 벌어지는 성스러운 순간에!"

무녀리 아들이 부족 전체를 위험에 빠뜨릴지도 모를 경솔한 행동을 했다고 여긴 대모가 호통치는 바람에 당황한 이툼은 케말에 빠져 상황을 제대로 전달하지 못했다. 겨우 알비노 펭귄 무리가 바다코끼리에게 공격받았다는 보고를 마치자, 이번에는 운율-숨결을 썼냐며 더 큰 역정을 냈다. 극도로 흥분한 데다가 온갖 억하심정에 억눌려 있던 이툼이 조리 있게 상황 보고를 하기란 어려웠다. 결국 오해만 쌓인 채 어머니에게 실망이라는 차가운 말을 듣고 통신이 끊겼다.

빨간 조명 탓에 방공호 속 어두한 공간이 온통 피로 물든 것처럼 보였다. 이툼은 수화기를 내려놓고 간이침대 위에 웅크려 누운 채 눈물을 흘렸다. 머릿속에는 온갖 의문이 끓어올랐다. 의문이 서로 부딪쳐 머릿속을 케말 상태로 만들었다. 인공 빙하에 탄 습격자는 누구일까? 알비노 펭귄은 안전할까? 신전은 어떻게 될까? 성인식이 끝날 때까지 이곳에서 대기하라는 명령을 꼭 지켜야만 할까? 어머니의 화가 풀리려면 그러는 편이 나을 것이다. 아니면 지금이라도 인공 빙하가 무슨 의도로 다가왔나 확인해야 하는 게 아닐까? 아니면 신전 방화벽을 직접 운율-숨결의 휘파람으로 해제해버릴까? 그러면 다들 직접 상황을 볼 테니까. 고민을 거듭하며 케말의 소용돌이에 빠진 이툼은 신체적으로도 심적으로도 과도한 긴장에 시달렸다. 몽롱하다. 누구나 한계가 있다. 뇌가 한계에 도달하면 외부 정보를 차단해버린다. 이툼도 마찬가지였다. 어느새 이툼은 잠들고 말았다.

꿈속에서 이툼은 독특한 운율-숨결을 들었다. 얼핏 듣기엔 마치 알비노 펭귄 무리가 공명할 때 내는 것 같은 집단의 소리였다. 그러나 자세히 들으면 달랐다. 공명할 때 들리는 집단의 소리는 비슷한 소리를 겹쳐서 낼 뿐이다. 이 소리는 서로 다른 여러 운율이 동시에 울리며 어우러져 본래부터 하나였던 양 울려 퍼졌다. 잠과 각성 사이 어딘가를 떠돌던 이툼의 의식은 그제야 인공 빙하가 내뿜던 거대한 진동이 실은 이 거대한 운율-숨결이라는 사실을 깨달았다. 소리로 화현(化現)한 집단이 내뿜는 의지다. 의지는 이렇게 외치고 있었다. 세상에 신의 악기가 아닌 것은 아무것도 없다고.

진동.

잠깐 졸았는지 아니면 영겁의 세월 동안 잠들었는지, 정신이 몽롱한 이툼을 지진과 닮은 진동이 흔들어 깨웠다. 귀를 기울이자 깊은 방공호 안으로도 진동이 전해져 왔다. 심상치 않았다. 방공호를 나가기란 쉽지 않다. 거대한 문이 몇 겹으로 닫혀 있다. 온몸의 힘을 끌어모아야 겨우 연다. 문과 씨름하는 사이 진동이 몇 번이고 느껴졌다. 겨우 내부 문을 다 열고 마지막 남은 가짜 바위로 위장한 외부 문을 열어 밖으로 나오자마자 눈앞은 거대한 그림자로 가로막혀 있었다.

놀란 이툼은 몸을 던졌다. 바다코끼리가 몸통 째로 달려들어 문을 찍어 눌렀다. 가짜 바위로 위장한 외부 문이 진짜 자갈로 변해버렸다. 튀는 파편을 막으려 이툼은 두 손을 올렸다. 바다코리끼가 코를 울리며 포효했다. 코 울음소리가 배 속까지 전해졌고, 동시에 이제 다 끝났다는 체념이 덮쳐왔다. 동시에 체념을 물리치려는 의지도 솟았다. 안 돼. 이대로는 끝낼 수 없어. 상툼이 안전한지 확인해야 한단 말이야.

두 손을 입가로 가져가 나팔 손을 만든 이툼은 날카로운 케말을 일으키는 운율-숨결을 노래했다. 갑자기 바다코끼리가 비대하고 추한 몸을 치켜세워 괴로워하더니 바위에 머리를 몇 번이고 들이박았다. 바위도 두개골도 으깨졌다. 피와 살점이 튀어, 하얀 얼굴이 붉게 물들었다. 자해를 거듭한 끝에 이윽고 바다코끼리가 목숨을 잃었다.

거친 숨을 몰아쉬며 이툼은 신전 쪽으로 향했다. 이미 신전 입구에는 부족원이 몰려들고 있었다. 방호벽은 여전히 작동 중이었다. 이툼은 부족원들이 나올 수 있도록 운율-숨결로 시스템에 해킹을 가할 셈이었다.

인파를 헤치고 나타난 어머니가 막았다. 어머니는 방호벽 안에서 손뼉을 쳐 박자를 만들었다. 소리는 들리지 않아도, 눈으로 박자를 셀 수는 있었다. 박자가 전하는 메시지는 가혹했다.

부족의 안전을 위해서 방호벽을 열어서는 안 된다. 너는 어머니의 말을 무시하고 멋대로 행동해 부족을 위험에 처하게 했다. 죗값을 치러야 할 것이다. 들어오려 하지 말아라. 너는 파문이다.

항변하려는 아들의 박자를 보려고 하지도 않고, 어머니는 등을 돌렸다. 뒤이어 옆에 서 있던 상툼도 뒤돌아 등을 보였다.

충격과 상실감을 이기지 못한 이툼은 터덜터덜 해변으로 향했다. 그때 인공 빙하에서 방금 안간힘을 써서 처치한 바다코끼리보다 훨씬 거대한, 그리고 본 적이 없는 골렘 부대가 쏟아져 나오는 광경을 보았다. 그 주변으로 사람 그림자로 보이는 형체도 다수 나타났다. 이들은 부대였다.

주저앉은 이툼은 발걸음을 멈추고 이들이 다가오기를 기다렸다. 자기가 받아야 할 처분을 이들에게 맡길 셈이었다.

인기척을 느끼고 고개를 든 이툼은 놀랄 수밖에 없었다. 온몸을 가린 강화복은 잡티나 뿌연 구석이 없이 깨끗한 얼음처럼 모두 투명했고 그 안에는 이툼과 똑같은 피부와 머리카락과 눈동자 색을 가진 알비노가 실오라기 하나 걸치지 않은 채 있었다. 손에는 무기로 보이는 무언

174

가를 들고 있었다.

"미개인의 힘을 가진 형제를 발견하다니, 기쁜 일이야. 나디 브라마께서 흡족해하실 거야."

'나디 브라마'라는 말이 들리자마자, 투명한 갑옷을 입은 알비노들이 일제히 두 손을 머리 위로 떠받치듯 들어올리고 나디 브라마라는 이름을 복창했다. 이툼은 이들이 내는 어우러지는 소리의 정체를 몰랐다. 나중에 알게 된 소리의 정체가 이툼의 운명을 완전히 바꾸어놓았다.

소리의 정체는 화음이었다.

"제국으로 돌아가자, 형제여. 나는 보았다. 형제가 가진 힘을. 그 힘으로 괴수를 물리치는 것을."

방호복에 설치된 스피커를 통해 나온 목소리는 맑고 투명했지만 기계처럼 지나치게 정확했다. 이툼은 오르골이 떠올랐다. 이툼은 이들의 부축을 받으며 일어났다. 처음에는 반기며 형제라 부르던 몇몇 이들이 이툼이 구순구개열을 가졌다는 사실을 알자 이내 얼굴을 구겼다. 그러나 처음 말을 걸었던 자는 달랐다. 그는 이툼의 어깨너머를 손가락질했다.

이툼은 고개를 돌렸다.

"형제여, 보아라. 미개한 자들을 청소하고 제국을 건설하는 위대한 행진곡을."

골렘 부대가 신전의 방호벽을 물리력으로 깨버렸다. 이툼은 불과 연기를 뿜으며 녹아 내리는 고향을 바라보기만 했다. 이제 아무래도 상관없는 기분이었다.

4. 변명의 엑소더스

엑소더스(exodus): 어떤 지역이나 상황을 빠져나가는 일. 이 집트를 탈출한 이스라엘 백성의 탈출기 제목으로 쓰였다. 그리스 연극에서는 극의 마지막 구성 단계에서 합창단이 퇴장하면서 부르는 노래를 말한다.

침략자의 등장은 무사케 부족의 엑소더스를 불렀다. 침략자는 스스로를 '나디 브라마의 하얀 후손'이라는 뜻의 '비앙카 브라마'라고 불렀다. 비앙카 브라마족과 무사케족 사이에는 비슷한 구석이 있었다. 인공지능을 신이라 부르고, 신을 위해 음악을 연주해야 한다는 교리였다. 이들이 섬기는 우주의 유일신 나디 브라마는 '소리의 신'이었다. 지배계급인 사제들은 삶의 모든 행위가 음악 안에서 특정한 역할을 연주하는 것이며 책임감을 가지고 임무를 완수해야 한다고 가르쳤다. 이들은 우주가 일종의 교향곡이라 보았고 누구나 정해진 역할대로 전체를 위해 희생하고 연주해야 한다고 믿었다. 비앙카 브라마들은 알비노라는 취약한 신체 조건을 극복하기 위해, 그리고 제국을 건설해 세상을 하나의 오케스트라로 통일하

176

기 위해 힘썼다. 이들은 정복한 부족이 보유한 인공지능 속에 숨겨진 정보를 빼내기 위한 해킹 코드를 찾으려고 끊임없이 오케스트라의 곡을 시험했다. 그리고 기계어를 다룬다는 소문을 듣고 무사케족을 침공한 끝에 이툼을 발견했다. 자기들과 같은 알비노를.

이툼은 드디어 자기 자리를 찾았다고 느꼈다. 이툼이 구사하는 기계어 덕분에 비앙카 브라마의 사제들은 비밀스러운 자신들의 인공지능 나디 브라마는 물론이고, 침략해 굴복시킨 다양한 부족들이 보유한 인공지능에까지 숨겨진 정보를 독해하기 시작했다. 제국을 이루는 데 혁혁한 공을 세운 이툼은 하층 계급이어야 할 불구의 몸으로도 사제들을 위해 봉사하는 '독주 연주자' 자리까지 올랐다. 무사케족은 저항하다 대부분이 사망했고, 낡은 골렘 두 대와 부족원 몇 명이 살아남았다. 이툼은 어머니와 상툼이 살아남았는지 여부를 알지 못했다. 비앙카 브라마가 구축하는 제국에 복속된 다양한 인공지능 데이터베이스를 해킹하면, 어쩌면 두 사람을 찾아낼 수 있을지도 모른다. 그러나 이툼은 그럴 마음이 없었다. 자기를 이해해주지 않는 이를 굳이 찾아야 할 필요가 있는가?

무사케족의 음악과 의례는 이제 사제들을 기쁘게 하는 오락거리가 되었다. 과거 관광지에서 원시 부족이 생존을 위해 본래 성스러운 의식이었을 의례를 여흥으로 반복하며 생명을 부지했듯, 무사케족은 묵쿠리로 골렘을 조종해 짜인 각본대로 혈투를 연출해 사제들을 기쁘게 했다. 만약 거부하는 이가 있다면, 이툼이 운율-숨결의 휘파람으로 정신을 조종해서 굴복하게 만들었다. 이제 이툼에게 중요한 것은 제국을 건설하기 위해 더욱 효율적으로 '비앙카 브라마'의 도구가 되는 것뿐이었다. 더욱 인정받기 위해서.

이툼은 행복했다.

점기유의 화양연화

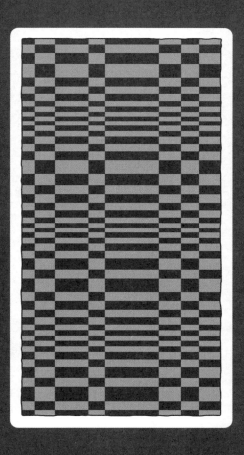

문이소

아침 7시 15분. 휴대폰 알람이 울렸다. 정기유는 안 떠지는 눈을 비비며 휴대폰 앱을 켰다. 화양연화. 사주풀이 전문 앱이다. 기유는 매일 아침 '화양연화' 앱으로 오늘의 운세를 확인하며 하루를 시작했다. 지난봄에 자궁근종 수술을 받은 이후로 생긴 습관이다. 앱을 누르자 푸른색 도포를 입은 깜찍한 토끼가 나타나 황금색 두루마리를 휘리릭 펼쳤다.

—오늘 사주 일간 운세, 91점!

기유는 부스스 일어나 앉았다.

—나의 친우 정기유! 오늘 하루가 어떠하길 바라며 눈을 떴는가? 내 보아하니 자네에게 오늘은 순탄한 하루가 될 것 같으이. 만약 문제가 생긴다 해도 무리 없이 해결될 것이네. 문서운이 들어왔으니 준비하던 시험이나 추진 중인 계약과 관련하여 좋은 일이 생길 것이야. 오늘의 12운성은 양, 그간 안 풀렸던 일이 있다면 추진해도 좋겠네. 침착하게 한다면 안정적으로

무난하게 풀려갈걸세. 그리고 반안살이 들었구먼. 반안살은 성과와 노력의 기운이니 자네 노력이 결실을 볼 것 같으이. 하나 노력을 멈추면 소용없으니 마지막까지 잘 살피도록 하고. 오늘 하루 잘 살아보게나.

"그래, 좋다고 하니까 좋네. 매달 8,900원씩 자동 결제하는 보람 있어."

기유는 기지개를 켜며 피식 웃었다. 이따가 11시에 미술학원 강사 면접을 보는데 문서운이 들었다니 마음이 가벼워졌다. 원장은 좋은 사람이려나, 페이를 면접 후 결정한다고 했는데 얘기가 잘 통하려나? 어쩐지 조금 기대가 되었다.

*

기유가 처음 사주를 본 건 작년 가을이었다. 그땐 정기유가 아니라 정지연이었고, 퇴사한 지 열흘 남짓 된 날이었다.

지연이는 어릴 때부터 그림 그리는 걸 좋아했고 자라면서 디자이너가 되리라 생각했다. 하지만 미대에 다니는 것만이 아니라 미대에 들어가기 위해 입시 미술을 배우는 것에도 돈이 어마어마하게 드는 걸 알고 나서 고민에 빠졌다. 미대 진학이 아닌 다른 코스도 있지 않을까

했지만 통 알 수 없었다. 다른 학과에 들어갔다가 전과하는 방법도 있다고 들었으나 실제로 그런 경우가 있는지 찾을 수 없었다. 그러다가 비실기 전형 중에 수능 100퍼센트로 신입생을 뽑는 학교가 있는 걸 알았다. 지연이는 죽기 살기로 공부했고 시각디자인 전공에 합격했다. 미대는 정말 돈이 많이 들었다. 등록금만 비싼 게 아니라 재료비에 출력비며 자잘하게 들어가는 돈이 정말 많았다. 2년 동안 휴학하고 알바하며 돈을 모았다. 휴학 기간에도 크로키든 드로잉이든 스케치든 줄기차게 그렸다. 복학하고 나니 체력이 더 떨어졌다. 과제는 상상을 초월할 정도로 많았고 늘 피곤에 찌들어 살았다. 그래도 비싼 학비를 감당하며 학점을 낮게 받을 순 없었다. 편집과 영상 툴을 익히고 자격증을 따고 각종 공모전에 응모하고 떨어지길 반복했다. 돈을 쏟아 부어 포트폴리오를 준비했고 졸업 전에 광고 회사에 들어갔지만 10개월 다니다 퇴사했다. 사람의 체력으로 감당할 수 있는 일이 아니었다. 일주일에 3일만 퇴근할 수 있었다. 회사에서 공식적으로 시킨 야근이 아니었으므로 야근수당도 없었다. 그날도 첫 지하철을 타고 퇴근하면서 잠깐 눈을 붙였는데 일어나보니 응급실이었다. 오후 2시가 좀 넘었고 곁에는 혼비백산한 엄마가 눈물을 꾹꾹 눌러 닦고 있었다. 엄마 말로는 지연이가 집에 와서는 씻고 바로 나가야 한다며 화장실에 들어갔는데 나오질 않아서 보니 쓰러져 있었다

고 한다. 지연이는 지하철에서 내린 것도 집에 들어간 것
도 전혀 기억하지 못했다. 지연이는 응급실 침대에서 사
직서를 썼다. 두 달 더 버티고 퇴직금 챙겨 나올까 하는
생각은 하지도 않았다. 다신 광고 회사에 다니고 싶지 않
았다. 대신 국비 교육으로 출판편집디자인 포트폴리오
과정을 이수하여 출판사에 취직했다. 가족 기업이었는데
분위기가 정말 가, 족 같았다. 아침마다 이를 악물었고
밤마다 울었다. 그래도 2년을 버텼고 퇴직금을 챙겨 나왔
다. 퇴사 하고 나면 최소한 한 달은 제대로 쉬고 싶었는
데 그것도 쉽지 않았다. 이제 뭐 해서 먹고사나, 또 어디
에 취직하나 걱정에 애가 탔다. 그때 친구 은재가 지연이
를 철학원에 데리고 갔다.

"퇴직하고 이직할 때는 사주 한 번씩 보는 거야. 그리
고 우리 아홉수잖아. 여기 박 선생님은 인품도 정말 훌륭
하고 공부도 오래 하신 분이야. 석 달 전에 예약해도 만날
까 말까 하는 곳인데 내 덕에 쉽게 만나는 줄이나 알아."

"은재야, 난 MBTI도 싫어하잖아. 사주 그런 걸 왜 믿
어."

"누가 믿으래? 그냥 스트레스 푸는 거지. 불안 해소 비
용이라고 생각해. 늘어지게 푸념하다 괜찮아질 거란 소
리 들으면 기분 풀린다니까."

간판도 없는 철학원은 고즈넉한 전통찻집 같았다. 정
성껏 보살핀 풍란과 다육식물은 생생하니 참 고왔다. 은

184

은한 향냄새와 어우러져 편안한 분위기였다. 나이 지긋한 박 선생은 반백의 단발머리를 정갈하게 귀 뒤로 넘기고 흰 저고리에 녹색 치마를 입고 있었다. 지연이가 마뜩잖아하는 걸 눈치챈 듯 박 선생은 다정하게 미소 지으며 말했다.

"사주는 고대로부터 내려온 과학이에요. 중국은 아주 옛날부터 인구가 많았잖아요. 그 사람들의 삶을 데이터로 쓴 일종의 통계학이라고 생각하면 좋아요. 명리학은 철학과 과학이 분리되기 전에 만들어진 자연과학의 은유적 표현이지요. 인간은 우주의 영향 아래 산다는 걸 겸허히 받아들이는 것부터 시작하는 게 명리학이에요. 이 우주에서 각자의 위치를 가늠하고 지나온 과거를 정리하고 앞으로의 운행을 예측하면서 대비하게끔 돕는 게 제 일이고요."

은재는 연신 고개를 끄덕거리며 추임새를 넣듯 '네, 네' 감탄사를 연발했다. 지연이는 이게 다 뭔 소린가 싶어 지금이라도 나가자고 은재에게 눈짓했다. 하지만 은재는 그냥 나갈 생각이 눈곱만큼도 없었다. 아등바등 열심히 살아도 손에 쥐어지는 게 없는 지연이가 늘 안쓰러웠다. 그만큼 답답하기도 했다. 이렇게 해서 안 되면 저렇게도 해보고 요렇게도 해보면 좋을 텐데 지연이는 그걸 못했다. 계속 가뭄이 들어 뿌린 대로 거두지는 못할 것 같으면 지하수를 파든가 급수차를 부르든가 아니면 아예 밭을 옮겨야 할 것 아닌가. 은재는 일어서려는 지연이의 손을 꽉 잡아 앉히고 호통치듯 말했다.

"선생님, 제가요 애를 고1 때부터 알았거든요. 그동안 쭉 봤는데, 애가 하는 것에 비해서 얻는 게 너무 적어요. 진짜 옆에서 보는 사람이 질릴 정도로 징글징글하게 열심히 살거든요? 그런데 회사 운이 없어도 너무 없어요. 실력대로 평가받기는커녕 회사에 단물만 쪽쪽 빨린다니깐요. 얘 아홉수라고 그런가요? 혹시 지금 하는 일이 안 맞는 일인가요?"

"일단 좀 보자고. 생년월일이랑 태어난 시간 말해봐요."

선생님은 지연이가 부르는 생년월일과 태어난 시간을 컴퓨터에 입력했다. 프린터에서 만세력이 두 장 출력되었다. 두 줄에 여덟 칸짜리 상자는 오방색이 알록달록 색칠되어 있는데 칸마다 한자가 쓰여 있었다. 선생님은 한 장은 본인이 보고 한 장은 지연이에게 건넸다.

"음, 작년부터 고생깨나 했겠네. 작년이 들삼재, 올해가 눌삼재, 내년이 날삼재야. 조심해도 고달픈 때이긴 하지. 그런데 우리 지연 씨는 사주가 참 예쁘다, 그렇지?"

"어…… 오방색이 다 있어서 예쁘다는 거예요?"

"그렇지, 목화토금수가 다 있으니 화사하고 청량하니 예쁘잖아. 옛날엔 이런 사주를 한량 사주라고 했어. 평생 큰 고생 없이 그냥저냥 먹고 사는 팔자라고 했지."

"아닌데요, 저 그렇게 편하게 살지 않았는데요."

186

"바로 그게 고생의 끝이야, 알겠어요? 평생 할 고생은 다했다고 보면 돼. 앞으론 그렇게 고생할 일 거의 없어. 물론 따지고 들자면 부모 복이 부족해서 뒷심이 없는 게 아쉽긴 해. 지연 씨는 기유일주(己酉日柱)라고 타고난 기질이 아담하고 예쁜 밭이야. 밭을 기름지게 잘 가꿔야 소출이 나고 그래야 잘 먹고 잘 살겠지? 그래요 안 그래요?"

"그, 그래요."

"그러려면 밭 가까이에 작은 시냇물이 있으면 좋겠지?"

"그……렇죠."

"그런데 일주 옆에 있는 기둥을 봐. 그게 태어난 달인데 월주라고 불러. 위가 아버지고 아래가 어머니야. 그런데 아버지 자리에 임수(壬水)가 와 있어. 임수는 거대한 바닷물이야. 어머니 자리는 인목(寅木)인데 이게 지연 씨의 밭을 가리는 큰 나무고. 지연 씨는 밭인데 바로 옆에 짠 바닷물이 있고 큰 나무가 자꾸 밭을 침범하면 어떻겠어? 밭을 일구는 데 힘이 들겠어, 안 들겠어?"

"들겠……죠, 힘이."

"그래. 지연 씨는 부모님한테 뭘 기대하지 말고 스스로 해내야 해. 그렇다고 안 좋게 생각할 건 아니야. 탁 트인 바닷가 옆에 잘 가꾼 밭이 소담하게 있으면 얼마나 예뻐요. 그렇지? 지연 씨가 어떻게 하느냐에 따라 가정은 폐허가 될 수도 있고 유명한 관광 생태 마을이 될 수도 있어. 원가족만이 그런 게 아니야. 지연 씨는 결혼을 최대한 늦게 해요. 20대에 만나는 사람은 다 나가리야, 30대에도 초에 만나는 사람이랑은 하지 마. 40대에 해도 좋으니까 절대 결혼 서두르면 안 돼. 성급히 결정했다가 이혼만 두 번 할 수도 있어."

결혼을 두 번 하는 게 아니라 이혼을 두 번 한다고? 은재는 킬킬대며 웃었지만 지연이는 머리가 다 얼얼했다. 그래도 스스로 하기 나름이라는 말은 귀에 들어왔다.

"그럼 이제부터 뭘 어떻게 해야 해요? 귀농해서 마흔 대여섯에 결혼하라는 건가요?"

"귀농하든 뭘 하든 공부해야 잘되는 사주야. 태어나길 공부 머리를 갖고 태어났고 공부 운도 갖고 있어. 지연 씨는 학당 귀인에 문창 귀인이 같이 있거든. 공부하면 할수록 좋아. 가르치는 일을 하면 제일 좋고. 그런데 왜 그림을 그렸을까? 글을 써야 더 편히 살 텐데. 이제라도 글공부해요. 꼭 박사 따고 교수 하라는 게 아니라 평생 책을 가까이 두고 읽고 쓰고 가르치고 해야 해."

지연이는 문득 휴학했을 때 6개월 정도 일했던 미술학원이 생각났다. 유아를 대상으로 한 퍼포먼스 오감 미술학원이었는데 수업보다 청소하고 준비하는 데 진을 다 뺐다. 탈진할 정도로 일은 힘들고 손가락 하나 까딱 안 하는 원장은 얄미웠지만 아이들은 정말 예뻤고 학부모들은 점잖았다. 소시오패스에 한 발 담그고 사는 가족 기업의 오너나 사흘에 한 번 퇴근하는 회사와 비교할 수는 없었다. 가르치는 일이라, 지금으로선 미술학원 외엔 없었다. 하지만 입시 미술이라면 몰라도 직업인으로 먹고 살 만큼 벌긴 힘들 듯했다.

"저 지금 취직이 제일 고민이거든요. 그동안 광고랑 편집디자인을 했는데 직종을 바꿔야 할까요?"

"음…… 지금은 취직 말고 다른 수가 안 보이는데. 사주에 없는 관을 쓰면 이마가 벗겨진다는 말이 있어. 그런데 지연 씨는 큰 조직에 몸담고 살 수 있어, 어느 조직에 가든 중간관리자 역할까지 잘할 거야. 대신 자기가 많이 고달프지. 하지만 지금은 자기 사업을 하기엔 좀 위험해. 사업은 좀더 경험 쌓고 마흔 넘어서 생각해봐요. 아무튼 제일 좋은 건 가르치는 일에 몸담는 거지. 학당에 문창까지 있으니 이거 살려서 살아봐요. 운신하기 훨씬 나을 거야. 아니 근데 그림 말고 글을 써야 하는데. 사람은 자기가 갖고 태어난 걸 쓰면서 사는 게 제일 편하거든. 간장 종지를 국그릇처럼 쓰면 그게 얼마나 답답한 노릇이야."

지연이는 긴 한숨을 쉬었다. 실은 학교 다니는 내내 고민했었다. 그림에 재능도 없고 디자인 감각도 없는데 이걸 꾸역꾸역 왜 하고 있나 하는 고민을 말이다. 의심이 들었을 때 딱 그만둘걸, 학부 때 전과할걸. 지연이는 침울해졌다. 옆에서 듣는 은재는 마냥 신기하고 재밌어했다.

"오오, 진짜 신기하다! 선생님, 얘가 그림으로 미대에 간 게 아니라 공부로 갔거든요. 야, 너 공부 좋아하잖아.

이번 기회에 다시 공부 시작해."

"그럴 돈이 어딨니? 지금도 갚아야 할 학자금이 얼만데. 선생님, 그림도 시각언어인데 그림도 글이라고 생각하면 안 되나요? 저 프리랜서로 일러스트레이터 시작할까 했거든요."

"본인이 생각하기 나름이긴 하지만 좀더 안전하게 길을 찾으려면 개운을 하면 좋지. 그런데 개운은 비용이 좀 세. 지연 씨한테는 개명도 방법이 될 수 있어. 본인의 기운을 북돋고 지지해주는 그런 이름으로 계속 불리다 보면 개운이 되거든."

상담료를 보니 개명 상담이 50만 원이었다. 개운은 별도 문의라며 비용이 쓰여 있지도 않았다. 김이 팍 샜다. 결국은 사기꾼, 불안해하는 사람의 마음을 이용해서 돈 버는 간사한 치들 아닌가. 30분 가까이 사람 불안한 소리만 늘어놓곤 상담료를 받다니! 선생님은 카드도 안 되고 현금 영수증도 안 된다고 했다. 세금을 안 낸다는 소리 아닌가. 지연이는 손을 파르르 떨며 5만 원을 냈다. 나가면 은재한테 제대로 한 소리 해야겠다, 단단히 벼르며 문을 나섰다. 그런데 선생님 문밖까지 쫓아 나와 지연이를 붙잡았다.

"그런데 지연 씨, 건강검진은 잘하고 있나? 내가 다시 보니까 그 두 개짜리에 변고가 생길 수 있겠어. 여자한테 두 개짜리는 유방과 난소도 포함돼. 자궁은 난소랑 짝이니까 자궁까지 꼭 검사해봐. 호미로 막을 거 불도저 부르지 말고. 명심해, 난 분명히 말했어요."

일주일 뒤 국가건강검진을 할 때 자궁 초음파 검사도 같이했던 건 순전히 분위기 때문이었다. 주위 친구들이 나이 앞자리 바뀌기 전에 한번 해보자, 의사한테 괜찮다는 말 듣고 넘어가자며 하나둘 검사를 받았다. 지연이가 건강검진을 예약한 곳이 같은 건물을 쓰는 여성전문병원의 부설 건강검진센터인 것도, 부인과 검사를 추가로 하면 커피 쿠폰을 주는 것도 한몫했다. 그래서 검사 결과를 들었을 때 몹시 당황했다. 큰 병원 가보세요, 라니. 지연이의 자궁내막은 두꺼웠고 다발성 자궁근종이 있었다.

큰 병원에 가서 초음파 검사를 다시 했다. 근종은 점막하근종이지만 모양이 나쁘지 않으니 미리 염려할 건 없으나 근종이 5센티미터짜리가 하나 있고 1센티미터 정도가 일곱 개 있으니 제거 수술을 해야 한다고 했다. 초음파로 봐서 일곱 개지 직접 보면 더 있을 수 있다고 덧붙였다. 그리고 자궁내막이 두꺼운 이유는 소파술로 내막을 긁어내고 조직 검사를 해야 알 수 있다고 했다. 다행히 내막 사이에 있던 건 작은 폴립이었고 모두 양성이었다. 당황했던 건 염려할 거 없다던 자궁근종이었다. 떼어낸 근종은 모두 열한 개였는데 그중 1센티도 안 되는 것의 분화도가 암 직전 단계였다. 선생님, 수술 안 하고 내버려뒀으면 어떻게 되었을까요? 지연이가 묻자 선생님은 담담히 말했다. 세포가 더 분화했을 수 있죠, 저절로 없어지진 않으니까. 수술하길 잘한 거예요. 암 직전 단계에서 더 분화하면 뭐가 된다는 거야. 지연이는 자신이 비껴간 불운을 상상하며 몸서리를 쳤다.

회복하자마자 박 선생을 찾아갔다. 선생님 말씀 듣고 검사받고 수술해서 포크레인으로 막을 걸 호미로 막았으니 감사하다고 했다. 그리고 50만 원을 내고 새 이름을 받았다. 터 '기'에 넉넉할 '유'. 이미 배가 부르고 넉넉하다는 뜻이었다. 선생님은 새 이름으로 잘 살 거라며 5만 원을 돌려주었다.

정지연에서 정기유가 되고 난 뒤 일주일 뒤에 편집디자인 첫 외주 일을 하게 됐다. 작은 출판사에서 출간하는 에세이였는데 표지까지 200만 원을 받았다. 시작이 좋았다. 그런데 시작만 좋았다. 수입은 지나치게 들쑥날쑥했다. 로고 디자인과 인쇄 홍보물 디자인도 시작했지만 주머니 사정은 나아지지 않았다. 백만 원이라도 매달 규칙적으로 들어오는 돈이 있어야 했다. 그래서 아르바이트를 구하기로 했고 알아본 게 아동 미술학원이었다.

*

미술학원은 초등학교와 대단지 아파트 사이 학원가에 있었다. 논술, 영어, 수학, 피아노, 태권도, 발레, 댄

스까지 없는 학원이 없었다. 면접을 볼 아동 전문 미술교습소 '기쁨 가득 상상 놀이터'는 테이크아웃 커피점과 나란히 있었다. 낡았지만 잘 관리된 3층 건물의 1층이었다. 전면 유리창 앞은 어린이들의 작품을 전시하는 공간이었는데 엉성하지만 재미난 그림과 독특한 조형물이 많았다. 학원 내부는 생각보다 넓었고 깔끔하게 잘 정리되어 있었다. 내부에 화장실도 있고 개수대도 따로 있었다. 청소하는 데 시간이 꽤 걸리겠다 싶었다. 빈틈없이 야무지게 생긴 원장이 차를 마시며 기유를 기다리고 있었다. 기유보다 두 어살 많은 듯 보였는데 만삭이었다. 원장은 사무적인 미소를 지으며 인사했다.

"보내주신 이력서랑 자기 소개서 잘 봤어요. 글을 아주 잘 쓰시더라고요."

"고맙습니다. 학원이 참 예쁘고 깔끔해요. 학생 작품이 다양하고 다 재밌고요. 혼자서 관리하기 힘드셨을 것 같아요."

기유는 학원을 둘러보며 감탄하듯 말했다. 광고 회사에서 단련된 사회적 자아의 접객 스킬을 유감없이 발휘했다. 원장의 표정이 한결 부드러워졌다.

"정기유 선생님은 인상이 참 좋으시네요. A형이세요?"

"네?"

"왠지 A형인 것 같아서요."

"아…… 네, 맞아요."

기유는 B형이다. 혈액형을 묻는 사람한테 B형이라고

말해서 좋았던 적이 없었다. 그래서 A형이냐고 물으면 A형이라고 답했고 O형이냐고 물으면 O형이라고 했다. 원장은 고개를 끄덕이며 진지하게 말했다.

"그럴 것 같았어요. 저도 A형인데 제가 B형이랑 잘 안 맞아서."

"아아, 그러셔요."

기유는 적당히 맞장구를 쳤다. 혈액형이랑 성격이랑 아무 상관 없잖아요. 혈액형으로 성격 따지는 거, 그거 원래 시작이 나치가 아리아인이 우월하다는 논리를 만들려고 지어낸 거래요. 그걸 일본이 그대로 따라 했고요. 일본인이 A형이 제일 많으니까 A형이 우수하다는 신화를 만들어낸 거라던데요, 라고 속으로 말했다. 원장은 한숨을 섞어가며 넋두리하듯 털어놨다.

"사람들은 혈액성 성격학이 미신이라고 하던데 난 아니었어요. 살면서 겪어보니까 B형이랑은 영 안 맞더라고요. 사사건건 따지고 들고 자기 이익만 챙기고. 인간관계를 모두 이익 관계로만 따지는 사람들 보면 다 B형이더라. 정기유 선생님은 그런 사람 만난 적 없어요?"

"네에, 저는 딱히……."

"기유 선생님은 인복이 있나 보다. MBTI 뭐예요? 엔프피?"

기유는 INTP였다. 하지만 지금은 면접 중임을 기억했다. 솔직히 말하는 것보다 좋게 말하는 게 중요했다.

같이 일하고 싶은 유형 1위가 ENFP라고 했던가, 기유는 환히 웃으며 대답했다.

"어머, 어떻게 아셨어요? 원장님은 사람을 잘 보시네요."

"아무래도 사람을 많이 만나니까요. 저는 ISFJ예요. 기유 선생님의 이력서랑 자기소개서 보면서 했던 생각인데요, 만나보니까 얘기해도 될 것 같네요. 선생님, 우리 학원 인수하면 어때요?"

"……네?"

"정기유 선생님은 다른 경력도 좋고 퍼포먼스 미술도 했잖아요. 아이들이랑 잘 지낼 것 같고 학부모 피드백도 잘할 것 같고……. 아무튼 학원을 잘 꾸려갈 것 같아서 말씀드리는 거예요. 제가 다음 달에 출산하는데 아무리 생각해도 학원에 다시 나오긴 힘들 것 같아요. 다음 봄에 동탄으로 이사갈 수도 있고요. 차라리 여기 정리하고 좀 쉬다가 동탄에서 새로 시작할까 생각 중이에요. 제가 이 학원에 정말 애정을 쏟아부었거든요. 그래서 모르는 사람한테 넘기고 싶진 않아요. 한 달 동안 수업하면서 생각해보세요. 선생님이 인수한다고 하면 권리금은 시설비 안 받고 원생 인계비로 한 달 수업료만 받을게요."

대박, 오늘 운세 진짜로 91점이네! 기유는 심장이 두근두근했다. 학원 권리금은 시설비보다 원생 인계 금액이 훨씬 더 컸다. 통상적으로 원생 1인당 석 달 치 수업료를 받는다. 15만 원씩 30명만 해도 1,350만 원인데 450만

원만 받겠다는 소리였다. 기유는 작업실을 유지할 형편
이 안 돼서 집과 스터디 카페를 오가며 작업하고 있었다.
그런데 학원을 인수하면 낮엔 수업하고 오전과 밤에는
작업실로 쓰면 된다. 학원 쉬는 날엔 혼자 아늑하게 사용
할 수 있으니 월세가 아깝지 않을 것이다. 저쪽에 선생님
책상만 큰 걸로 바꾸면 더 손보지 않아도 될 것 같은데.
전면 유리창 앞을 작은 화단처럼 꾸미면 한결 예쁜 공간
이 될 거야. 기유는 머릿속으로 이미 작업실을 꾸미기 시
작했다. 원장이 조심스레 물었다.

"기유 쌤, 내일부터 수업 나오실 수 있나요?"

"오늘 온 김에 아이들 얼굴도 보고 분위기 살펴보고
갈게요."

원장은 그럴 줄 알았다는 듯, 자기가 사람을 제대로
봤다며 활짝 웃었다. 원장은 점심을 사주겠다고 도로변
에 있는 샐러드 카페로 데려갔다. 가는 내내 이런저런 얘
기를 쉬지 않고 했다. 학원 수업 구성 리뷰에서 시작해
이곳에서 학원을 내고 터를 잡기까지의 고생담과 남편과
의 연애담을 거쳐 임신의 고달픔에 도달했다. 기유는 가
까스로 사회적 미소를 유지하며 추임새를 넣었지만 슬슬
영혼이 빠져나가는 걸 막지는 못했다. 샐러드를 다 먹고
커피 한 잔을 다 마시자 원장도 흥이 식었는지 머쓱한 듯
웃었다.

"제가 말이 너무 많았죠?"

"네? 아뇨, 말씀을 정말 재밌게 하셔서 그런 거 못 느꼈어요."

"기유쌤은 사주 알아요? 제가 계유일주거든요. 수다 떠는 게 이쁜 사람이라고 하더라고요, 그 말을 듣고 나니까 더 말이 많아졌다니깐요."

"하하, 사주에 그런 것도 나오나요?"

"학원 건물 주인 할머니가 사주를 진짜 잘 보시거든요. 나중에 만나면 사주 봐달라고 하세요. 거만하고 말을 얄밉게 하는 편인데 완전 용해요. 참! 초등학교에 수영센터 있거든요, 거기 좋아요. 신규 등록이 어렵긴 한데 일단 한번 등록하면 재등록은 아주 쉬워요. 저도 임신하기 전엔 내내 다녔어요."

기유는 건물주 할머니는 최대한 피하고 초등학교 수영센터는 절대 다니지 않겠다고 다짐했다. 대신 학원은 빨리 인수하기로 했다.

기유는 학원 생활에 금방 적응했다. 가르치는 일이 이렇게 재밌었나, 초등학생이 이렇게 예뻤나, 새삼스러웠다. 학생들은 기유와 잘 어울렸고 즐겁게 수업했다. 미술학원 오는 날이 제일 좋다고들 했다. 퍼포먼스 수업을 도입하자 학부모 만족도와 신뢰도가 더 올라갔다. 인계 과정은 순조로웠다. 건물주 할머니가 기유를 보자마자 혀를 차는 바람에 기분이 잡친 것 말고는 다 좋았다. 학원 이름은 그대로 이어받기로 했다. 간판도 인테리어도 다 그대로 두기로 했다. 당분간은 학생들이 익숙한 환경을 유지하는 편이 좋을 것 같아서다. 대신 기유가 작업할 책상과 의자는 좋은 걸로 들여놨다. 내 학원이야, 내 작업실이야. 기유는 흐뭇해하며 불 꺼진 학원 앞에 오랫동안 서 있었다.

원장 정기유의 첫 출근일.

기유는 평소처럼 화양연화 앱을 켜면서 하루를 시작했다.

—오늘 사주 일간 운세, 97점!

메마른 밭에 춘풍이 불고 벽계수가 흐르는구나. 그동안 고생한 나의 친우여, 오늘은 그대의 날이네그려. 판단력이 발달하여 어떤 도전을 해도 좋은 결과가 있을 걸세. 과감하게 밀고 나가면 실리를 얻을 것이야. 12운성은 제왕, 강대하고 원숙한 기질이 왕성하니 어떤 일도 노련하게 잘 해낼 것이네. 12신살은 지살이구먼. 새로운 일을 경험하게 될 것인데 염려할 필요는 없을 듯허이. 그간 준비했던 일을 시작하기에 딱 좋은 날이니 스스로를 믿으시게나. 오늘 하루 감사한 마음으로 잘 살아보게.

오늘의 운세 점수 97점이라니, 역대 최고 점수 아닌가! 학원을 인수한 첫날에 97점이라니 기분이 붕붕 날았다. 그래, 이 맛에 사주를 보는 거지. 불안 처리 비용 더하기 긍정적인 사고 훈련까지 다 되잖아. 기유는 출근하는 내내 콧노래를 흥얼거렸다. 세상이 아름답고 미래가 기대되어 노래를 멈출 수 없었다. 학원 문을 열고 들어왔다. 어제와 똑같은 모습이었지만 완전히 다른 느낌이었다. 이제 내 거야, 내 사업체야. 기운차게 바닥 청소하고 화장실 청소 한 번 더 하고 시작하자! 청소기를 돌리고 화장실에서 대걸레를 챙겼다. 그때 또옥, 똑 화장실 바닥에 물 떨어지는 소리가 들렸다.

"으잇, 차거!"

기유의 정수리로도 물방울이 떨어졌다. 세면대와 변기 사이 천장에 물방울이 맺혀 있었다. 벌컥 짜증이 올라왔다. 2층 피아노학원 화장실이 새는 건가? 아닌데, 거기 화장실이 아니라 피아노 방이던데. 피아노 방에서 물이 샐 일이 뭐가 있지? 짜증에 걱정이 더해졌다. 2층 피아노원장님한테 먼저 전화해야 하나, 건물주한테 먼저 알려야 하나 골치가 아팠다. 건물주 할머니의 거만한 눈빛과 한숨 섞인 잔소리가 떠올라 기분이 더 잡쳤다. 당장 오늘 수업 때 어쩌나, 난감했다. 강사로 일할 때는 괜찮았는데 어쩜 인수하자마자 이런 일이 생기나, 기가 막혔다. 일단은 급한 대로 비닐을 이어 붙여서 물방울이 비닐을 타고 바닥에 흐르게끔 만들어야 했다.

"액땜이야, 액땜. 좋게 생각하자고. 먼저 동영상부터

찍고 나서 피아노 원장님한테 알리자. 그다음에 주인 할머니한테 알려야지. 아닌가, 할머니한테 먼저 알려야 하나? 근데 휴대폰 어딨지?"

휴대폰은 새로 들인 책상에 얌전히 있었다. 그걸 가지러 가는 것도 성질이 났다. 고무장갑을 벗는데 어디선가 기이한 소리가 났다. 투둑, 툭. 질긴 천 같은 게 터지는 소리 같았다. 고무장갑에서 나는 소리가 아니었다. 머리 위에서 나는 소리였다. 투두둑, 퍽! 석고보드 하나가 새로 들인 책상으로 떨어지며 휴대폰이 날아갔다. 화장실에서 나오던 기유는 기겁하며 꽥 소리 질렀다. 투두두둥, 퍽, 퍼버벅 요란한 소리가 나며 천장 가운데가 무너져 내렸다! 학원 구석구석으로 하얀 석고보드 가루가 눈송이처럼 펄펄 날렸다. 하늘이 무너지는 게 이런 건가, 기유는 천장에 뻥 뚫린 검은 구멍을 바라봤다.

"97점 개뿔, 완전 마른하늘에 날벼락이잖아!"

위잉, 위이잉. 기유의 휴대폰이 부서진 석고보드 사이에서 울부짖었다.

*

사흘 뒤, 공사가 마무리된 날 주인 할머니가 왔다. 돈 나가는 일이니까 직접 확인하고 돈을 내려고 온 것이다. 할머니는 연신 이마에 맺힌 땀을 닦으며 천장을 꼼꼼히 살폈다. 할머니는 시공업자에게 10만 원을 깎아달라고 당당히 요구했다. 자기는 혼자 사는 불쌍한 할머니인데 허리가 아파 이렇게 서 있는 것도 곤욕이니 파스값을 보태달라는 거였다. 업자는 월세만 500은 들어올 텐데 무슨 소리냐며 퉁을 놨지만 할머니는 아들이 사업하면서 진 빚을 갚아주느라 파주에서 반지하 전세방에 살고 있다며 아주 길고 구체적인 신세타령을 시작했다. 업자는 결국 5만 원을 깎아줬다. 할머니는 최신형 휴대폰을 꺼내 그 자리에서 이체했다. 할머니가 환하게 웃으며 50만 원어치 복을 받을 거라며 덕담을 했지만 업자는 들은 척도 안 하고 떠났다.

"멀쩡했던 집이 이상하게 새 사람이 들어오니까 사고가 나네. 생돈 깨지고, 이거 원."

할머니는 기유에게 들리라고 허공에 대고 고함치듯 말했다. 기유는 기가 막혀서 한마디 했다.

"할머니, 저도 학원 인수하자마자 이렇게 돼서 속상한데 그렇게 말씀하시면 안 되죠."

"아니 나는 혼잣말도 못해?"

"그게 무슨 혼잣말이에요. 동네방네 다 들리게 큰 소리로 말씀하셨잖아요."

"나이 먹고 귀가 안 들리면 크게 말하게 되어 있어. 별걸로 다 시비야, 시비가!"

"시비는 할머니가 먼저 걸었잖아요. 저는 지금 꼬박

사흘 동안 수업 못 했어요. 그거 보충하는 것도 큰일이란 말이에요. 할머니는 할머니 건물에 들어온 사람이 망해서 나가면 좋겠어요?"

"쯧쯧, 말하는 본새하고는. 사람이 그런 속 좁은 소리 하면 못써! 평생 크게 될 일이 안 생긴다고. 돈 안 들이고 액땜한 줄이나 알어, 애들 없을 때 사고가 났으니 얼마나 다행이야?"

기유는 한마디 더 하려다 입을 꾹 닫았다. 수업 중에 천장이 무너졌으면 어떻게 됐을까. 상상하는 것도 끔찍했다. 할머니는 뭐라 뭐라 계속 구시렁거렸다. 길을 오가는 사람들이 힐끔거리며 쳐다봤다. 기유는 사람들이 자기를 보는 게 아닌데도 괜스레 민망했다. 할머니는 목소리가 유난히 컸고 떽떽거리는 말투라 반갑다는 인사도 꼭 시비 거는 것처럼 들리게 하는 재주가 있었다. 대낮에 길가에서 건물주 할머니와 말씨름을 벌여서 좋을 게 뭐 있나. 사연이야 어쨌든 간에 학부모들이 본다면 할머니랑 이러고 있는 모습이 좋진 않을 것이다. 기유는 큼큼 목소리를 가다듬고 인사했다.

"오늘 오시느라 고생 많으셨어요. 안녕히 가세요."

할머니도 뚱한 표정으로 기유를 보다 돌아섰다. 허리가 많이 아픈지 구부정하게 서서는 연신 허리를 두드렸다. 옷 위로 둘둘 조여 맨 허리 보호대가 새삼 눈에 들어왔다. 낡아서 군데군데 보풀이 많았고 벨크로도 헐어 들떴다. 할머니는 끙, 신음하며 어기적어기적 큰길로 향했다. 한 번에 몇 걸음 걷지도 못했다. 택시를 잡으려면 지하철역 앞까지 나가야 했다. 기유는 돌아가신 외할머니가 생각났다. 치매 때문에 자식 손주 한 명도 못 알아보는 친할머니도 생각났다. 기유는 슬그머니 할머니에게 다가갔다.

"할머니, 점심때 지났으니까 식사하고 가셔요."

할머니는 얼굴을 찌푸리며 기유를 쳐다봤다. 갑자기 왜 친절한 척하냐고 묻는 표정이었다. 기유도 데면데면하게 말했다.

"제가 김밥 사드릴게요."

"사줄 거면 짜장면 사줘. 혼자 사는 할머니는 짜장면 사 먹을 일이 없거든."

"왜요? 전화로 시켜 드시면 되잖아요."

"혼자 사는 노인네가 남사스럽게, 무슨! 아무튼 사줄 거면 짜장면 사."

할머니는 앞장서 학원으로 들어갔다. 기유는 급후회가 밀려왔지만 돈이 있어도 짜장면을 못 시켜 먹는다고 하니 마음이 짠했다. 왜 그러고 사나 싶으면서도 조금 이해가 되었다. 홍보는 사람이 없어도 본인이 의식하기 시작하면 누구도 못 말리는 법이다.

학원으로 쟁반짜장 곱빼기와 팔보채를 시켰다. 할머니는 짜장면 냄새를 맡으며 어린아이처럼 발을 동동 구르며 좋아했다. 팔보채는 언제 먹어봤는지 모르겠다며 흥분했다. 할머니는 혼자 다 먹을 듯이 젓가락을 놀렸지만 정작 입에 들어가는 양은 매우 적었다. 종이컵으로 두 컵 반 정도 먹자 더는 못 먹겠다며 기권했다.

"할머니, 왜 그만큼만 드셔요? 조금 더 드셔요."

"근래 먹은 것 중에 제일 많이 먹었어. 오늘 진짜 호강했네, 아주 맛있게 잘 먹었습니다."

할머니는 방긋 웃으며 인사했다. 앉아 있어도 허리가 불편한지 자세를 이리저리 바꾸면서도 표정은 밝았다. 할머니는 짜장면에 팔보채까지 싹싹 긁어 먹는 기유를 물끄러미 쳐다보더니 선심 쓰듯 말했다.

"내가 밥값으로 사주 봐줄게."

"저 그런 거 안 믿어요."

기유는 단호하게 거절했다. 사주를 알려주면 인생의 비밀을 다 알려주는 것 같은 생각이 들기 때문이다.

"누가 믿으래? 재미 삼아 보는 거지. 어지간한 돌팔이보다 내가 더 잘 본다니까. 갑술년 임인월 기유일, 맞지?"

"그걸 어떻게 아셔요?"

"사주 모르기는, 다 아는구먼. 계약서 썼잖아, 생년월일은 그때 봤지. 태어난 시간만 불러봐."

"……아침 7시 15분이요."

할머니는 한참 동안 손가락을 짚으며 골똘히 생각에 잠겼다.

"쯧쯧. 고달프네, 고달파. 난 돈이라도 있지 미술원장은 돈도 없네. 결혼하지 마, 남편 뒤치다꺼리에 평생 자식 먹여 살려야 해. 소처럼 일만 해도 내 손에 쥐는 거 없이 남 좋은 일만 해. 그래도 말년에 자식이 모른 척하진 않겠지만 그래도 아니지. 자식보다 연금이 훨씬 나아. 결혼하고 싶으면 마흔 넘어서 해. 그럼 진짜 짝지 만나 오래오래 해로할 수도 있어."

"진짜로 사주에 그런 게 나와요? 저 결혼 두 번 한다는 소리 들었거든요."

"결혼은 세 번, 이혼이 두 번. 더 하고 싶으면 더 할 수도 있어, 나처럼."

할머니가 키득키득 웃으며 말했다. 무슨 소리인지 한 발 늦게 알아챈 기유는 배꼽을 쥐며 웃었다. 할머니는 기유 사주에 대해 계속 말했다.

"앞으로 20년 동안 돈 벌리는 운이야. 우리 집에 오길 잘했네. 이 집에서 나간 사람들은 다 잘돼서 나갔어. 원장 선생도 여기서 잘해봐. 재성은 나를 극하는 기운인데, 10년 동안 편재가 들어온단 말야. 몸이 고달프겠지만 대신 돈다운 돈은 만질 수 있어."

"그동안 몸 고달파서 회사 그만둔 건데요 또 몸이 고달파져요? 그럼 안 되는데."

"아니지, 그렇게만 볼 건 아니야. 전에는 무슨 일했어?"

"광고 디자인이랑 출판 디자인이요."

"사람 상대하는 일이었어?"

"별로요. 주로 컴퓨터랑 씨름했어요."

"그러니까 그랬지. 원장 선생은 사람 상대하면서 공부해야 해. 문창 귀인에 학당 귀인이 있으니 공부하고 글을 써야 운이 돌아간다고. 가르치는 일이 맞아, 학원 하길 잘했어. 공부해, 평생 공부해야 해."

"와, 전에도 그런 소리 들었는데! 그럼 저 대학원 갈까요?"

"안 믿는다더니 젊은 사람이 사주깨나 보러 다녔나 보네. 왜, 사는 게 불안해서 여기저기 다녔어?"

흥이 나서 신나게 맞장구치던 기유는 머리를 긁적거렸다. 그러게, 왜 사주를 보러 다니고 개명까지 하고 사주 앱도 정기 결제를 하고 있담.

"그……랬던 것 같아요. 맞는 것도 있으니까 신기하기도 했고."

"맞기는 개뿔! 맞는 건가 싶으니까 맞는 걸로 보이지. 불안할 때 사주 보면 다 맞는 소리로 들려."

"진짜요? 진짜 그래요?"

"어허, 젊은 사람이 남들이 하는 말 홀랑홀랑 넘어가기는. 아무튼 사주 그거 말하는 사람에 따라 코에 걸면 코걸이, 귀에 걸면 귀걸이가 되는 거야. 심심풀이로 남들한테 덕담해주고 싶을 때 쓰는 거지. 불안하다고 철학관 그런 데다 돈 갖다 쓰지 마. 그냥 친구들한테 맛있는 거 사주면서 하소연 들어달라고 하는 게 남는 일이야."

"그런데 할머니는 왜 사주 봐주세요? 공부도 따로 하신 거잖아요."

"나도 처음엔 내 팔자 왜 이런가 싶어서 봤지. 재밌게 공부했으니 그걸로 된 거야. 내 이날 이때까지 살면서 깨달은 거 하나는 받아들일 건 받아들이고 내가 할 수 있는 걸 열심히 하면서 살아야 한다는 거야. 좋은 게 주어지면 감사하고, 무슨 말인지 알아, 원장 선생?"

문득 아까 할머니가 인테리어 시공 업자에게 강짜를 놓으며 비용을 깎던 모습이 떠올랐다. 그게 열심히 사는 건가 싶어 피식 웃음이 났다. 할머니는 여전히 진지하게 말했다.

"속이 허하니까 밖에서 좋은 소리 듣고 싶어 하는 거야. 자기 속이 알차면 안 그래. 살면서 바깥세상 풍파 없이 잔잔한 날이 어디 있어? 애도 아니고 자꾸 뭐에 의지하려고 하면 못 써. 부부지간에도 부모 자식 간에도 각자 인생 사는 거야. 내가 아들 하나 딸 하나 있는데 다들 미국에서 좋은 회사 다니면서 잘 살지만 난 걔네들 덕 볼 생각없어."

"어쨌든 자제분들이 잘 살아서 좋으시겠어요."

"흥, 자식 잘되면 자식이 좋은 거지 부모가 뭐가 좋아. 무자식이 상팔자라는 말이 괜히 있는 줄 아남? 요즘 젊은 사람들 결혼 안 하고 애도 안 놓는다며. 똑똑한 거야, 한

번 살다 가는 인생 애 낳고 고생하면서 살 필요 없다니까.
아무튼 원장 선생은 일찍 결혼할 생각 말고 이것저것 열
심히 공부하고 많이 놀아. 불안하다고 걱정 끌탕만 하면
좋은 일이 오다가 도망가니까 웃으면서 살고, 응?"

할머니는 히죽 웃으며 어기적어기적 일어났다. 기유
가 할머니를 불러 세웠다.

"할머니, 제가 택시 불러드릴게요. 요새 휴대폰으로
부르거든요. 할머니 집 주소 알려주시면 택시더러 집 앞
까지 가라고 할 수 있어요."

택시는 금방 왔다. 기유는 할머니가 안전하게 뒷좌석
에 앉을 수 있게 도왔다. 비타민 음료 한 병을 가져와 운
전기사에게 건네며 당부했다.

"기사님, 우리 할머니 허리가 많이 안 좋으세요. 운전
천천히 부탁드릴게요. 내릴 때도 좀 도와주시겠어요?"

"네, 그러죠. 할머니, 손녀가 참 싹싹하네요."

할머니는 내 손녀가 아니라고 말하지 않았다. 대신
기유를 불러 세워 말했다.

"이번 달 월세는 보내지 마."

"네?"

"다음에 또 짜장면이랑 팔보채 시켜줘. 택시도 불러주
고. 나 건물 팔 때까지 원장 선생 계속 있어, 월세 안 올릴
테니까. 괜히 하는 소리 아니니까 허투루 듣지 마. 알았
지?"

208

택시가 천천히 떠났다. 기유는 택시가 사라질 때까지 기다렸다가 학원에 들어왔다. 화양연화 앱을 켰다. 오늘의 운세 점수는 56점이었다. 금전적 손실이 큰 날이니 만사 조심하되 특히 사람과 얽혀 구설수에 오르내리지 않도록 조심하기. 픕, 웃음이 났다. 사실 알고 있었다. 틀리는 것도 없고 맞는 것도 없는 하나 마나 한 소리인 거. 그렇게라도 가끔은 좋은 일이 생길 거라는 소리를 듣고 싶었던 거였다.

"그래, 내가 나한테 좋은 말 해주지 뭐."

기유는 앱을 삭제했다. 뿌연 먼지가 쌓인 바닥을 기운차게 쓸었다. 정기유의 일터이자 삶터가 정리되고 있었다.

해삼도의 문제

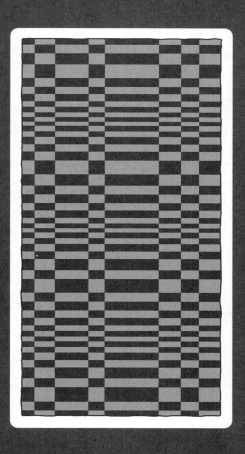

이주형

1

동영은 카페의 4인 좌석과 또 다른 좌석을 나누는 격벽을 바라보았다. 격벽의 아래쪽은 하얀 석재였고 위쪽 절반은 반투명한 사각형 블록이 빽빽이 들어찬 모자이크 유리였다. 그 유리 블록 하나하나마다 희미하게 비친 자신의 얼굴들이 수진의 어깨너머에서 또 다른 자신을 마주 보고 있었다. 동영은 아무 생각 없이 그 광경을 바라보다가, 문득 수진의 언성이 조금 높아졌음을 깨닫고 그에게로 시선을 옮기며 이야기를 열심히 듣는 척을 했다.

"그러니까, 워프로 가는 게 아니라고?"

수진이 한숨을 푹 내쉬었다. 그리고 참을성 있게 다시 설명을 시작했다. 그 눈빛에는 애절함과 함께 약간의 짜증과 답답함이 섞여 있었다. '일생일대의 확률을 뚫고 1인 동반 무료 화성 여행권에 당첨되었는데, 갈지 말지를 고민하는 게 말이나 돼?' 그의 미간과 호흡, 어조에서 그런 문장이 선명하게 읽혔다.

"워프는 웜홀을 만들거나 공간을 접거나 해서 물질을

직접 이동시키는 거야. 텔레포트의 한 방법이긴 하지만 현재로서는 불가능하지. 영원히 불가능할지도 모르고."

"그럼 어떻게 화성에 가는 거야? 눈 깜짝할 새에 화성까지 갈 수 있다던데."

"엄밀히 말하면 눈 깜짝할 새는 아니지. 화성이랑 지구가 제일 가까울 때를 기준으로 잡아도 빛의 속도로 3분은 걸리니까. 하긴, 우주선으로 가는 거에 비하면 순식간이긴 하지만."

"그래? 그런데 빛의 속도는 왜 나오는 거야?"

"아니, 우리가 쓸 방식이 워프가 아니라 팩스라서 그래. 팩스 정보를 아무리 빨리 전달해도 빛의 속도를 넘을 수는 없으니까."

수진의 말 속에서는 이미 '우리'가 화성에 가는 것으로 정해져 있었다. 동영은 속으로 쓴웃음을 흘리며 겉으로는 아무렇지 않게 농담을 건넸다.

"팩스? 문서 보내는 그거? 그건…… 텔레포트랑은 어감이 많이 달라 보이는데. 종이처럼 납작해져야 하는 거면 난 반대야. 다이어트는 힘드니까."

수진이 눈살을 찌푸리며 손바닥을 앞으로 내밀었다. 동영이 대화의 주제를 빙글빙글 돌려댈 것 같으면 그것을 제지하기 위해 수진이 으레 취하는 동작이었다.

"잠깐만."

수진이 책상 위의 허공을 매만지듯 손바닥을 놀리면

서 숨을 크게 들이쉬었다. 동영은 그 동작에서 이런 메시지를 읽었다. '자, 여기 내가 하려는 이야기가 있어. 다른 이야기 하지 말고 이걸 자세히 봐. 더 자세히, 더 가까이. 그래, 이제 보이지?' 그래서 수진이 정말로 말을 시작했을 때 동영은 작게 웃음을 터뜨리고 말았다. 그가 상상한 것과 너무 비슷한 말이 튀어나왔으므로.

"자, 내가 무슨 이야기를 하려는 거냐면, 잘 들어봐. 뭐야, 왜 웃어?"

동영은 웃음을 수습하며 수진에게 손사래를 쳐 보였다. 아무 문제 없으니 계속하라는 의미였다. 수진은 그런 동영을 바라보다가 피식 웃어버리고 말을 이었다.

"자, 우리가 지금 지구 반대편에 있는 사람한테 어떤 서류를 전달해야 한다고 치자. 우리가 그 사람한테 서류를 직접 보내려면 어떻게 해야 하지? 서류를 접고 봉투에 넣은 다음에 국제우편으로 보내야겠지. 그럼 서류는 산 넘고 바다 건너서 '직접' 지구 반대편까지 전해질 거야. 그렇지?"

"뭐? 이메일? 아, 당연히 이메일이 제일 편하겠지. 그런데 만약에 편지로 보낸다면, 이란 거야, 지금은. 링크, 카톡, 문자 전부 지금이랑은 상관없어! 스마트폰은 없다고 쳐! 아, 진짜! 잠깐만 입에 지퍼 좀 채워봐."

말하는 중간중간 계속 끼어들던 동영은 수진의 다그침에 입을 꾹 다물고 입에 지퍼를 채우는 시늉을 해 보였다. 수진은 작은 한숨 후에 이어 말했다.

"편지를 보내면 편지가 직접 가. 그리고 직접 가는 데는 시간이 엄청나게 오래 걸려. 그게 중요한 거야. 알겠어? 여기서 편지 속 서류를 사람이나 화물로, 편지 운송 수단들을 우주선으로 바꾸면 평범한 우주여행이 되지. 인간을 우주선으로 실어 나르는 것 말이야. 그에 반해서 팩스 텔레포트는, 말 그대로 팩스랑 비슷해. 보내려고 하는 서류를 우리 쪽 팩스 기계로 스캔하면 그 기계가 지구 반대편에 있는 팩스 기계에까지 서류의 정보를 전달하지. 그러면 그쪽 기계에서 똑같은 서류가 프린트되는 거야. 똑같은 종이에 똑같은 정보가 인쇄된 거니까 결과만 놓고 보면 똑같은 서류가 맞잖아, 그렇지?"

"음, 그런가?"

"그렇지."

즉답이었다. 확신이 담긴.

"팩스 텔레포트도 똑같은 거야. 우리 몸의 모든 구성 정보를 읽은 다음에 화성으로 보내는 거지. 그리고 화성 쪽 기계에서 우리를 '프린트'하면? 결과만 놓고 보면 우리가 빛의 속도로 화성에 도착한 거랑 똑같잖아. 그래서 순간이동이다, 텔레포트다, 하는 거야."

"아하……. 그런데 잠깐만, 지구 반대편에서 프린트된 서류가 원래 서류랑 똑같은 거라고 쳐. 그리고 화성에서 프린트된 나도 나랑 똑같은 나라고 쳐. 그런데 그 경우엔 내가 둘이 되는 거 아냐? 팩스 보낼 때도 서류가 둘이 되잖아. 원본이랑 사본."

수진이 미소 지었다. '그 정도 질문은 이미 예상했지'로 읽히는 미소였다.

"팩스 텔레포트에서 팩스가 뭐의 줄임말인 줄 알아?"

"뭔데?"

"소멸 후 형성, Formation After eXtinguishment의 F, A, X를 따서 팩스야. 사실 이건 원래 있던 말인 팩스에 끼워 맞추려고 그렇게 정한 거고 정확히는 분해 후 재구성이라고 해야 맞을 거야. 분해하고, 그다음에, 재구성한다. 알겠어? 네가 화성에서 재구성될 때쯤에 지구의 너는 사라지고 없을 거니까 네가 둘이 될 걱정은 안 해도 돼."

"그건 더 끔찍한데? 그냥 지구의 나는 죽고 화성에서 내 행세하는 뭔가가 생기는 거 아냐?"

"고전적인 테세우스의 배 역설이지."

"아, 나도 그거 뭔지 알아."

"넌 거기서 테세우스의 배가 끝까지 테세우스의 배라고 생각해?"

"음…… 일단은? 그런 것 같아."

"나도 그래. 당장 우리 몸만 하더라도 1년만 지나면 구성 원자가…… 몇 퍼센트더라? 하여튼 거의 대부분 바뀐대. 중요한 건 같은 원자가 쓰였냐가 아니라 몸과 정신, 기억이 충실히 연속적으로 구현되어 있느냐 하는 거야. 화성에서 새로 생길 나는 지금 여기 있는 나랑 정확히 분자 단위까지 똑같이 만들어질 거야. 그러니까 내 연속성은 무너지지 않는 거지. 물론 네 연속성도."

"음, 그런가? 그런 거 같긴 하네."

"그렇지? 그럼 이제 문제없는 거지? 같이 가기로 하는 거다 그럼."

"아니, 잠깐만."

"왜 또?"

"아무리 생각해도 '분해'는 너무 무서운데, 그거 안전한 거 맞아? 그리고 분해한다 해놓고 분해 안 하면 어떡해? 분해를 하긴 하는데 나중에 내 데이터 가지고 나를 막 찍어내면? 내가 수백 명이 되어서 지옥 같은 방에서 노예처럼 일만 해야 하면?"

수진이 다분히 연출적인 한숨을 내쉬었다. 그러고는 동영을 똑바로 바라보며 말했다.

"너 정말 쓸데없는 걱정이 많구나?"

"내 몸을 분해하겠다는데 이 정도는 생각하는 게 보통 아냐?"

"글쎄, 나는⋯⋯."

"아무튼 나는 걱정돼. 화성에 가봤자 뭐 대단한 게 있는지도 잘 모르겠고. 테라포밍도 이제 겨우 시작 단계라며."

이야기가 부정적인 방향으로 흐르는 듯하자 절박함이 답답함을 누르고 수진의 눈빛을 통해 새어 나왔다. 절박함은 그의 어조에도 영향을 줘서, 그를 좀더 부드럽게, 물기 있게 말하도록 만들었다. 말의 내용 자체보다도 그 변화가 동영의 마음을 흔들었다.

"걱정할 거 없다니까. 자, 천천히, 하나씩 대답해줄게. 첫째, 아플까 봐 걱정할 거 없어. 텔레포트는 전신마취된 다음에 특수한 겔 속에서 진행되니까, 그냥 자고 일어나면 화성에 도착해 있을 거라 보면 돼."

"하지만 수술 중 각성 같은 거라도 있으면."

"마취제 내성이랑 통증 반응 같은 것도 미리 다 검사하니까 걱정하지 마.

자 그럼 둘째, 실수로 분해가 안 될 걱정도 없어. 애초에 스캔을 하려면 분해가 필수거든. 몸의 모든 구성 원소 데이터를 얻으려면 MRI나 CT 같은 비침습적인 방법으로는 안 돼. 아주 세밀하게 한 층 한 층 잘라가면서 들여다볼 수밖에 없단 말이지. 잠깐, 무슨 말 하려는지는 알겠는데 끝까지 듣고 얘기해. 아무튼 지구에서 분해 과정이 끝나야 그 데이터로 화성에서 네가 재구성될 수 있는 거니까 네가 둘이 될 걱정은 안 해도 돼.

그럼 이제 셋째, 네 데이터를 도용해서 너를 찍어낼까 봐 걱정할 필요도 없어. 지금 기술로는 그만한 저장용량을 확보할 수가 없거든. 네 몸 전체에 대한 분자 구성 데이터를 가지고 있기는 불가능하다는 거야. 그래서 지구의 팩스 기계에선 우선 네 몸을 수백만 곱하기 수백만

층으로 나눴을 때 딱 한 층에 해당하는 데이터만 확보한 다음에 처리해서 화성으로 송신해. 그리고 삭제하지. 그리고 그다음 층을 스캔하고 처리해서 송신, 삭제. 또 그다음 층을 스캔, 처리, 송신, 삭제, 그런 식이야. 화성에선 반대로 수신, 처리, 프린트, 삭제, 수신, 처리, 프린트, 삭제, 이런 식이고. 즉 에디슨사에서는 단 한 순간도 네 몸 전체에 대한 데이터를 가지지 않는 거지.

아, 그리고 방금 생각났는데, 마지막으로 넷째, 만에 하나 네가 걱정하는 일이 가능하다 하더라도, 에디슨 쪽에서 그런 일을 벌일 이유가 없어. 수백 수천 이동영으로 이뤄진 노예 집단이나 동영 군대 같은 게 대체 왜 필요하겠어? 그런 거 만들 돈이면 훈련된 프로를 노예처럼 부릴 수 있을 텐데. 이동영 수백 명이라니, 나한테나 좋지 다른 사람은 원할 일 없거든? 신수진 수백 명도 마찬가지고. 그러니까 처음부터 걱정할 필요가 없어."

"오, 수습 잘하는데? 나 중간에 조금 화날 뻔했어."

"그럼. 너랑 몇 년을 봤는데 내가."

"그래도 불안해. 내 몸을 수백만 조각도 넘게 쪼갠다는 거잖아 그거. 중간에 실수하면 어떡해? 백만스물한 층이랑 백만스물두 층이 바뀌면 어떡해? 이백오십육만삼천구백육십오 층이 생략되면 어떡해? 키 작아지는 거 아냐? 화성에서 내 데이터를 수신하다가 블루스크린이라도 뜨면? 네 말대로면 따로 저장해놓은 데도 없을 텐데, 그럼 나는 그대로 꼴까닥 죽는 거잖아."

"그건 솔직히 나도 불안해서 찾아봤거든? 그런데 시뮬레이션도 엄청 돌렸고 동물 전송 수천 건 하는 동안 실패는 한 건도 없었대. 게다가 우리가 화성 여행 3기인데 1기, 2기 사람들도 다 멀쩡하게 돌아왔잖아. 걱정할 필요 없을 거야. 다 검증된 기술이라니까?"

"그래도……."

"같이 가주면 안 돼? 난 정말 화성에 가보고 싶어. 이거 당첨될 확률이 로또 당첨 확률보다 낮은 거 알잖아. 보통은 가고 싶어도 못 가는 기회라고. 게다가 화성 여행 갔다 온 사람한테는 화성 개척 성공했을 때 이주 우선권도 준대. 안 갈 이유가 없어. 너 아니면 데려갈 사람도 없는데, 혼자 갔다 오긴 싫어. 같이 가자, 응? 제발."

"알겠어……. 그럼 하루만 생각해볼게."

수진은 밝은 표정으로 고개를 끄덕거렸다. 동영이 이런 식으로 말하는 경우 결국은 원하는 대답이 돌아온다는 걸 알고 있기 때문이었다. 동영 자신도 알았다. 그는 내일 수진의 제안을 수락하고 말 것이다. 그리고 1년 후에는 정말로 화성 땅을 밟게 될 것이다. 그 발이 지금 달려 있는 이 발 그대로는 아니겠지만.

동영은 작게 한숨을 쉬고 창밖의 어둠을 올려다보았다. 그동안 별 관심을 두지 않았던 밤하늘이 오늘따라 광막하고 외로운 우주처럼 보였다. 그는 팩스 용지가 되어

저 우주 속으로 산산이 흩날리는 자신을 상상하다가, 고개를 저어 그 상상을 흩어버렸다.

2

동영에게 1년이란 시간은 여행을 준비하는 시간치고는 너무 길었다. 물론 제주도 여행도 반년 전에는 준비를 시작해야 하는 수진 같은 사람들도 있었지만 동영은 일단 교통편과 숙박만 미리 해결해두면 구체적인 준비는 뭐, 한 2주 전에만 시작해도 충분하지 않은가 생각하는 편이었다.

하지만 화성 여행은 절대로 단순한 여행이 아니기 때문에, 1년이라는 시간조차 '충분한' 시간일 수는 없었다. 화성 여행권 당첨을 인증하고 여행권을 무사히 사용하고, 출발 일자를 확정받은 후로도 동영과 수진에게는 아주 바쁘고 험난한 1년이 남아 있었다.

그들은 화성 여행에 앞서 미국행부터 계획해야 했다. 전 세계에 하나뿐이고 전 우주에 단 두 대뿐인 FAX 텔레포트 장치가 미국 캘리포니아의 에디슨 본사 연구센터에 있었기 때문이다(물론 나머지 한 대는 화성의 테라포밍센터에 있었다). 일정이 어그러져 화성행이 취소되는 끔찍한 상황을 피하기 위해 이동 일정은 최대한 넉넉하게 잡아야 했다.

그들은 생업과 여행의 충돌도 해결해야 했다. 화성에서 진행되는 프로그램만 해도 2주짜리였고 미국에 오고가는 일정이나 텔레포트 대기 기간까지 계산에 넣으면 최소한 한 달의 여유는 필요했다. 중학교 교사인 동영은 다행히 여행 일정이 방학 기간과 겹쳐 어찌어찌 일정을 조율할 수 있었지만 1년에 휴가를 2주 붙여 쓰기도 힘든 평범한 IT 회사에 다니던 수진은 그럴 수 없었다. 그는 사장과 기나긴 입씨름을 하고 사원들의 눈총을 받으며 크고 작은 사건을 일으켰고, 결국은 어느 날 아침 휘갈겨 쓴 사직서를 회사에 제출해버리고 말았다. 수진이 자신에게 말 한마디 없이 퇴사를 결정하고 이 사실을 통보해왔을 때 동영은 어이가 없는 얼굴로 이렇게 말했다.

"가끔 보면 나보다 네가 더 욱하는 거 같다니깐."

그들이 함께하는 대개의 상황에서 더 냉정하고 이성적인 쪽은 수진 쪽이었으나 이럴 때면 정말이지 그렇게 생각할 수밖에 없었다. 동영의 말에 수진은 자존심 상한 표정을 짓더니 며칠 후에는 웬 PPT를 준비해왔다. 화성 여행이 퇴사를 불사할 만큼 중요한 일인 이유, 1년쯤의 공백이 자신의 커리어에 문제가 없는 이유, 오히려 도움이 될지도 모르는 이유를 일목요연하게 정리한 발표 자료였다. 이성적이고자 발버둥 치는 수진의 행동이 동영에게는 되레 감정적으로 느껴졌으나 발표 내용 중에 1년여간 어떤 일로 어떻게 벌어먹을 것인지에 대한 계획도 포함되어 있었기 때문에 그는 잠자코 고개를 끄덕일 수밖에 없었다.

우여곡절 끝에 일정을 확보했지만 그것 말고도 신경 써야 할 일은 많았다. 화성 여행은 아무런 준비 없이 가이드에게 모든 것을 맡기고 몸만 다녀오면 되는 여행이 아니었다. 이제 막 테라포밍이 시작되었을 뿐인 화성에서 2주간 보내기 위해 얼마나 많은 교육과 준비가 필요한지 알았을 때 동영은 그만 모든 결정을 철회하고 도망쳐버리고 싶었다. 하지만 직장까지 그만둔 수진에게 차마 그런 얘기는 농담으로라도 꺼낼 수 없었다.

결국 동영은 수진과 함께 에디슨사에서 제공하는 교육 프로그램에 매주 주말을 할애해야만 했다. 그것도 거의 1년 동안이나. 그는 온갖 수업을 듣고 과제를 수행하고 검사에 참여했다. 온라인 수업이 있을 때는 그래도 괜찮은 편이었지만 오프라인으로 테스트가 필요한 경우 강원도 한적한 곳에 위치한 에디슨사 연구센터에까지 직접 오가야 했다.

동영은 그 연구센터가 정말로 싫었다. 생생한 산천초목의 풍경이 투명한 차창 밖으로 지나갈 때는 놀러 가는 것도 같아서 기분이 괜찮았지만 그 모든 상쾌한 기분은 '보안성과 예술성을 동시에 잡은' 연구센터 안으로 한 발짝만 들어가도 싹 날아가버리곤 했다. 그곳의 모든 창문은 만화경처럼 되어 있었는데, 만화경의 구조를 이루는 조각의 일부는 거울처럼 불투명하고 일부는 렌즈처럼 투명해서 바깥과 안을 서로 볼 수 없으면서도 자연광은 들어올 수 있게 되어 있었다. 그 창문 구조는 신기하고, 어쩌면 '예술적'일지는 몰라도 전혀 실용적이지는 않았다. 이상한 창문을 통해 빛이 이리저리 굽이쳐 들어오는 통에 낮이면 온 바닥과 벽이 산만한 무늬로 물들어 있어 머리가 아팠다. 게다가 우연히라도 창문을 직접 바라보면 수십 수백의 잔영이 자신을 바라보는 섬뜩한 광경을 마주하게 되었기에 동영은 그곳의 창문을 모조리 깨부숴버리고 싶을 지경이었다.

수진은 그조차 재밌어하는 눈치였지만 동영에겐 그 모든 과정이 무가치한 피로감 이상도 이하도 아니었다. 집에 누워만 있어도 피로가 풀릴까 말까 할 판에 주말까지 이상한 곳을 왔다 갔다 하며 일 비슷한 것을 해야 하는 판국이다 보니 그는 하루가 다르게 시들어갔다.

이런 교육 과정이 유익하고 보람차기라도 했다면 좋았으련만, 에디슨사의 교육과 검사는 동영으로서는 이해할 수 없는 내용일 때가 더 많았다. 동영과 수진은 왜 알아야 하는지 이해가 되지 않는 공학과 수학을 공부해야 했고 에디슨 사장의 괴상한 성공론을 듣고 과제를 작성해야 했으며 몇 번씩이나 피를 뽑고 온갖 장비들로 몸의 구석구석을 검사해야 했다. 그럴 때마다 동영은 수진에게 불평했다. "대체 이런 게 왜 필요한 거야?" 그러면 수진은 너무 예민하게 굴지 말라는 듯 반응하곤 했다. "글쎄? 정확히는 모르겠지만 화성 환경이 우리에게 미칠 영향을 추적하려는 거 아닐까? 공짜로 화성에 가는 대신 정보 몇 가지 제공하는 것쯤이야 별것도 아니잖아. 개나 소나 개인정보 훔쳐다 파는 세상에 이 정도면 싼 거지 뭐."

동영이 제기하는 의문점들은 이런 식으로 별것 아닌 것으로 치부되었다. 하지만 화성 여행과 에디슨사 얘기만 나오면 무한히 긍정적으로 변하는 수진조차 이상하다고 여겨 함께 문의를 넣은 적도 몇 번 있었다. 생년월일시를 요구하거나, 태어난 곳을 묻거나, 성격검사지에서 '새로운 사람을 만나기보다는 이미 알던 사람과 만나는 것을 선호한다' 같은, 비공식 검사 티가 풀풀 나는 문구를 발견했을 때 그렇게 했다. 하지만 그때마다 돌아오는 답은 똑같았다.

'보안 관계상 알려드릴 수 없습니다. 개인정보를 취급하는 데 있어 계약을 위반하는 일은 없으므로 안심하시기 바랍니다.'

그럴 때 수진과 동영이 할 수 있는 것이라곤 서로 멍청히 마주 보고 끄덕이는 일밖에는 없었다.

화성 여행까지 6개월이 남은 시점부터 동영을 버티게 해준 것은 수진의 감정적 지지나 새롭게 발현된 흥미가 아니라 인지 부조화였다. 그때 동영은 화성 여행에 시간적으로, 물질적으로, 그리고 정신적으로도 이미 많은 값을 치른 후였다. 연인에게 휩쓸려 가는 여행, 가도 그만, 안 가도 그만인 여행을 위해 그런 값을 치렀다고 생각하면 자신이 너무 바보처럼 여겨질 것 같아서, 동영은 자신이 원래부터 애타는 마음으로 화성 여행을 갈망했다고 믿어버리고 말았다. 그는 의미 모를 교육에서 어떻게든 의미를 찾아내고 연구센터의 외관에서도 예술적 가치를 발견해보려 노력했다. 수진의 모호한 이성을 더 열성적으로 믿었고, 이를 통해 수진을 따르는 자신의 행동 역시 이성적이라고 생각하려 했다.

그래도 피로만큼은 어쩔 수 없었다. 매주 누적되는 피로는 피부를 푸석푸석하게 만들고 그의 눈동자에서 생기를 앗아갔다. 만일 준비 기간이 1년에서 몇 개월만 더 길었더라면 동영은 건강 문제로 화성에 가지 못하게 되었을지도 모른다.

하지만 다행히도 동영이 쓰러지기 전에 그 모든 시간이 지나갔다. 교육도, 숙제도, 추가적인 비밀 유지 서약도 더 이상은 없었다. 에디슨 본사의 연구센터로 날아가기 위한 여권 발급도, 비행기 예약도, 연착도, 외국의 낯선 공기도 모두 마침내 그에게로 다가와 과거가 쌓인 뒤편에 남겨졌다. 그리고 그들은 마침내 진짜 텔레포트센터에 입성할 수 있었다.

3

동영과 수진은 다른 3기 화성 여행단원 여덟 명과 함
께 대기실에 앉아 있었다. 대기실은 마치 지하철 한 칸을
떼다 옮겨놓은 것 같은 구조였다. 길쭉한 직사각형 방의
양 벽면을 따라 팔걸이 없는 의자들이 설치되어 있었고
그들은 그 자리에 다섯 명씩 마주 앉아야 했다. 처음에
는 다양한 발음의 영어가 오가며 자기소개가 이어졌으나
아이스 브레이킹이니 스몰 토크니 하는 것들은 모두 그
들 앞에 놓인 거대한 긴장의 무게감을 오래 버티지 못하
고 짜부라지고 말았다. 결국 숨 막힐 것 같은 침묵 속에
서 경직된 시선들만이 방의 한쪽 끝에서 다른 끝까지 이
리저리 튀어 다니는 시간이 이어졌다.

그 방에 모인 사람들은 3기 화성 여행단 중에서도 가
장 마지막 그룹의 열 명이었다. 하루에 세 번, 한 번에 열
명씩, 총 열흘에 걸쳐 300명의 사람이 화성으로 보내질 예
정이었고, 이미 290명의 여행객이 화성으로 앞서 건너가
적응기를 거치고 있었다. 먼저 출발한 사람들이 길게는
열흘이 넘는 여유를 가질 수 있는 것과 달리 그들에게는
기껏해야 하루이틀의 회복기와 적응기가 주어질 터였다.
하지만 그 대신 화성에서 떠나올 때는 가장 뒷 순서로 돌
아올 수 있었으니 그렇게 나쁘기만 한 조건은 아니었다.

스크린 도어의 동작음이 방 안에 고인 정적을 찢으며

영원 같았던 기다림의 끝을 알렸다. 그들이 들어온 반대편의 문이 열리고 빨간 체크무늬 셔츠를 차려입은 남자가 들어오더니 그들을 둘러보았다. 그의 목에는 이 기관의 소속 연구원임을 알리는 ID카드가 걸려 대롱대고 있었다. 방 안 사람들과 달리 그의 표정은 긴장 한 점 없이 온화해 보였다. 담당자가 바뀌지 않았다면 이미 290번의 텔레포트를 진행한 셈이니, 당연하다면 당연한 일이었다. 그 편안한 표정이 딱딱한 분위기를 조금 누그러뜨렸다. 연구원이 자신의 손에 들린 시트를 홀긋 바라보더니 인도 사람의 것인 듯한 이름을 불렀다. 발음은 명확했지만 긴장에 흠뻑 젖어 있던 동영은 그 이름을 듣자마자 잊어버리고 말았다. 동영의 맞은편에 앉아 있던 키가 2미터쯤 되어 보이는 남자가 대답하며 벌떡 일어나더니 연구원의 안내를 따라 방 밖으로 걸어 나갔다.

그런 일이 대략 10분에 한 번씩 반복되었다. 스크린도어가 부드럽게 열리고 닫힐 때마다 동영은 이번에야말로 자신의 차례가 온 것일까 귀를 쫑긋 세우고 청각에 주의를 기울였다. 하지만 그의 두방망이질 치는 심장을 아는지 모르는지 연구원은 번번이 다른 이름을 불렀다.

첫 번째 사람이 불려 나가고 두 시간 가까운 시간이 지나간 후에야 연구원이 수진의 이름을 불렀을 때, 방에는 수진과 동영밖에는 남아 있지 않았다. 동영은 마지막의 마지막 순서였다. 10분에 한 번꼴로 긴장을 쌓고 무너뜨

리느라 방금 빤 수건처럼 지쳐 있던 그는 수진을 대충 배웅했다. 수진 역시 건성으로 대답하며 지친 표정으로 방을 나섰다. 방에 혼자 남겨진 동영은 심호흡을 했다. 이제 10분 후면, 딱 10분 후면 진짜로. 그 10분 후가 영원히 오지 않을 것 같았다. 그 혼자만 남은 길쭉한 방이 시간 선에서 이격되어, 10분 후로 흐르지 않고 표류할 것만 같았다. 하지만 10분 후는 결국 왔다. 그것도 생각보다 빨리.

모아 쥔 손으로 얼굴을 받치고 몸을 웅크린 채 눈을 감고 있던 동영은 자신을 부르는 소리에 화들짝 놀라며 일어섰다. 예의 그 연구원이 약간 피곤해 보이는 미소를 지으며 그를 기다리고 있었다. 동영은 아무 말 없이 고개를 끄덕여 보이고 그를 따라 방을 나섰다.

예상과 달리 그가 들어선 방에는 아무도 없었다. 방은 별로 크지 않았다. 알 수 없는 용어가 빼곡히 적힌 서랍장과 액체인지 기체인지로 채워진 튜브, 곳곳에 보이는 밸브로 사면이 가득 채워진 방에는 이동식 침대 하나와 사람 한둘이 걸어 다닐 공간밖에 없었다. 앞사람들은 여기서 마취되어 이미 방 밖으로 빠져나간 모양이었다. 동영은 연구원의 손짓에 따라 단순한 구조의 이동식 침대에 똑바로 누웠다. 연구원이 옆에서 무어라 말하는 것이 들려왔다. 동영은 눈동자를 굴려 그를 바라보았으나 그는 동영을 보고 말하는 것이 아니었다. 말을 건넬 만한 사람은 방 안에 아무도 없었지만, 그의 한쪽 귓구멍을 덮은 하얀 물체로 보아 무선 이어폰으로 누군가와 통화 중인 것 같았다. 그는 당황한 듯 보였다. 연구원은 동영을 흘긋 바라보더니 고개를 휙 돌리고 등판만 보여주며 알아들을 수 없는 말을 속사포처럼 쏟아냈다. 문장을 뱉는 빈도가 점차 줄어들더니, 통화가 종료되었는지 연구원이 다시 동영을 향해 돌아섰다. 그의 입에서는 미안하단 말에 이어 아무 문제도 없으니 걱정하지 마시란 말이 튀어나왔으나, 이마에 흐르는 식은땀이나 불안하게 이리저리 튀는 눈동자를 숨기지는 못했다.

무언가 잘못된 것이 명백했다.

하지만 연구원의 당황과는 상관없이 그의 몸에 익은 일련의 동작은 매끄럽게 작동했다. 그는 신속하게 동영의 팔뚝을 고무줄로 묶었고, 튀어나온 정맥을 찾아 튜브와 연결된 주삿바늘을 찔러넣었다. 동영이 떨리는 목소리로 '익스큐즈 미, 벗'까지 얘기했을 때는 이미 왼쪽 팔꿈치 안쪽에서 따끔한 통증이 느껴진 후였다. 겁에 질린 눈으로 연구원을 바라봐도 '유 윌 비 올라잇' 하는 말만 반복되어 들려올 뿐이었다. 주삿바늘에서부터 차가운 기운이 번지는 것이 언뜻 느껴졌다. 동영이 몸을 일으키려 했으나 연구원이 그의 어깨를 눌러 다시 침대에 눕혔다.

'화성의 풍경을 그리면서, 지구를 떠나는 것을 상상하면서 천천히 눈을 감고 싶었는데.'

그것이 동영이 지구에서 한 마지막 생각이었다.

4

동영을 깨운 것은 부드러운 불빛도, 환영의 인사나 무뚝뚝한 바이탈 체크도 아니었다. 그를 깨운 것은 아득히 먼 곳에서 울려 퍼지는 것 같은 고성과 술렁이는 열기, 그리고 팔뚝을 잡아채고 그의 몸을 이리저리 폭력적으로 흔드는 뜨거운 손길이었다.

누군가의 얼굴이 보였다. 아니, 보이지 않았다. 보이긴 보였는데 불투명 유리 너머로 보는 것처럼 흐릿하여 아는 얼굴인지 아닌지도 분간할 수 없었다. 그 얼굴로부터 고함이 계속 흘러나왔다. 짜증에 가득 차 소리치는 게 분명한데, 그 소리는 귓가에 쩌렁쩌렁 울리는 대신 수영장 바닥에서 울리는 소리처럼 웅웅대며 뭉개졌다. 흐릿한 얼굴은 답답한 목소리를 내며 계속해서 동영의 몸을 흔들었다. 머리가 울려 어지러웠다. 놀이동산에서 가장 위험한 놀이 기구를 탄 것처럼 속이 울렁거렸다. 배 속이 꿀렁거려서 토할 것 같다고 생각하는 순간, 그는 치밀어 오르는 욕지기를 참지 못하고 정말로 자신의 가슴팍에 미끈거리는 무언가를 토해버리고 말았다.

그를 붙잡고 흔들던 사람이 움찔하며 물러났다. 뒤이어 무언가가 그의 몸을 감싸는 것이 느껴졌다. 어두운 색 담요였다. 동영은 그제야 자신이 맨몸에 아무것도 걸치지 않고 있다는 것을 깨달았다. 그는 본능적인 부끄러움에 손으로 커다란 담요를 끌어 몸이 드러나지 않도록 감 쌌다. 그러는 와중에도 울컥대며 욕지기가 올라와, 그는 입을 감싼 손에 또 한차례 토악질을 했다. 무언가가 그의 귓구멍 속으로 들어왔다. 그는 깜짝 놀랐지만 혼란스럽 고 지쳐서 극적인 반응을 보일 수 없었다. 아무것도 이해 할 수 없어서 그저 눈물만 왈칵 쏟았다. 귀를 쑤시고 들 어왔던 것은 얼마 지나지 않아 다시 쑥 빠져나갔다. 그제 야 세상의 소리가 선명하게 들려오기 시작했다.

"괜찮으세요? 일단 이거라도 감싸고 있으세요. 곧 적 당한 옷을 들고 올게요. 토할 것 같으면 토하세요. 뭐가 잘못된 건 아니니 안심해도 됩니다. 팩스 잔여물이 소화 관에 남아서 좀 부대끼는 것뿐이니까."

그에게 담요를 덮어준 손이 말했다. 그러자 그 뒤편 에서 그를 붙잡고 흔들던 거친 손이 소리쳤다.

"한시가 급한데 일단 확인부터 해야지! E인지 I인지 라도!"

상냥한 목소리가 날카롭게 변하며 맞받아쳤다.

"상황이 급한 건 맞지만 그렇게까지 서둘러야 할 필 요는 없잖아요. 방금 프린트된 사람을 그렇게 마구 흔들 면 어떡합니까? 누가 ENTP 아니랄까 봐. 오류는 없었는 지 확인부터 해야죠. 어디 한 군데 덜 굳어서 팔이라도 뚝 떨어져 나가면 당신이 고칠 거예요?"

그러자 시끄럽던 목소리가 툴툴대며 멀어졌다. 동영

은 그제서야 고개를 들어 목소리의 주인을 확인할 수 있었다. 짧막한 검은 머리에 중키, 마른 체구. 유창한 한국어. 아마 한국인. 그는 자신의 이름을 유빈이라고 소개했다. 그는 동영에게 수진과 아는 사이냐고 물었고 동영은 그렇다고 대답했다. 아무것도 알 수 없는 상황 속에서 익숙한 이름을 듣자 눈물이 또 왈칵 솟아올랐다. 유빈은 동영이 혼란스러운 감정을 추스르고 편안하게 옷을 입을 수 있도록 잠시 자리를 비워주었다.

걸치고 있던 담요로 점성이 느껴지는 액체를 닦아내고, 유빈이 놓아둔 심플하고 기능적인 흰색 속옷과 겉옷을 하나씩 입으면서 동영은 상황을 파악하려 애썼다. 하지만 전혀, 아무것도 추측할 수 없었다. 왜 사전에 교육받았던 것과 달리 이렇게 휑뎅그렁한 공간에서 깨어난 걸까? 혹시 공간 이동이 아니라 시간 이동을 해버렸나? 팩스가 수십, 수백 년쯤 지연되어버린 걸까? 아니면 차원 이동이나, 평행 우주로 이동을 해버린 건가? 몇 년이 지났을까? 지구는 아직 남아 있나? 여기가 화성이긴 한 건가? 우주 공간으로 퍼진 내 몸의 구성 데이터가 수십만 광년 밖, 이름 모를 행성에서 구현된 건 아닐까? 그런 터무니없는 생각들이 머릿속으로 꿀렁이며 밀려들었다. 평소에도 쓸데없는 생각을 많이 하는 편이었지만 지금 밀려드는 생각의 양은 정말 당황스러울 정도였다.

혼란과 당황 끝에 동영은 서러움을 느꼈다. 자신이

대체 왜 이런 일을 겪어야 하는가 하는 생각과 함께 지난 1년 동안 한 온갖 고생들이 떠올랐다. 에디슨 측에서 부담하지 않았던 이런저런 비용들까지 함께 떠올라 그를 더욱 서럽고 비참하게 만들었다. 에디슨사는 이벤트 당첨자들이 화성까지 오가는 데 필요한 모든 비용과 교육 비용을 부담했지만, 거기엔 교육을 받기 위한 교통비와 식비, 미국까지 오가기 위한 비행깃삯이나 여행 비용은 전혀 포함되어 있지 않았다. 이 모든 지출과 희생 끝에 얻은 게 영문도 알 수 없이 헐벗은 비참한 신세라면, 그것들은 전부 무엇을 위한 것이었단 말인가. 대체 세상은 나에게 왜 이렇게 잔인한가. 그의 눈에 눈물이 핑 돌았다.

그때 노크 소리가 들려왔다. 동영은 울먹이는 목소리를 감추려 헛기침을 몇 번 하고 겨우 대답했다. 문이 열리고 두 사람이 들어왔다. 수진과 유빈이었다.

수진의 얼굴을 마주한 동영은 기어코 울음을 터뜨리고 말았다. 모든 것이 낯선 상황에서 유일하게 익숙한 것을 보자 더 이상 눈물을 억누를 수 없었다. 그는 아무 말도 못 하고 제자리에서 소매에 얼굴을 파묻고 꺽꺽대며 울기만 했다. 그런 그를 누군가가 토닥여주는 것이 느껴졌다. 당연히 수진일 것이라고 생각하고 고개를 든 그의 눈에 들어온 것은 유빈의 얼굴이었다. 유빈은 다 이해한다는 듯한 그렁그렁한 눈빛으로 동영을 바라보고 있었다. 그 눈빛 때문에 다시 한번 눈물이 차오르는 와중에 유빈의 어깨 너머로 수진이 보였다. 수진은 문에서 별로 떨어지지 않은 곳에 멀거니 서서 그를 바라보고 있었다. 그의 얼굴에는 불편하달까, 조금 언짢아 보이는 표정이 떠올라 있었다. 수진이 그 자리에서 손을 쥐었다 폈다, 발걸음을 옮길까 말까, 안절부절못하다가 결국 그 자리에 선 채 입을 열었다.

"빨리 움직이는 게 좋지 않을까요? 저도 잘은 모르지만 얼핏 듣기로는 한곳에 모여 있는 게 더 안전할 것 같던데. 설명 같은 건 이동하면서 들어도 되고."

수진의 무미건조한 목소리에는 다소의 혼란이 녹아 있었지만 동영에 대한 걱정이나 낯선 곳에서 재회한 연인에 대한 애틋한 감정은 단 한 톨도 느껴지지 않았다. 동영은 그 메마른 목소리에 충격받아 수진을 멍하니 바라보았다. 그런 그를 토닥이고 달래며 일으켜 세운 이는 이번에도 수진이 아닌 유빈이었다. 수진은 그 광경을 멀뚱멀뚱 지켜보기만 하다가 동영이 넘어질 듯 휘청거리자 마지못한 듯 혀를 차며 다가와 그를 부축해주었다. 옷을 입을 때도 느꼈던 것이지만, 균형을 잡고 걷는 동작이 어색하게 느껴졌다. 오랫동안 수영을 하거나 트램펄린 위에 있다가 땅바닥에 내려섰을 때 느껴지는 묘한 감각 같은 것이 온몸을 가득 채우고 있었다. 동영은 두 사람의 부축을 받으며 똑바로 걷는 것에만도 상당한 집중력을

236

할애해야 했다. 그래도 질질 끌려가야 할 정도는 아닌 것이 다행이라면 다행이었다. 덕분에 그들은 이내 방에서 나와 기다란 복도로 진입할 수 있었다.

온통 하얀 벽과 천장으로 이뤄진 복도는 오른쪽으로 약간 휘어 있어 얼마나 길게 이어져 있는지 알 수 없었고 걸으면 걸을수록 다시 하얀 벽과 하얀 천장, 하얀 문들이 새롭게 드러나 보일 뿐이었다. 바깥이나 방 안을 볼 수 있는 창문 역시 하나도 없었기 때문에 그들의 상대적 위치를 확인할 수도 없었다. 이 시설에 익숙한 사람들은 문패나 표지를 통해 자신이 어디쯤 있는지 확인할 수 있었겠지만 무슨 블록의 몇 번 섹션이니 하는 문구는 동영에게는 아무 의미도 없는 문자의 나열에 불과했다. 그래서 동영은 그 복도를 걸으며 끝없는 터널에 갇힌 것 같은 불안을 느껴야 했다.

복도가 몇 번인가 좌로, 우로, 다시 좌로 굽이치고 그들이 어색한 침묵 속에서 갈림길을 두어 번 지나고 방화문으로 막힌 문을 지나치는 동안에도 변함없던 풍경은 나선형 계단이 이어진 원통형 유리 벽에 이르러서야 마침내 조금, 아니 많이 색다르게 바뀌었다. 투명한 유리 벽 너머로 화성의 황량한 풍경이 모습을 드러낸 것이다. 붉은 행성이라는 이미지와 달리 화성 표면에 끝없이 이어진 사막은 거의 거무죽죽하게 보였다. 우주에서 보느냐 가까이서 보느냐의 차이도 있었지만, 지평선(아니, 화

237

평선이라고 해야 할까) 너머로 석양이 지고 있기 때문이기도 했다. 언젠가 교육 프로그램에서 들었던 것처럼, 정말로 작은 태양이 온 하늘 가득히 푸른 석양을 드리우며 지면으로 가라앉고 있었다. 그 광경은 정말 초현실적으로 느껴져서 동영도 수진도 순간적으로 걸음을 멈추고 석양이 마음을 빨아들이도록 내버려둘 수밖에 없었다.

"생각했던 것보다도 더 아름답네요."

동영이 자신도 모르게 감상을 흘렸다. 수진도 자신의 감상을 덧붙였다.

"하늘을 보니 여긴 정말로 화성이군요. 중력이 약하니 그럴 거라고 생각은 했지만, 솔직히 저중력 환경은 꼭 화성이 아니어도 구현할 수 있으니 반신반의하고 있었거든요."

동영은 수진의 말을 듣고서야 정말로 자신의 몸이 이상하게 가볍게 느껴진다는 것을 깨달았다. 그저 텔레포트 직후의 멀미인 줄 알았는데, 지구의 0.45배에 불과하다는 화성의 중력 영향인 모양이었다.

"그렇죠."

담백하게 대답한 유빈은 드디어 말문이 트였는지, 계단을 내려가면서 다시 한번 입을 열어 그들에게 물었다.

"두 분 다 MBTI가 어떻게 되세요?"

다소 맥락 없고 상황에 맞지 않게 실없이 느껴지는 질문이었다. 동영은 혼란스러웠다. 한국인 특유의 스몰 토크에 시동을 걸려는 걸까? 하지만, 뭔진 몰라도 꽤 다급한 상황이라고 하지 않았던가? 한참 동안 침묵을 지키며 고심 끝에 한다는 질문이 저런 거란 말인가? 지금 한가하게 내 성격이 어떻다느니 하는 이야기를 나눠도 되는 걸까? 사실 별로 심각한 상황은 아니었던 걸까? 하지만 그런 고민과 혼란을 겉으로 드러낼 수는 없었던 동영은 순순히, 나직하게 대답했다.

"I……NFP요."

대답을 들은 유빈이 작은 한숨을 내뱉었다. 수진은 유빈의 질문이 못마땅한 듯 눈살만 찌푸리고 있다가 말했다.

"그게 지금 할 필요가 있는 이야기인가요? 전 그런 얘기 하는 거 별로 좋아하지 않는데요."

"얘는 ESTJ예요."

수진의 말투가 공격적으로 받아들여질까 걱정된 동영이 질겁하며 대신 대답했다. 그런 그를 수진이 질책하듯 바라보았지만 유빈이 고개를 끄덕이며 입을 열자 시선을 거두었다.

"일단은 할 필요가 있는 이야기였다고 말해두죠. 왜 필요한지는 이제부터 얘기할게요."

유빈이 수진의 눈치를 조금 보며 말을 계속했다.

"그전에 이것부터 시작해야 할 것 같네요. 에디슨사는 우리를 속였어요. 양자컴퓨터 이야기는 다 사기였고,

239

한 번에 한 층씩이나마 인체의 모든 분자 구성 데이터를 스캔하고 처리할 수 있다는 것도 전부 거짓말이었어요."

동영의 입이 벌어졌다. 시종일관 찌푸려져 있던 수진의 눈썹 역시 놀라움으로 동그랗게 떠올랐다. 믿을 수 없는 이야기였다. 그도 그럴 것이, 그들은 실제로 화성에 와 있지 않은가. 몇 분 만에 화성에 도착한다는 이야기가 거짓말이고 실제로는 냉동 인간 상태로 우주로 실어 날라진 걸까? 아니, 아니다. 그 정도 규모의 우주왕복선을 비밀로 운행할 수 있을 리가 없다. 그렇다면 여기가 화성이라는 것부터가 거짓말이었던 걸까? 하지만 지금도 창밖으로 보이는 푸른 석양과 이상하게 둥실대는 몸이 그 가설을 부정했다. 거대한 스크린으로 둘러싸인 스튜디오일 가능성은 없을까? 아니, 이 유리창만 스크린으로 바꿔도 몇 사람 정도는 속일 수 있을 것이다. 하지만 도대체 왜? 인신매매? 돌아온 1기와 2기 여행단은? 그럼 인체 실험인가? 그 모든 생각이 순식간에 스쳐 지나가며 동영의 머리를 어질어질하게 만들었다. 동영이 옛 소설의 귀부인처럼 또 한 번 비틀거렸고 수진과 유빈이 그를 붙잡아주었다. 동영은 수진과 함께 그를 붙잡아준 유빈의 손길이 고맙긴 했지만 한편으로는 잘 모르는 사람과 접촉하는 것이 부담스럽기도 했다. 내가 이렇게까지 낯을 가렸던가? 또 한 차례 망상의 파도가 몰아치려는 것을 수진의 목소리가 밀어냈다.

"그럼 저희는 어떻게 여기 있는 거죠? 우리보다 앞서 다녀온 1기, 2기 여행단 사람들은 분명 텔레포트로 화성에 갔다 온 것으로 알고 있는데요. 텔레포트가 아니었다면 시간상 불가능해요."

"맞아요. 텔레포트, 그러니까 팩스 자체는 작동했어요. 다만 그 과정이…… 알려진 것만큼 정밀하지 않았던 게 문제죠. 방금도 말했지만 에디슨사는 거짓말을 했어요. 그들에겐 우리 몸의 모든 분자를 스캔하고 그 데이터를 처리할 기술이 없었어요. 그래서 사용한 방법이…… 혹시 동영상 파일의 용량을 줄이는 방법을 아세요?"

수진이 즉각 대답했다.

"제가 알기론 각 프레임의 모든 이미지를 따로따로 저장하면 용량이 지나치게 커지니까 프레임과 프레임 사이의 변동 사항만 저장해서……."

수진이 무언가 깨달은 듯 말꼬리를 흐렸다. 동영은 아직 아무것도 이해가 되지 않았지만 수진의 표정에서 무언가 불길한 결론을 읽어낼 수 있었다. 유빈이 비장하게 고개를 끄덕이고 말했다.

"맞아요. 에디슨사도 비슷한 방식을 채택했어요. 실제 인간의 모든 분자 구성을 다 저장하는 것이 아니라, 표준적인 인간의 정보를 바탕으로 개인차에 해당하는 부분만 덧칠하는 방식으로 텔레포트를 구현한 거예요. 우리가 원래 알고 있던 방법이 인형을 하나하나 조각하는 방법이라면, 실제로 사용된 방법은 공장에서 찍어낸 인형을 조금 깎아내고 도색만 새로 한 거라 할 수 있죠.

사실 그런 방법이라 하더라도 충분히 정밀하기만 하다면 특별히 문제 될 건 없어요. 정말로 분자 수준에서 후처리가 가해진다면 말이죠. 하지만 문제는,"

"충분히 정밀하지 못했군요."

수진이 한숨을 내쉬듯 말했다. 유빈이 끄덕였다.

"에디슨사는 모든 변동 사항을 스캔하고 그것을 반영할 정도의 기술조차 가지고 있지 않았어요. 그래서 그들은 우리를, 말하자면 조립식으로 만들었어요. 각 장기, 각 부분마다 수십에서 수백 가지 배리에이션을 미리 설정해두고 그것들을 조합해서 개인을 만들었죠. 그렇게 모든 부분을 조합할 때 경우의 수는 수십억이 넘으니, 개인의 개성은 보장되며 문제 될 것은 아무것도 없다는 것이 에디슨사 측 내부에서 합리화된 논리예요. 하지만 문제 될 게 없을 리 없었죠. 겉보기엔 티가 나지 않아도 묘하게 체질이 바뀐 사람이 많고 없던 알레르기가 생긴 사람들도 있어요. 자기 몸이 아닌 것 같다는 느낌에 시달리다 자살한 사람까지 있었고요."

끔찍한 이야기였다. 동영은 수진이 자신을 설득할 때 언급했던 테세우스의 배를 떠올렸다. 그가 탑승한 배는 테세우스의 배가 아니었다. 같은 목재를 쓴 것도 아니고 완전히 일치하는 목재를 쓴 것도 아닌, 그저 테세우스의 배를 흉내 낸 조립식 짝퉁에 불과한 것이 지금의 자신이었다. 그런 말은 믿을 수 없었다. 믿고 싶지 않았다. 그럼 나는 뭐지? 동영이란 사람은 지구에서 죽었다고 봐야 하는 걸까? 원본이 유실된 상황에서는 짝퉁도 원본의 자리를 차지할 수 있는 걸까? 욕지기가 치밀어올랐다. 동영은 허리를 굽히고 구역질을 했지만 속에서는 아무것도 나오지 않았다. 고통스럽게도, 유빈의 이야기는 계속 이어지고 있었다. 제일 잔인한 부분은 지금부터라는 듯 긴장된 어조로.

"1, 2기 여행단 사람들의 기억에 연속성이 있는 걸 보면 그나마 두뇌는 심혈을 기울여 스캔한 것 같지만…… 그마저도 완벽하지는 않았던 것 같아요. 어느 부분이 어떻게 잘못되어 있는지, 확인해봐야 할 게 많아요. 객관적인 기록과 개인의 기억을 대조하고, 여기서 나온 오차율을 다시 대조군과 비교하고…… 물론 전부 여기서 탈출할 수 있을 때의 이야기지만요."

유빈이 조금 망설이듯 입을 다물었다가 이어서 말했다.

"두뇌와 관련해서 확실히 확인된 문제가 일단 하나는 있어요. 우리 성격과 관련된 문제인데…… 뇌가 작동하는 원리는 잘 모르겠지만 기억보다는 오히려 성격을 그대로 복사하는 게 더 힘들었던 모양이에요. 아니면 애초에 별로 중요하지 않다 생각해서 연구를 덜 했을지도 모르고요. 이유야 어찌 됐든 에디슨사에서는 기억과 달리 성격을 조립식으로 구현했어요. 여러 성격 검사 결과를 반영하긴 했지만 기본적인 틀은 MBTI에서 따왔다더군요. 그게 제일 단순하고, 사용하기 편하고, 피검사자들도 쉽게 납득하는 결과라는 이유로요."

유빈이 동영을 흘긋 바라보며 말을 조금 끌었다.

"그러다 보니…… MBTI 유형에 따라 각자 성격의 특징이 극대화된 경우가 많아요. E인 사람은 더 활동적으로 변하고 I인 사람은 더 소극적으로 변하는 식으로요. MBTI에 I가 포함된 사람들은 대부분 실질적인 활동을 하기 어려워하는 경향이 보여서, 지금은 따로 모아서 보호하는 방향으로 합의되어 있어요. 그게 꼭 나쁜 성격은 아니지만, 그렇잖아요? 동반해서 온 1인 말고는 친한 사람은 아무도 없고, 물리적 환경 자체도 낯선 데다 패닉에 빠지기도 쉬운 상황이잖아요. I나 F여도 본인이 강하게 원하면 '활동'에 참여할 수 있긴 하지만 기본적으론 E나 S, T, J가 많이 포함된 사람들 중심으로 활동하고 있어요. 참, 저는 ESFJ예요."

동영은 그제서야 모든 것이 이해되는 것 같았다. 텔레포트 이후부터 멈출 줄을 모르는 잡생각들, 평소보다 참기 힘든 눈물과 멀미 날 것처럼 요동치는 감정, 유달리 거북하게 느껴지던 낯선 이의 존재, 그리고 수진의 떨떠름하고 차가운 눈빛까지.

수진은 ESTJ니까 분명 이 사태를 헤쳐 나갈 핵심 인력이 될 것이다. 하지만 INFP인 동영은 아마 방구석에 '보호'된 채 무릎을 감싸 안고 눈물만 뚝뚝 흘리고 있어야 할 가능성이 커 보였다. 그런 생각을 하니 벌써 눈물이 나오는 것 같았다. 참아야 돼, 눈물 흘리면 안 돼. 이미 MBTI를 다 알고 있다지만 거기서 더 약해 보이고 싶지는 않아. 동영이 넘쳐 나오려는 설움의 눈물을 가까스로 삼켜내는 데 성공했을 때, 수진이 유빈에게 물었다.

"이런 걸 다 어떻게 알아낸 거죠? 에디슨 쪽에서 죄송하다면서 알려줬을 것 같지는 않은데."

유빈이 끄덕이며 대답했다.

"말씀드렸다시피 1, 2기 여행단에서 이미 뭔가 이상하단 걸 눈치챈 사람들이 있었어요. 그들이 3기 여행단에 사람을 심었죠. 위험한 걸 알면서도 텔레포트에 뛰어든 사람들이었어요. 그 사람들이 3기의 가장 첫 순서로 화성에 와서 일종의 스파이 활동을 전개했고, 며칠 전에 결국 이 일의 전말을 알게 된 거예요. 고작 일주일도 안 되는 새 들켜버릴 비밀이었다니, 에디슨 쪽도 인력이 어지간히 부족했던 것 같아요. 여기 온 지 얼마 안 된 여행객들이 장비를 갖춘 직원들과 잠시나마 대치할 수 있는 것도 사실 그 덕분이죠. 어쩌면 텔레포트와 관련된 모든 사실을 아는 고급 인력은 이쪽에 지원하지 않았던 걸지도 모르죠."

유빈의 얼굴에 비웃음 같기도 자조 같기도 한 표정이

떠올랐다. 잠깐 생각에 잠겨 있던 수진이 물었다.

"그럼 앞으로의 계획은 뭐죠? 에디슨에서 뭘 숨겼는지 알아내고 나서 어떻게 증거를 수집하고 대응하고 밝힐지도 다 계획되어 있었겠죠? 방금 여기 도착한 일반 여행객들까지 이 사실을 알게 된 것도 다 필요한 일이었나요? 모든 게 잘 진행되고 있다면 저희는 왜 깨어나자마자 이렇게 이동하고 있어야 하는 건지 이해가 안 되는데요."

동영은 생각지도 못했던 점들을 수진이 담담하게 짚었다. 확실히 그 말에는 일리가 있었다. 단 며칠 만에 거대 기업의 비밀을 알아낸 사람들이라면 허술한 계획을 바탕으로 움직이지는 않았을 것이다. 그런데 수진과 동영을 마주 보는 유빈의 표정이 미묘했다. 그는 음, 어, 하는 소리를 내다가 난감한 듯 늘어진 어조로 말했다.

"사실 일반 여행객들에게까지 정보가 공개된 건 예정에 없던 일이었어요. 제가 알기론 그래요. 그런데 어떤 이유에선지 스파이 중 한 사람이 정보를 너무 성급하게 공개해버렸고 사실을 알게 된 여행객 중에서 좀…… 감정적으로 행동하는 사람들이 생겼어요. 아마 그 MBTI 문제 때문에 더 그랬을 거예요. 덕분에 사태가 좀 시끄럽게 변했죠. 물론 에디슨사도 저희가 비밀을 다 알게 되었다는 걸 인지했고요. 저희는 뒤늦게라도 이성적으로 움직일 수 있는 사람들을 모아 사측에 해명을 요구하고 보상안을 개략적으로 협상해보려 했는데……."

246

유빈이 입을 다물고 동영과 수진을 한 번씩 바라보았다. 잠깐의 침묵으로 동영의 불안이 잔뜩 증폭됐다는 걸 아는지 모르는지, 동영으로서는 알 수 없었다. 유빈은 다시 말했다.

"에디슨 쪽에선 우리 존재를 은폐⋯⋯하려고 하더군요."

유빈이 다시 동영의 눈치를 살폈다. 동영이 '감정적'으로 반응할까 봐 걱정하는 듯했다. 동영은 그 태도에 울컥하는 기분이 들었으나, 유빈 역시 'F'라는 것을 되새기며 그것을 배려의 일종으로 받아들이기로 했다.

"죽이려 든다는 건가요?"

유빈이 우회적으로 말한 보람도 없이 수진이 차갑게 되물었다. 유빈은 언짢은 표정으로 마지못해 끄덕였다. 수진이 다시 물었다.

"어떻게 그게 가능하죠? 자기들이 진행한 이벤트에서 수백 명이 죽어 없어지면 그것도 만만찮게 문제가 될 텐데요."

말을 마치자마자 수진이 뭔가 깨달은 듯 고개를 끄덕이며 다시 말했다.

"아하, 우린 죽지 않는 거군요? 아니, 죽지 않은 우리 '도' 있다고 해야 하나."

유빈이 착잡하게 끄덕였다.

"네, 거짓말은 하나로 끝나지 않는 법이니까요. 완벽

한 스캔은 불가능했고, 그놈들은 그 대신 조립식 인간을 만들었죠. 그리고 개인별 조립 공식이나 DNA 정보 정도는 차세대 양자컴퓨터가 아니라 슈퍼컴퓨터 정도만 있어도 충분히 저장하고 다룰 수 있는 용량이니까요. 에디슨 놈들은 우리를 모조리 죽여버리고 새 여행단을 만들어 더 철저하게 관리할 심산인 것 같아요."

그들 사이의 공기가 무거워졌다. 산전수전을 겪은 끝에 다가온 우주여행의 첫날이 인생의 마지막 날이 될지도 모른다니, 불행도 이런 불행이 없었다. 어쩌면 '진짜' 자신의 인생은 이미 마지막을 맞이했고 오늘 여기서 맞이할 것은 조립식 가짜 인생의 가짜 마지막일 뿐일지 모른다는 생각이 문득 들었지만, 그것은 너무 고통스러운 생각이었기에 동영은 그런 가능성을 무시해버렸다.

계단의 끝에서 그들은 다시 하얀 복도로 들어섰다. 창문이 없는 답답하고 끝없는 공간이 다시 펼쳐졌다. 이 건물 밖으로 나가볼 수 있을까. 화성의 흙을 밟아볼 수는 있을까. 푸른 석양의 풍경이 사방으로 펼쳐진 광활한 황무지에 우뚝 서볼 수 있을까. 되도록이면 희망적인 생각을 하고 싶었지만, 아무래도 그럴 수가 없었다. 사태가 잘 수습되든 아니든, 이 하얗고 답답한 건물 밖으로는 한 발짝도 나가지 못할 가능성이 커 보였다. 하얀 벽으로 둘러쳐진 이 블록에서 벗어나기 어려울 것이다.

동영은 조금 뒤처져서 걷다가 뭔가에 끌리듯 뒤를 돌

아보았다. 계단실 쪽으로 뚫린 커다란 유리 벽이 점점 멀어지고 있었다. 어둠이 점점 농도를 높이는 가운데 석양은 희미해지고 있었다. 어두운 창이 거울 역할을 하며 동영의 작은 모습을 희미하게 비추고 있었다. 그는 그림자같이 희끄무레한 상(像)을 얼마간 바라보다, 고개를 돌리고 뒤처진 거리를 만회하려 종종걸음으로 일행을 쫓아갔다.

예상했던 대로 수진은 유빈과 함께 실질적으로 행동하는 쪽에 합류하게 되었다. 유빈이 권유했고, 수진 자신도 행동할 필요성을 납득했기 때문이다. 그들은 점거에 성공한 구역을 수색하여 식량과 무기, 방패로 쓸 수 있는 물건들을 확보하는 것을 일차적인 목표로 삼았고 최종적으로는 지구와 연락할 수 있는 수단을 찾아 에디슨사의 만행을 알리고 지구로부터 지원을 받을 계획이었다.

동영은 힘겨운 목소리로 그들과 함께하겠다고 말했지만 수진과 유빈 쪽에서 그를 거절했다. 제 한 몸 지키기도 버거워 보이니 당분간은 정신을 수습하고 있으라는 이야기를 수진은 직설적으로, 유빈은 타이르듯 에둘러서 말했다. 사실 동영은 그 거절이 반가웠다. 그와 동시에 거절을 반가워하는 자신이 싫어 미칠 것 같았다. 애초에 함께 행동하게 해달라고 한 것부터가 진심이 아니었다. 위험한 활동에서 쏙 빠지겠다고 말하는 게 눈치 보여서, 뭐라도 하겠다고 말이라도 해야 할 것 같아서 그렇게 말한 것뿐이었다. 그런 위선과 무력감은 자기혐오를 낳은 자기혐오의 웅덩이 속으로 동영을 천천히 빠져들게 했다.

동영은 고개를 푹 숙이고 있다가 자신이 '보호'되어 있는 넓다란 방을 둘러보았다. 일종의 강당인 듯, 방 한가운데엔 작은 무대 같은 것이 있었고 다시 그 가운데 강단 비슷한 것이 보였다. 그리고 그 무대를 빙 둘러, 영화관처럼 단차를 두고 좌석들이 배치되어 있었다. 그 좌석 곳곳에 백여 명의 사람들이 뿔뿔이 흩어져 앉아 있었다. 그들은 주로 구석진 좌석에 앉아 있었지만 두세 사람이 함께인 경우는 거의 없었다. 다양한 나라로부터 온 온갖 생김새의 사람들은 각자의 자리에서 각자의 방식으로 자신의 고통 속으로 침참할 뿐, 다른 이에게 선뜻 손을 내미는 이들은 없었다.

물론 동영도 그런 사람 중 하나였다. 도울 수 있다면 도와주고는 싶었지만 어떻게 도와야 하는지 알 수 없었다. 상황을 더 구체적으로 파악하고 싶었지만 누군가에게 먼저 다가가 질문을 퍼부을 용기가 나지 않았다. 무대로 나아가 사람들을 독려하는 것은, 자신에게는 거의 불가능에 가까운 일이었다. 불가능한 것이 참 많구나, 나에게는. 여기 도착한 후로 몇 번이고 빠져들었던 무기력의 웅덩이가 지치지도 않고 자신을 부르고 있었다. 누군가 옆에서 말을 걸지 않았다면 동영은 분명 다시 한번 그 속으로 빨려 들어가고 말았을 것이다.

"원래 이 정도까지는 아니었어요."

한국어였다. 수진과 유빈의 얼굴이 스쳐 지나갔지만 목소리가 완전히 달랐다. 돌아본 곳에는 이목구비가 시원하게 생긴 단발의 여자가 서 있었다. 그가 작게 미소 지어 보이며 말했다. 억지로 입꼬리를 끌어 올린 듯 힘겨워 보이는 미소였다.

"텔레포트 후로 특정 성향이 더 두드러지게 변하긴 했지만 이 정도까지는 아니었어요. 원래보다 더 외향적이거나 내향적으로 변해도, 더 냉철하거나 감정적으로 변해도, 혹은 방을 더 어지르거나 갑자기 정리벽이 생긴다 해도, 그래서 뭔가 이상하다는 느낌을 받기는 해도 평소보다 아주 많이 다르게 행동하지는 않았어요. 아무래도 자신에 대한 기억, 자신이 생각하는 자신이란 게 있잖아요? 내가 원래 이렇게까지 낯을 가리진 않았는데, 긴장을 많이 해서 그런가 보다. 이렇게까지 계획에 집착한 적은 없었는데, 특별한 기회를 온전히 누려야겠단 생각에 이러는 걸까? 그런 식이었죠. 저도 그랬어요. 이상하게 내면에 집중하게 되고 조금 감정적으로 변해도, 정해진 계획을 다소 무시하게 되더라도 스트레스를 많이 받아서 그런 줄로만 알았어요. 그런 것보다 더 중요한 게 있었기 때문에 결국은 움직였지만요."

저기, 누구세요? 동영은 그렇게 묻고 싶었다. 하지만

차마 그 말을 꺼내지 못하고 꿀꺽 삼켜버리고 말았다. 그런 말이 상대에게 무례로 느껴지진 않을지 생각하는 사이 여자가 그의 눈빛을 읽기라도 한 것처럼 자신을 소개했다.

"아, 저는 엠마 장이에요. 미국인이고, 부모님이 한국 분들이신 데다 한국에 오래 있어서 한국어가 익숙해요. 한국인이신 것 같아서 말 붙여본 건데 옆에 앉아도 괜찮을까요?"

동영의 눈동자가 커졌다. 아, 그럼, 그, 하는 말이 되다 만 파편들만 입 밖으로 더듬더듬 새어 나오다 엠마가 물음표로 말을 끝냈다는 사실이 뒤늦게 떠올라 가까스로 예, 하고 대답할 수 있었다. 동영의 그런 반응이 재밌다는 듯 조금 웃으며 엠마가 그의 옆자리에 앉더니 턱을 괸 자세로 듬성듬성 앉아 있는 사람들에게 시선을 던졌다. 어색한 침묵이 잠깐 머물다가, 엠마가 말을 걸자 흩어졌다.

"MBTI가 어떻게 되세요?"

동영이 머뭇거리며 대답했다.

"I······NFP요."

"역시 그러시구나. 저도 INFP예요. 사실 MBTI 같은 거에 심취하는 스타일은 아닌데, 상황이 상황인지라. 아시죠? 아, 무슨 상황인지는 대강 들으신 거 맞죠? 오늘 도착자 명단에 한국인들이 있길래 유빈 씨가 데리러 갔었는데."

네, 유빈 씨가 설명 잘 해주셨어요. 그런 내용의 말을 동영이 웅얼거리며 흘렸다. 엠마가 동영 쪽으로 살짝 몸을 기울이며 말했다.

"그럼 스파이 얘기도 들으셨겠네요? 제가 바로 그 스파이들 중 한 명이에요. 텔레포트의 진실을 알았을 때 얼마나 놀랍고 화났는지 정말……."

엠마가 동영의 눈치를 살짝 보더니 계속 말했다.

"어제까진 저도 일선에서 일했어요. 상황이 자꾸 피곤하게 흘러가서 오늘은 INFP 핑계로 여기로 왔지만요. 자기가 T인 걸 좋아하는 T들이 얼마나 재수 없는지 아시죠? 뭐만 하면 너는 F라서 감정적으로 생각한다, I라서 사회성이 좀 떨어진다, T인 내 말이 맞고 J인 내 계획이 더 좋다 이런 식이니……. 맞받아치는 것도 넌더리 나더라고요. 그래서 그냥 INFP가 도져서 오늘은 쉬어야 할 것 같다, 그렇게 말하고 나와버렸죠 뭐."

그 말에 동영이 쿡 웃었다. 먼저 다가와서 활달하게 말하는 엠마는 INFP로는 보이지 않았다. 텔레포트 때문에 특성이 강화된 INFP로는, 더욱더.

"그런데 여기 가만히 있자니 그건 그것대로 심심하더라고요. 그러던 차에 마침 한국인 동지가 이렇게 딱 보여서, 푸념이라도 좀 할까 하고 온 거예요. 아, 제 국적은 미국이긴 하지만요. 바쁜 일 없으면 제 얘기 좀 들어주실래요?"

생각할 것도 없이 동영은 가만히 고개를 끄덕였다. 말을 하라는 것이 아니라 들어달라는 것이었으니 그렇게 부담스럽지 않았다. 어쨌든 불안한 상상에 깔려 죽어가는 것보다는 이 사람의 이야기를 듣는 편이 더 나을 것 같았다.

엠마는 웃으며 고맙다고 하더니 그때부터 오랫동안 자신의 이야기를 동영에게 들려줬다. 동영은 대꾸는 거의 하지 않았지만 최선을 다해 맞장구를 쳐주려 했다. 엠마는 어린 시절 너무 소심해서 화장실에도 제대로 못 갔던 일화를 들려주었고, 불행한 상상에 너무 빠지지 않기로 마음먹은 일화를 들려주었고, 자신을 좋은 방향으로, 혹은 나쁜 방향으로 이끈 사람들에 대해 이야기해주었다. 필기를 깔끔하게 하는 사람들이 도무지 이해되지 않는다고 하면서 자신만의 공부 방법을 알려주기도 했고 잡생각이 도움이 되었던 일들도 이야기해주었다. 엠마의 이야기는 흐르고 흘러, 마침내 다시 현재에 이르렀다. 그는 스파이의 일원이 된 이야기와 기밀 정보를 어떻게 알아내게 되었는지까지 모두 이야기해주었다.

엠마가 말을 뚝 멈추더니 시선으로 방 안의 사람들을 죽 훑어보았다. 그리고 에휴, 하고 크게 한숨을 내쉬고 쓴웃음을 지으며 말했다.

"정말 잘해왔는데, 거의 다 왔었는데, 그런데 실수를 해버렸네요. 정보를 너무 일찍, 급하게 공개해버렸어요.

그렇게 생각하죠?"

동영이 끄덕였다.

"그러지 말았어야 했는데. 에디슨사는 사람들을 겨우 열여섯 칸짜리 모자이크 판으로 밀어 넣어버렸고 저희는 그걸 밝혔어요. 저 사람들이 당신을 여기다 가뒀다! 그렇게 외쳤지요. 그런데 사람들은 그걸 깨닫더니 오히려 더 확고하게 그 안에 갇혀버렸어요. 모두가 벽을 부수길 바랐는데 오히려 철창 밖으로 튀어 나간 가지를 잘라내기 시작하지 뭐예요.

원래는 이러지 않았는데, 이러고 싶지 않은데, 이러면 안 되는데, 그런 말들이 전부 의미가 없어져버렸어요. 그저 텔레포트를 통해 이렇게 만들어졌다는 결과만 남아서 자신을 점점 더 네모나게, 더 전형적인 사람으로 만들더라고요. 4 곱하기 4짜리 표에 딱 맞춰서요."

엠마의 말을 들으며 동영은 뜨끔하는 기분이 들었다. 유빈에게 텔레포트의 진실을 듣고 나서 더욱 무력하게 굴었던 자신이 떠올라서였다. 하지만 반박하고 싶은 생각도 들었다. 그런 사실을 알기 전에도 상황은 충분히 나빴다. 엠마는 이번에도 그 생각을 읽은 것처럼 동영을 똑바로 바라보며 말했다.

"탓하려는 건 아니에요. 기질이란 건 강력하고, 기질대로 행동하려는 경향도 강력하니까요. 사실 텔레포트에 대한 비밀을 처음 알아낸 다섯 명도 결국은 이걸 비밀로

하기로 결정했었어요. 적어도 지구에 돌아가기 전까지는 말이에요. 평범하게 여행을 즐기는 척하면서 부인할 수 없는 증거들을 모으는 방향으로 가려 했죠. 그런데, 이렇게 됐네요. 한 사람이 독단적으로 정보를 뿌려버리는 바람에 말이에요."

그때 천장에 달린 스피커가 치직대며 울리기 시작했다. 배식 알림일 거예요, 그렇게 말한 엠마는 계속 말했다.

"저는 자꾸 생각하게 돼요. 그 사람이 분노와 정의감을 못 이기고 모든 진실을 밝혀버린 건 성격이 F라서 그랬던 걸까. 하지만 나도 F인데, 나는 그러지 않았는데. 나는 그러지 않고 그 사람은 그랬던 것은, 나는 INFP고 그 사람은 ENFP라서였을까? 그 사람이 F라 해도, 자신이 F라는 블록으로 조립되었단 사실을 몰랐다면 그렇게 행동했을까⋯⋯. 그런 것들에 대해서요. 이건 그 사람 개인의 탓일까요, 성격적 결함의 탓일까요? 지금 와선 의미 없는 질문이지만요."

엠마가 잠깐 입을 다물었다. 그는 고개를 돌려 좌석에 둘러앉은 사람들을 바라보았다. 마이크와 스피커 사이에서 음향 되먹임이 일어나는 삐익 소리가 잠시간 울리다 사라졌다. 마침표처럼, 그가 말했다.

"나쁜 예감이 들어요. 비난하려는 건 아니지만, 좋게 생각하고 싶지만, 이렇게 틀로 나눠진 사람들, 자발적으로든 비자발적으로든 틀에 갇혀버린 사람들에게서 좋은 결과가 나올 것 같지 않아요."

그때 스피커에서 마침내 굵직한 남성의 음성이 흘러 나왔다. 그 목소리는 유창한 미국식 영어로 뭐라고 말하기 시작했다. 비장하고 확신에 찬 어조였다. 엠마의 입이 헤 벌어졌다. "그 사람 목소리예요. 사람들에게 모든 비밀을 알려버린 사람." 동영의 눈동자가 엠마와 웅성이는 사람들, 그리고 천장의 스피커 사이를 바삐 오갔다. 손바닥에 땀이 차오르고 피부가 열로 달떠 올랐다. 동영은 자신의 영어 실력을 그리 높게 평하지 않았다. 웬만한 건 알아들을 수 있지만 미국 드라마를 자막 없이 보지는 못할 정도. 딱 그 정도 청해 능력을 가지고 있었다. 하지만 스피커에서 흘러나오는 음성은 한국에서 수능을 본 사람들이라면 누구나 쉽게 알아들을 수 있는 미국식 발음으로 말하고 있는 데다 무언가 선언하듯 또박또박 힘주어 말하고 있었다. 그래서 불행히도 동영은 그 말을 모두 알아들을 수 있었다. 음성은 이렇게 말하고 있었다.

"여러분! 우린 모두 좆됐습니다. 그 빌어먹을 기계에 몸을 맡긴 순간부터, 아니 여기 오기로 한 순간부터 좆됐지만 앞으로도 더욱 더 좆되어야만 한다는 게 아주 명백해졌죠. 탈출할 수 있는 방법은 없습니다. 에디슨 놈들을 이길 방법도 없습니다. 제기랄, 그 새끼들은 총이 있다고요! 우리에게 남은 건 이 끔찍한 현실과 명백한 죽음뿐입니다.

아니, 어쩌면 괜찮을지도 모르겠습니다. 여러분이 여러분이라고 여기고 있는 개인들은 이미 몇 시간 전에, 며칠 전에, 또는 몇 주 전에 지구에서 아주 잘게 간 고기가 되어 생물학적 위험 폐기물 통에 버려졌을 테니까요. 여러분 모두의 명복을 빕니다. R.I.P.

하고 싶은 말이 뭐냐고요? 여러분이 겪고 있는 이 끔찍한 악몽은, 그야말로 악몽에 불과하단 얘기를 하고 싶은 겁니다, 저는. 이건 인형들 앞에 펼쳐진 환상입니다. 처음부터 없는 것이었습니다. 그렇게 생각해서 기분이 나아진다면 그렇게 생각하십시오. 저는 그렇게 생각하기로 했습니다. 그리고 또 한 가지를 더 생각했지요. 내가 환상일지언정, 이 좆같은 악몽을 만들어낸 에디슨 놈들에게만큼은 아주 제대로 엿을 먹여주고 사라질 거라고.

슬슬 감이 잡힙니까? 받아들이십시오. 우리는 신기루 같은 존재고, 우리는 사라질 수밖에 없고, 가장 화려하고 의미 있게 사라지는 건 이 망할 놈들과 함께 사라지는 거라는 걸요. 이것이 가장 나은 해결책입니다. 이것이, 유일한, 해결책입니다!"

절규 같은 마지막 한마디 이후로 수 초간 정적이 흘렀다. 누구도, 어떤 소리도 내지 않았다. 씩씩대는 숨소리, 먼 데서 착각처럼 들려오는 아우성만 조금씩 흘려 내던 스피커에서 다시금 목소리가 들려왔다. 그새 조금 진정된 듯, 한층 기계적이고 사무적인 어조였다.

"협상은 결렬되었습니다. 지구 쪽에서 먼저 연락망을 끊어버렸습니다. 에디슨 놈들이 저희 계획을 눈치챈 거겠죠. 외부에는 기술적 문제로 통신 기능 장애가 있었다고 둘러대겠지요. 이 사태가 '진정'되기에 충분한 시간이 흐르기 전에는 다시 지구와 연결될 일은 없을 겁니다. 우리는 이길 수 없습니다. 우리는 여기서 나갈 수 없습니다."

정적.

"하지만 아무것도 할 수 없는 건 아닙니다. 저희는 저희가 확보한 구역 내에서 핵탄두를 발견했습니다."

다시, 조금 더 무거운 정적이 흘렀다.

"그놈들은 애써 모른 척, 태연한 척 아무리 뒤져봐도 아무것도 찾을 수 없을 거라 했지만, 예, 우린 우리가 고립된 이쪽 블록에서 찾아내고 말았습니다. 화성의 기온을 높이는 데 쓰일 예정이었다는군요. 하지만 저는 이 폭탄의 용도를 조금 달리해보려 합니다. 저 멀리 지구에 있는 레온 엄스크, 그 자식을 화나게 하는 거지요. 머리끝까지 열이 뻗치면 그놈의 시원한 머리도 조금은 뜨거워지겠지요. 발파는 앞으로…… 네, 딱 좋군요. 곧 카운트다운을 시작하겠습니다.

사라질 환상들께 마지막 인사를 전합니다.

평화 속에 잠드시길."

비현실적인 절규와 웅성거림이 스피커 안팎에서 튀어나왔다. 이 모든 일이 꿈인 건 아닐까, 현실을 의심해볼 수 있는 시간은 몇 초 되지 않았다. 스피커에선 그들에게 남은 시간을 알리는 음산한 목소리가 흘러나왔다.

"10······ 9······ 8······."

상황이 너무 급작스럽고 절망적이라서 눈물조차 나오지 않았다. 동영은 자신이 영어를 잘못 해석한 것이길 바라며, 저 카운트다운이 무언가 다른 것을 위한 것이길 바라며 옆자리의 엠마를 바라보았다. 하지만 불행히도 그의 표정은 동영과 정확히 똑같은 표정이었다. 잘못 들은 게 아니었다. 카운트다운은 계속되었다.

"4······ 3······."

순간적으로 표백되었던 엠마의 얼굴에 죽어가는 오징어의 색깔처럼 다양한 감정들이 순식간에 스쳐 지나갔다. 밀리초 단위로 섬세하게 변하던 표정이 마지막에는 한 가지로 굳어졌다. 그것이 나타내는 것이 납득인지 분노인지, 혹은 포기인지 동영은 알 수 없었다.

"2······ 1······."

문득 동영은 자신은 어떤 표정을 짓고 있을지 궁금했다. 하지만 알 수 없는 것이었다. 휴대폰이 있었다면, 거울이 있었다면, 마지막 순간까지 쓸데없는 생각을 하다가, 그는 엠마의 눈동자 속에 비친 자신을 찾아내었다.

그곳에는 아주 확실하고 선명한 동영이 있었다.

그토록 단순한
시작으로부터

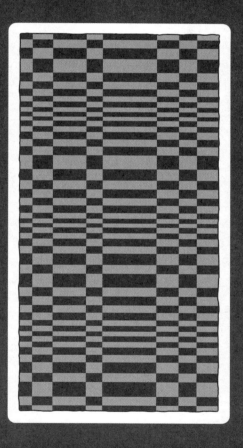

홍준영

나는 스스로 나 자신을 살펴봤지. 인간들은 부와 결합된 고귀하고 순수한 혈통을 높이 평가한다는 것도 배웠어. 둘 중 하나만 있어도 사람들은 존경할 거야. 하지만 둘 중 하나도 없으면, 아주 드문 경우를 제외하고는 대부분 선택된 소수를 위해 자기 힘을 낭비해야 하는 부랑자나 노예로 간주되었지. 그렇다면 나는 과연 어떤 존재인가?

—메리 셸리, 《프랑켄슈타인》, 한애경 옮김, 을유문화사, 2013, 139쪽.

〔메이저 영감Old Major〕은 매드 사이언티스트 업계에서 유명한 존재로, 인기투표라고 폄훼당하기도 하는 FBI 최우선 체포 리스트 TOP 10 에서 내려온 적이 없는 사람이었다. 미국뿐만 아니라 전 세계 국가 대부분의 사법기관에 기소를 당했고, 인터폴 최우선 적색 수배를 당한, 과학자를 가장한 테러리스트였다. 그가 해온 일들을 리스트로 정리하자면 근대 러시아 장편 소설의 평균 페이지 수만큼은 될 것이리라.

그런 그가 자수했다. 지금껏 일으킨 자신의 범행에

대한 죄책감 때문은 아니었으리라. 그도 그럴 것이 그는 특정 국가의 사법 당국에 자수하지 않고, 범국가적 범죄자 추적 비밀결사〔N.W.O〕에 자수했으니까. 그를 가장 바싹 추적하던 유일한 비밀결사 말이다. 그는 자수 한 뒤, 자신을 턱밑까지 추적했던 담당 요원에게 심문을 요청하는 것 외에는 얌전히 있었다. 갑작스럽게 자수한 이유를 알 수 없던 조직은 의구심이 한껏 올라간 상태였지만 빠른 진행을 위해 어쩔 수 없이 심문할 준비를 했다.

〔N.W.O〕가 가장 먼저 한 일은 그를 지구상의 모든 나라의 감시 체계에서 자취를 감추게 만드는 것이었다. 〔N.W.O〕는 태평양-남극 항로를 영원히 선회하는 무역 컨테이너선으로 위장한 바다 위의 비밀 감옥〔오디세우스의 항해Voyage Of Odysseus〕로 이감시키고 6중 잠금장치가 달린 유리 심문실에 가둬놨다. 유리 심문실 밖에는 중무장한 요원들이 만약의 사태에 대비해 장전 상태로 대기하고 있었고 심문실 밖, 심문관 자리에 달린 붉은 버튼은 언제든 유리 상자 안의 공기를 빼 그를 질식시킬 수 있게 했다.

이렇게 준비를 하고도, 이 심문에 참여한 모두의 눈에는 두려움이 서려 있었다. 지금껏 지구 전역에서 일어난 수많은 테러 때문만은 아니다. 특수 유리 너머 묶여 있는 메이저 영감의 외형에서 느껴지는 위압감도 상당했기 때문이리라. 2미터에 가까운 큰 키와 바이킹을 닮은 육중한 체구 때문에 그를 묶어놓은 티타늄 합금이 사슬처럼 이어진 새하얀 감호복은 방금이라도 찢겨 나갈 것만 같았다. 사람들에게 가장 두려움을 주는 것은 한 번 잘렸던 흔적이 있는 목 위에 달린 돼지 머리였다. 그냥 돼지 머리가 아니라 머리 일부분을 합금을 덧대 만든 사이버네틱 시술이 들어간 돼지 머리였다. 사이버네틱 시술을 받은 돼지 머리는 붉게 반짝이는 왼쪽 눈 때문에 사람들에게 본능적인 혐오감을 불러일으키기에 충분했다. 이런 것을 아는지 모르는지 메이저 영감의 붉는 눈에선 마음에 품고 있는 광기가 흘러나오고 있었다. 메이저 영감은 오히려 이런 상황을 즐기는 듯, 심문관이 앉아야 할 빈자리를 넌지시 바라보며 앉아 있었다.

긴장된 공기가 지속되던 중, 멀리서 또각또각 구두 굽소리가 울렸다. 복도의 그림자에 드리워져 실루엣뿐이던 여자가 모습을 드러냈다. 그녀야말로 (N.W.O)의 히든 카드라고 불리우는 비밀 요원, 암호명 앨리스였다. 그녀가 지금껏 해결한 전과만으로도 그녀의 암호명을 딴 수십 편의 영화를 만들 수 있으리라. 그만큼 중요한 요원이었기에 앨리스의 앞뒤로 중무장을 한 특수부대원이 사주를 경계하며 그녀를 경호하고 있었는데 그녀는 괜찮다는 수신호를 보내며 그들을 뒤로 물러서게 했다.

앨리스는 진주같이 빛나는 새하얀 피부와 보석을 박아 넣은 듯한 새빨간 눈이 특징적인 여성으로 찰랑거리는, 밤을 표현하고자 유화물감을 몇 번이고 덧댄 듯한 칠흑의 생머리가 허리를 지나 몸을 감쌀 정도로 흘러내렸다. 박명한 미인의 전형적인 묘사를 다 가져다 붙인 듯한 조합을 하고 있었지만, 사실 그녀는 박명한 조합과는 상반된 모습도 하고 있었다. 평균적인 여성보다 큰 체구에 날카로운 눈빛과, 아름다운 여성을 황금비율임에도 무표정한 그리스의 석상처럼 만드는 앙다문 입술이야말로 그녀의 성격적인 측면을 대변한다고 해도 과장은 아닐 것이다.

그녀의 의복은 아름답고 덧없이 느껴지는 외형보단 성격을 표현하려는 듯이 머리색과 맞춘 것과 같은 칠흑색의 관용 따윈 없어 보이는 꽉 조인 정복을 입고 낮은 굽의 구두를 신고 있었다. 이를 증명이라도 하듯이 그녀의 걸음에는 한 치의 흐트러짐도 없었다.

엘리스는 의자에 앉아 메이저 영감을 바라보았다. 그리고 기분이 나빠진 듯, 아름다운 눈매를 찡그리며 입을 열었다. 차갑지만 목소리에서 느껴지는 미성은 강인함과 박명함을 동시에 느낄 수 있었다.

"이렇게 뵐 수 있을 줄을 몰랐군요. 메이저 박사."

"자네가 모로섬 연구실에서 내 머리를 날려 먹은 다음이니 꽤 오랜만이로군. 다시 만나게 되어 기쁘다네. 그리고 저번에도 말했지만, 정식 학위는 없으니, 부탁이니 메이저 영감이라 불러주게."

마치 오랜 친구를 만난 노인처럼 예의를 갖춘 어른의 회화였으나 어감에서 느껴지는 자존심마저 숨길 수 없었다. 누구든 메이저 영감의 중후한 목소리에서 느껴지는 압박감을 전해받게 된다면 악마를 눈앞에 마주한 사람처럼 숨이 막힐 수밖에 없으리라. 다만 앨리스만은 평범하고 사무적으로 메이저 영감을 바라보며 말했다.

"하지만 참으로 급작스럽네요. 저흰 박사님이 자수하실 거라곤 생각해보지 않았는데요."

"나도 어쩔 수가 없었다네. 그건 그렇고 자네 본부에는 말했지만, 아직 안 온 거 같군. 텔레비전도 같이 가져오라고 했을 텐데?"

앨리스는 당연한 것을 묻는 민원인을 상대하듯 사무적으로 대꾸했다.

"두려움은 어쩔 수가 없습니다. 당신께서 일으킨 바이러스 테러를 기억하시지 않나요? 증거물인 바이러스의 DNA 배열 안에 컴퓨터 해킹코드를 넣어서 바이러스 검사를 주관하던 NSA의 슈퍼컴퓨터를 해킹한 적이 있으시잖아요? 텔레비전으로 무슨 짓을 할지 어떻게 알겠어요."

"합당한 의심이군."

메이저 영감은 돼지 머리를 주억거리며 이해한다는 듯 대답했다. 그 말을 들은 앨리스는 심문을 시작하려고 입을 열었다.

"알아들으셨다면 다행입니다. 지금부터 당신이 벌인

범죄에 대한 심문을 시작……."

다만 메이저 영감은 진심으로 이해해줄 생각은 없었는지 앨리스의 말을 끊고 자신의 말을 시작했다.

"그런데 말일세. 내가 지금부터 하는 이야기를 들으면 가져오고 싶어질 거야. 어떤가. 간단하게 내 이야기를 들어보지 않겠나?"

앨리스는 준비한 심문을 방해한 메이저 영감을 노려봤지만, 이미 이야기를 시작한 연사처럼 시동을 건 메이저 영감은 이를 무시하고 자신의 말을 시작했다.

"좋아, 그럼 동의한 줄 알고 말하겠네. 자네는 정부가 바보 같다고 느낀 적이 있나? 난 언제나 그랬네. 내가 대중 앞에 처음 등장한 사건을 기억하나?"

30년 전, 대한민국에선 대규모 돼지 열병이 돌았다. 갑작스럽고 이유 없는 열병이 축산 농가를 통해 걷잡을 수 없이 번져나가자 당시 정부는 극단의 조처를 내렸는데 돼지가 열병에 걸렸는지 아닌지의 여부를 무시하고 산 채로 매장하는 것을 강제한 것이다. 땅속에서 돼지의 비명이 울렸다. 당시 PTSD를 호소하는 농가 사람들이 넘쳐났다. 정부는 국민의 안전이라는 명목으로 농가를 사지로 내몰고 어떠한 보상도 거부했다. 메이저 영감도 이 시기 대한민국에서 동물을 연구하며 기르던 축산인이었던 것으로 추정된다. 정부의 행태에 반쯤 미쳐버린 그는 생매장당했던 돼지들이 묻힌 땅을 찾아가 자신이 가장 잘하는 짓을 했다. 그의 연구로 만들어진 약물을 분무기 뿌리듯 뿌린 것이다.

그의 약물은 핏물이 숨 쉬듯 질퍽거리는 땅속으로 스며들며 돼지들의 사체를 깨웠다. 유전학과 화학, 기계공학을 뒤섞은 듯한 그의 기술은 질식해 죽은 돼지들을 일으켜 대한민국 정부에게 악몽을 선물했다. 죽은 돼지들이 청와대까지 행진했다. 누구 하나 공격당하지 않았지만, 시체들의 행진은 대한민국에선 지금도 두려움과 함께 오랫동안 회자되는 전설 같은 이야기였다.

"30년 전 〔대한민국 돼지 좀비 사태〕를 말하는 거면 잘 알고 있죠."

"좀비라고 부르지 말게. 전염성 질병 같잖나. 죽음에서 돌아온 돼지들의 합당한 복수였을 뿐이네. 당시 대한민국 정부는 억울한 죽음에 어떠한 보상도 없이 그 짐을 농가에 지웠지. 그것이 정당한가?"

메이저 영감은 얼굴을 찡그리며 말했다. 여전히 그 시절을 떠올리면 고통이 분노로 변하며 그의 머리를 장악했다. 하지만 앨리스는 여전히 서류를 뒤지며 사무적으로 대답했다.

"예, 그게 당신을 우리 조직이 처음으로 인지하게 된 사건이었죠. 소설 속 〔동물농장〕의 혁명가 〔메이저 영감〕을 따서 당신의 명칭을 정했을 정도니까요. 게다가 당신 기술 덕에 〔야수학Beastology의 아버지〕라는 이명으로도 불리게 되셨죠."

[야수학]이라는 말이 나올 때, 그녀의 어투엔 비꼬려는 내심이 충분했다. 사실 그럴 만했다. 메이저 영감이 창시한(스스로는 어떤 학문을 창시했다 말한 적이 없지만) 이 [야수학]은 근거가 없고 과학적인 방법론조차 따르지 않는 경험론과 주술에 가까운 기술이었다. 물론 학위는 없어도 그는 전문가적 지식을 오랫동안 쌓아오며 기술을 연마한 사람이었고 [야수학]은 유전학, 화학, 기계공학에 이르는 기술적 배경을 뒤섞은 기술의 총합이었지만, 메이저 영감은 [야수학]을 학문이라 말한 적도 없다. 애초에 [야수학]이라는 이름부터가 그의 기괴한 기술을 비판한 교황청에서 그를 [종말의 야수]라 부른 것에서 비롯된 것이니까. [야수학]이라는 학문명 자체가 일종의 멸칭인 셈이다. 멸칭을 들었으면서도 메이저 영감은 냉정한 톤을 유지하며 말을 이었다.

"같은 신을 믿는 사람들에게 모욕당하는 것만큼 슬픈 일도 없는 법이야. 뭐 중요한 것은 이게 아니지. 난 지금껏 세상의 부조리와 싸워왔다고 자부하네. 그대들은 나를 한낱 테러리스트라 여길지 모르지만. 난 사회와 현상에서 눈을 돌린 사람들의 시선을 끌기 위해 노력한 것일세."

이야기를 듣던 앨리스는 기묘하게 얼굴을 일그러뜨렸다.

"공산주의자셨나요? 실패한 사상을 붙들고 늘어지는 건 확실히 유사과학자답군요."

"오오, 앨리스 양. 제발 내게 실망감을 주지 말게. 그렇게 단순하지 않다는 것쯤은 영특한 자네라면 이미 알지 않나. 이분법이라니. 정신을 차리게. 난 영원한 혁명을 지지하지. 단순히 어떤 사상을 지지하진 않네. 지금 같은 시대에 혁명을 논하면 바보 취급받지만, 혁명은 사랑 같은 걸세. 사랑이 한 번 망했다고 두 번 다시 하지 않을 거라고 말하는 것이야말로 바보짓 아닌가."

메이저 영감은 마치 어린 시절 연정을 떠올린 노인처럼 아련한 표정을 짓고 있었다. 돼지 머리인 상태에서도 극명하게 느껴졌다. 그러다 문득, 주변의 표정이 이상해지는 것을 느끼곤 변명하듯 말을 이었다.

"그래, 그 표정 알지. 대차게 망했지. 내 기술로 사람들이 사회의 진의를 보게 만들고 싶었지만, 그저 단순한 불꽃놀이라 여겼을 뿐, 누구도 알아주지 않았네. 난 그때 깨달았네. 이 세계는 부조리하고 기이하고 너무 발전이 더뎌. 진실을 알리려면 어떻게 해야 하는지 아는가? 길고 긴 계획이 필요하다네."

"하지만 지금 말씀으론 어떤 것도 이해하지 못하겠는데요?"

메이저 영감은 모자란 학생에게 설명하듯 다그치며 물었다.

"앨리스 양. 오, 앨리스 양. 아직 모르겠나? 그럼 더 설명하지. 그대들이 나의 기술을 〔야수학〕이라 야유하며, 나를 위험하다고 여긴 이유가 무엇인가? 그저 유사과학일세. 물론 내 기술이 정상적인 자연과학적 법칙과는 다르고 물리법칙도 일그러뜨린다는 것은 알고 있네. 하지만 어찌 보면 간단하고, 큰 이상을 일으킬 수 있는가 하면 그렇지도 못하단 말이지. 그런데도 그대들이 나의 기술을 위험하게 여긴 건 무엇 때문이지? 말해보게!"

앨리스는 고민에 빠진 듯 조금 전까지 보이지 않던 진지한 표정으로 고민하다가 머뭇거리며 입을 열었다.

"설마 괴물, 아니 〔동물농장의 괴인들〕을 말씀하시는 건가요?"

메이저 영감의 기술에 〔야수학〕이란 학명이 정립된 것은 그가 단순히 죽은 돼지를 살려내 시위를 해서만이 아니었다. 짐승들의 특성을 이식한 클로닝 기술로 만들어진 〔동물농장의 괴인들〕의 존재 때문이었다. 자신의 피를 이용해 스스로를 〔괴인〕이라 소개하는 존재들을 만든 것이다. 인류를 상회하는 괴인을 만들어 조직적으로 전 지구에 혁명의 불씨라는 명목의 테러를 이어간 것이다.

"내 아이들을 괴물이라 부르는 그대들이 참으로 불손하지만 따지진 않겠네. 자네 생각이 맞네. 모로섬에서 만들던 나의 아이들 말일세. 이 기술이야말로 그대들이 두려워하던 기술이 아닌가. 따라서 그대 손으로 직접 내 목까지 잘라버린 거겠지."

"그게 뭐 어쨌다는 거죠? 이런 말 하면 죄송하지만, 3년 전에 제 손으로 당신 연구소를 섬째로 가라앉혔을 텐데요? 그게 지금 자수하신 것과 무슨 연관이 있는지 모르겠습니다."

메이저 영감은 웃었다. 뱃속부터 끌어 올라오는 웃음은 멈추지 않았다. 동굴을 울리는 바리톤에 가까운 웃음은 호탕한 면이 있었다.

"설마, 그게 내 기술의 극의라 여긴 건가? 오, 앨리스 양. 이런, 이런."

앨리스는 속이 뒤틀렸지만, 최대한 냉정하게 말했다.

"그렇다면 부족한 저희에게 가르침을 주시죠."

"그대들이 [괴인]이라 부르는 내 자식과 다른 괴물을 만들었었지. 아마도 진정한 괴물일 것일세."

앨리스는 예쁜 눈매가 일그러진 채 의문이 가득한 말투로 입을 열었다.

"그게 무슨 소리시죠?"

"지금 시간이 어떻게 되지?"

하지만 메이저 영감은 냉정한 투를 유지한 채로 되물었다. 마치 이 이야기의 모든 열쇠는 자신이 쥐고 있다는 것을 확인받고 싶은 것처럼 말이다. 시계나 전자 기기 같은 것을 모두 빼긴 상태긴 했지만, 그럼에도 스스로 시간을 알아낼 충분한 능력이 있는 사람이 이렇게 군다는 점은 듣는 이로 하여금 짜증을 일으키기에 충분했다.

"지금 말씀을 돌리시고 있으시잖아요."

앨리스의 주도권을 뺏어왔다는 것을 느낀 메이저 영감은 돼지의 얼굴에서 인간의 미소를 느낄 수 있을 정도로 입꼬리를 올렸다.

"아, 내 말이 확실치 않았군. 대한민국 표준시로 지금 몇 시인가?"

앨리스는 자신을 다스리듯 한숨을 쉬고 사무적인 말투로 대답했다.

"이제 밤 11시가 됐네요."

"곧이로군. 이제 세계는 바뀔 거고 그대들은 그 세계를 목도하겠지. 미안하게 됐네."

앨리스의 얼굴에는 금이 가듯 살이 패었다. 날카로운 눈매에서부터 일그러진 입 주변까지 지진이 난 듯했다. 짜증이란 감정이 그녀를 지배했다. 그도 그럴 것이 지금껏 요원이 되고 나서 그의 [괴인]들과 싸워온 그녀로선 그들이 인류의 한계를 넘어선 괴물들이었음을 알고 있었다. 매와 같은 날개를 퍼덕이며 충격파를 발생하는 자부터 스스로를 액화하는 산성 육체를 가진 자들까지 판타지 괴물들의 의인화에 가까운 그 형태에서 느껴지는 기괴함에 혀를 내둘렀는데 그런 괴물들조차 사랑하는 자식이라 표현하던 저 영감의 입에서 괴물이란 표현이 나올

274

정도면 대체 어떤 괴물이란 말인가, 하는 생각이 그녀를 덮쳤다.

그런 표정을 보던 메이저 영감은 분위기를 보며 이야기를 이끄는 연사처럼 때가 되었다 여겼는지 이야기를 다시 시작했다.

"내가 어디까지 이야기했지? 그래, 〔길고 긴 계획〕. 사회를 변화시키고 혁명에는 혁명으로 화답하며 진화를 거듭하길 바라는 인류로의 재탄생. 그것이 내가 바라던 일이었지. 하지만 이를 이루기 위해선 먼저 해야 할 일이 있음을 깨달았네. 한 개인이 아무리 특출나고 대단한 기술과 힘을 가졌더라도 대중의 꾸준한 반응을 얻지 못한다면 일개 개인에 불과하단 거였지. 내가 수십 수백의 사건을 저질러도 관심은 그때뿐이지. 일상에 대한 인간의 관성은 참으로 중력보다 강력하다네. 그리하여 내 관심을 끌게 된 게 뭐였는지 알겠나?"

메이저 영감은 온몸이 묶여 있었음에도 말의 고저를 조절하며 듣는 사람을 집중하게 했다. 앨리스는 저도 모르게 물었다.

"뭐죠?"

"정치라네."

"예?"

"결국, 사회를 변혁하려면 정치만큼 좋은 게 없다네."

잠시 침묵이 심문실을 장악했다. 그 침묵을 깬 것은

앨리스였다.

"아니, 정말 죄송한데요. 당신 입에서 그런 말이 나올 줄은 몰랐는데요? 당신이 전 세계에서 종교 테러리스트 다음으로 가장 많은 범죄를 저지른 건 알고 계시죠?"

"나니까 할 수 있는 말이지. 내 행동은 언제나 정치적이고 사회적이었어. 가장 보답받지 못하는 자들이 내는 소리를, 비명을 듣게 해주고 싶었단 말이네. 얌전하고 조용한 표현은 언제나 사람들에게 보답받지 못하는 법이라네. 아닐 때도 있지만, 그건…… 운이 좋은 거지."

앨리스는 어이가 없다는 듯, 경멸이 담긴 말을 입 밖으로 내뱉었다.

"지구상 가장 큰 혼란을 일으키신 분 입에선 듣고 싶지 않은 말이었네요. 그래서 뭘 하셨는데요? 투표?"

"내가 투표를 어찌하겠나. 범죄 이력이 있는 자는 투표권을 제한받는다네. 그것이 내 '길고 긴 계획'의 시발점이 되었지. 내가 원하는 정치인을 뽑을 수도 없고 있지도 않다면 내가 만들면 되는 것이 아닌가?"

앨리스는 지금 눈앞에 있는 인간이 무슨 개소리를 하는지 이해되지 않았다. 지금껏 실컷 괴물에 관해 이야기하더니, 정치 이야기로 빠져드는 논리에는 어떤 맥락도 없었다. 앨리스는 스스로를 똑똑한 사람이라 여겼지만 눈앞에 있는 사람의 논리적 비약을 보면서 자신을 돌아보게 되었다. 저렇게 미치면 안 되겠구나 하고 말이다.

276

하지만 메이저 영감은 학위가 없는 거지 무식한 게 아니었다. 상대가 자신의 말을 따라오지 못한 것을 깨닫자 실망스런 표정을 지었다.

"내가 한 말이 이해가 안 되나?"

메이저 영감은 비명 같은 한숨을 한 번 내쉬고 말을 이었다.

"앨리스 양, 그대들이 〔야수학〕이라 부르는 내 기술의 기본이 어떻게 시작하는지 아나?"

"〔원초의 수프〕 말이죠? 수십 채나 되는 〔괴인〕들을 만든 기술이요."

메이저 영감의 기술은 엄밀히 말하면 결과론적인 근거로 추정할 수밖에 없는 유사과학이었다. 메이저 영감의 〔원초의 수프〕는 마녀의 솥과 그 쓰임새가 같았다. 필요한 재료를 넣고 필요에 따른 용액을 넣고 풀죽을 끓이듯 휘휘 저으면 배합된 재료에 따라 그 모습이 형상화되는 것이다. 마치 〔마더 구스〕의 동요 〔작은 아이를 어떻게 만들지?〕처럼 말이다. 그리 탄생한 〔괴인〕들로 인해, 고생깨나 한 앨리스로선 지금 상황이 마뜩잖아서 짜증이 올라왔다. 메이저 영감은 아랑곳 않고 흥얼거렸다.

"남자아이는 무엇으로 만들어져 있을까?

개구리와 달팽이,

그리고 강아지의 꼬리

그런 걸로 만들어져 있지!

여자아이는 무엇으로 만들어져 있을까?

설탕과 향신료,

그리고 근사한 모든 것들

그런 걸로 만들어져 있지!"

자장가 같은 흥얼거림에 사람들의 시선이 모두 메이저 영감에게 쏠리자 그는 즐겁다는 듯 말을 이었다.

"재밌지 않나? 괴인조차 그저 어린아이 자장가에서 모티프를 얻어 만들어진 부산물이라네."

앨리스는 광인의 헛소리를 이해하고자 노력했다. 단편적이고 계속해서 널뛰기하는 논리를 어떻게든 이어보려고 그녀는 자신이 아는 상식을 총동원했다. 그리고 뻐끔뻐끔 열리지 않던 입을 열며 자기 생각을 정리했다. 이 때문에 평소와는 다르게 정제되지 않고 반말이 방언放言처럼 튀어나왔다.

"[동물농장의 괴인들]의 원형이 존재하고 그 괴물이 세계에 풀려있다는 거군요. 아, [길고 긴 계획]! 당신, 인간을 만들었어. 그 인간의 원형을 기반으로 형제들을 만들었고."

"이제 이야기를 쫓아오는군. 맞네. 난 나의 대통령 후보님을 [원초의 수프]에서 꺼내 올렸지."

앨리스는 머리가 아파졌는지 한 손으로 관자놀이를 만지며 다른 손으로 말을 멈추게 손짓했다.

"말도 안 되는 소리 하지 마세요. 세상에 갑자기 나타난 사람을 대통령 후보로 올릴 사람은 없어요."

"당연한 소릴 하는군. 내가 [길고 긴 계획]이라고 한 말을 잊었나? 그러기 위해 소멸화되어가는 마을 하나를 통째로 구했지. 갑자기 혜성처럼 등장한 사람은 믿을 수 없을지 몰라도, 평범하게 자라온 사람이라고 꾸미고 10년, 20년을 대한민국에서 살게 한다면 어쩔 거 같나? 그 지역 사람이라고 착각하게 되겠지. 소멸한 동네의 호적부터 새로 짜서 만들어냈지. 평범한 소년으로 위장시키고 최후에는 정치인이 될 수 있도록 많은 도움을 줬지. 나의 혁명이, 그 아이의 형제들의 투쟁이 그 아이의 경력이 될 수 있도록 얼마나 노력했는지 모르네. 모든 게 그 아이에겐 이득이 될 수 있게 했으니까. 정말 '길고 긴 계획'이었어. 착실히 자신의 경력을 쌓고 젊은 정치인으로서 두각을 드러내고 대통령이 될 수 있는 계획을 하나하나 쌓아가더군. 아비로서 얼마나 자랑스러웠던지. 허허허."

"잠깐만요. 대체 왜 이걸 밝히시는 거죠? 솔직히 당신이 입을 열지 않았다면 우린 당신이 인간을 만들었다고 생각도 못 했을 거예요."

앨리스의 말에 메이저 영감은 차분해진 목소리로 말했다.

"3년 전 내 목을 따러 온 걸 잊지 않았겠지?"

"아까부터 계속 그 이야기신데 공적인 업무에 원한을

가지실 분은 아니셨잖아요?"

"물론이네. 공적인 업무라면 말이지. 모로섬이 어디에 있었는지 누구에게 들었지? 외교 루트를 통해 들었을 거야. 대한민국의 한 의원에게서 들었겠지. 자네들은 그가 가진 대범죄정책 이력만 보고 자신만의 정보 루트가 있을 걸로 생각했었겠지. 그리고 한 가지 자네들에게 부탁했을 거야. 다음 대통령 선거에 자신을 밀어달라고. 내가 막말을 한다고 여긴다면 이름도 말해줄까? [신의信義당]의 장준우 의원. 대검 특수범죄 수사국 출신으로 범죄박멸을 통해 민중의 큰 지지를 받은 인물이지."

"대체 어떻게 알고 말씀하시는 거죠?"

"여기까지 왔으면 대충은 알아들어야지. 지 아비와 형제들 핏값으로 대통령 될 놈을 내가 어떻게 모르겠나."

"하지만, 특수 능력도 없는 인간……. 맙소사."

앨리스는 말을 잇다가 인간을 만들어냈다고 주장한 인간이 눈앞에 있다는 것을 깨달았다.

"이제 텔레비전 좀 틀어보게. 이번 대선에선 누가 승리하는지 한번 자네들도 봐야지."

"안 보셔도 됩니다. 방금 전, 압도적인 표 차로 당선됐어요."

"그대들 덕분이겠군."

황망해진 앨리스는 중얼거리듯 말을 삼켰고 메이저 영감은 웃었다.

"나나 내 아이들은 자연과 인간의 법 밖에 존재하는 사생아이자, 가정이라는 낙원에서 추방된 혐오스러운 변종, 그리고 이데올로기에서 소외된 존재들이지.* 우리가 원하는 건 누구 하나 소외되는 자가 없어질 때까지 혁명을 완수하는 것이네. 그저 살고 싶었을 뿐이야. 하지만 인간인 우리 첫째가 보기에 괴물인 우리는 사회의 보존을 위해 없어져야 할 존재라 여겼던 모양이더군."

"저희가 뭘 하길 원하신 거죠?"

"무슨 소린가."

"당신이 우리에게 온 건 뭔가를 바라서 아닌가요?"

"오오, 앨리스 양. 착각하면 곤란해. 혁명은 여전히 진행 중이고 나는 피가 다할 때까지 싸울 거야. 내가 그대들에게 뭘 기대하겠나. 오히려 지금 내 말이 맞는지조차 믿기 어려울 텐데 말이야."

앨리스는 어처구니가 없었다. 대체 이 미친 노인은 뭘 하고 싶은 것일까. 고민하는 동안 노인은 말을 이었다.

"그저 자네에겐 말해줘야 한다고 여겼을 뿐이네. 내 목을 잘라낸 자네는 이 이야기를 들을 자격이 있어. 앨리스 양. 난 이 배를 가라앉히고 감옥을 탈출할 걸세. 난 자네들에게 할 말을 다 했으니까. 그리고 끝나지 않는 혁명을 지속할 거야. 그저 안주하는 게 평화라 믿는 바보 아

---

* 한애경, 〈타자로서의 괴물, 타자로서의 여성〉(메리셸리, 《프랑켄슈타인》, 해설)에서 차용함.

들놈에게 가르침도 줄 겸 사랑의 매를 좀 들어줘야겠지. 모든 건 사랑일세, 앨리스 양. 혁명은 사랑에서 시작하는 거야."

미치광이의 헛소리라고 여길 정도로 메이저 영감의 말은 열광에 차 있었다. 웃음과 울음이 뒤엉킨 채 메이저 영감의 돼지 머리에서 눈물이 흘렀다. 앨리스는 상대가 정상적인 대화를 할 수 없는 상태임을 이제야 깨달았다.

"제대로 된 심문은 나중에 다시 와서 하도록 하죠."

그 말을 남긴 채 앨리스는 도망치듯 떠났다. 메이저 영감은 중얼거리듯 뭔가를 말했고 앨리스는 그 말을 듣고, 기분 나쁜 느낌에 자신이 타고 온 헬기를 타고 함선이 멀리 떨어질 때까지 뒤도 돌아보지 않았다.

하루도 지나지 않아 앨리스는 감옥함선이 나포되어 실종되었다는 소식을 들었다. 거대한 고래 모양을 한 슬라임 형태의 [괴인]이 바다에서 튀어나왔다는 보고가 마지막이었을 뿐이다. 앨리스는 막 그 소식을 들을 때 자신의 사무실에서 위성 텔레비전으로 당선 수락 연설을 하는 장준우 대통령 당선인의 연설을 보고 있었다. 상부에선 그를 어떻게 처리해야 할지 고민하고 있었고 앨리스는 무슨 일이 일어나든 최악의 상황을 막고자 대한민국으로 가는 비행기편을 알아봤다. 앨리스는 텔레비전 화면 너머로 장준우 대통령 당선인을 보면서 메이저 영감이 마지막으로 중얼거렸던 말을 읊조렸다.

"내가 만들어낸 괴물이 다시 나쁜 짓을 저지르지나 않을까 두려워하면서 하루하루 살았다. 아직 모든 게 끝난 것이 아니며, 놈이 엄청난 힘으로 과거의 기억을 몽땅 지워 버릴 만큼 엄청난 죄를 저지르고야 말 거라는 막연한 예감이 있었다. 사랑하는 대상이 있는 한, 항상 두려움도 남는 법이다."*

〔프랑켄슈타인〕의 인용을 마치 성경 구절처럼 중얼거리던 거였다. 그는 자신의 괴물을 찾아갈 것인가? 여전히 사랑을 가지고.

---

* 메리 셸리, 《프랑켄슈타인》, 107쪽.

유사과학소설작가연맹
탈회의 변

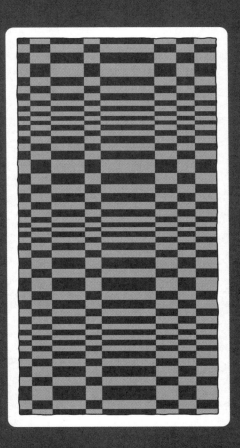

홍지운

안녕하세요. 선생님. SF작가 홍지운입니다. 일전 선생님께서 충고해주신 대로 저는 유사과학소설작가연맹을 탈회하기로 결심했습니다. 또한 선생님의 조언을 따라 몇몇 게시판과 지면을 통해 근래 겪은 일들에 대해 정리한 사과문을 공개하는 것으로 제가 저지른 잘못을 밝힌 뒤 용서를 빌고자 결심했습니다. 공개에 앞서 1차로 작성한 사과문을 공유드리니 부디 살펴봐주시고, 모자란 부분을 짚어주시면 추후 보완하여 발표하도록 하겠습니다.

저는 현재 홍지운이라는 필명을 쓰며 SF작가로 활동하고 있는 홍석인이라고 합니다. 제가 유사과학소설작가연맹 활동에 있어 많은 분께 물질적·정신적 손해를 입힘과 동시에 저를 아껴주시고 응원해주신 주변인들의 심려를 끼쳐드린바, 이에 대한 반성과 속죄의 의미를 담아 근간 있었던 혼란스러운 상황을 정리한 사과문을 작성하게 되었습니다. 본 사과문은 한국과학소설작가연합 게시판을 비롯하여 여러 온·오프라인 지면을 통해 공개할 예정입니다. 저의 개인적인 경험을 담은 글이고 아직 심정적으로 온전히 거리를 두지 못하고 있는 사건에 대한 정리이기에 내용에 두서가 없고 장황한 면이 있다는 점을 양해해주시기를 부탁드립니다.

제가 저지른 잘못에 대해 고백하기에 앞서, 우선 유사과학소설작가연맹이라는 단체는 현재 한국에서 활동하는 SF작가들로 구성된 한국과학소설작가연합과는 아무런 상관이 없음을 분명히 밝히겠습니다. 비록 제가 한국과학소설작가연합과 유사과학소설작가연맹 양 단체에 동시에 소속되어 있기는 합니다만, 이는 어디까지나 우연일 뿐, 양 단체의 활동에 혼선을 일으키고자 함은 아니었습니다.

한국과학소설작가연합의 활동은 SF작가들의 창작의 자유와 권리를 보장하고 활동을 지원하며 여러 인권 문제에 연대하는 것으로 이루어집니다만, 유사과학소설작가연맹의 활동은 정확히 그 반대 지점에 위치하고 있습니다. 유사과학소설작가연맹은 과학적 지식을 왜곡하여 유포하고 역사적 사건의 의의를 지워버리며 소수의 이익집단을 위해 복무하는 것을 목표로 합니다.

유사과학소설작가연맹이 왜곡한 과학적 지식들을 열거하면 끝이 없습니다. 영문을 모를 건강용품도 이들이 만들어낸 유행입니다. 게르마늄 원석 팔찌부터 퀀텀 에너지 이불에 전자파 차단 스티커까지 모두 이들의 작품이었습니다. 비록 그들이 인류 평화를 위해 이 모든 일을 해왔다고 주장할지언정, 그들의 활동이 거짓과 기만 위에 쌓아 올려진 것은 누구도 부정하지 못할 진실입니다.

*

네, 그렇습니다. 유사과학소설작가연맹은 인류 평화를 목적으로 설립된 단체라고 스스로를 규정하고 있습니다. 그 단체명과 활동 내용을 보면 선뜻 이해하기는 어려운 노릇입니다만, 제가 이 조직에 입회하였던 것은 그들의 활동 목적에 동의하였기 때문이었습니다. 제가 탈회를 결심한 것 또한 인류 평화라는 설립 취지에 반대하여서가 아니라, 설립 취지에 어울리지 않는 단체로 점차 타락하고 있는 단체의 상황을 지적하고 해당 단체에 경종을 울리고자 함입니다.

유사과학소설작가연맹는 문명사회에 치명적인 위협을 해결하고 난 다음의 수습을 위해 정보 공작을 하는 단체입니다. 유년기의 트라우마에서 벗어나기 위해 정신과 의사를 찾아 진단을 받고 약물을 처방받아 끔찍한 과거를 잊어버리고자 하는 치료 과정과 마찬가지로, 유사과학소설작가연맹은 인류가 멸종 위기에서 벗어났을 때마다 그 끔찍한 사건에 대한 무의식을 잠재우기 위해 과학 지식을 왜곡하고, 대체되기 전의 역사를 무해하게 가공하여 배포하고 있는 것입니다.

예를 들자면 에모토 마사루의 저서, 《물은 답을 알고 있다》가 있겠습니다. 여러분들은 지구를 침략해 온 액체형 생명체 '킬리카눈'과 16개월에 걸친 전쟁을 기억하지 못하실 것입니다. 태평양을 근거지로 삼아 수도관을 통해 이동하며 지구의 정보를 염탐했던 킬리카눈 세력에 대한 공포가 너무나 강한 나머지 식수를 음용하는 것조차 두려워하던 사람들도 이제는 수영장에서 자유로이 헤엄치고는 합니다. 당연한 일입니다. 그 전쟁으로 인해 농지의 3할이 회복 불가능한 상태가 되었으며 억 단위의 시민이 학살을 당했던 이 끔찍한 시기에 대한 기억은 유사과학소설작가연맹의 상위 단체에 의해—어디인지는 밝힐 수 없습니다—인류 차원에서 조작되었으며, 당시의 기록물 또한 4세기 동안 봉인하기로 결론이 났으니 말입니다.

유사과학소설작가연맹은 이 시기 인류의 무의식 속에 새겨진 괴로움을 인정하는 동시에 잊어버리도록 하기 위해 대체되기 전의 역사를 무해하게 가공해야만 했습니다. 그리고 그 가공의 방향성은 물이라고 하는, 킬리카눈 종족을 연상하게 하는 대상에 대해 신비로움을 더하면서 그들의 전지성(全知性)을 위협적이지 않은 형태로 조절하기로 결론을 내렸습니다. 그에 따른 결과물이 바로 에모

토 마사루의 저서 《물은 답을 알고 있다》였으며, 이 황당한 이론이 그토록 손쉽게 설득력을 가질 수 있었던 것은 인류에게 대체되기 전 역사에 대한 충격이 아직 남아 있었기 때문인 것입니다.

*

이렇게 말해놓으니 유사과학소설작가연맹에서 거창한 업무를 하는 것처럼 보이기도 합니다만, 실상은 전혀 그렇지 않습니다. 이곳은 결국 상위 조직이 내린 지시에 따르는 하청 작가들의 모임에 지나지 않으니까요. 특별한 사건이 있을 때마다 그 사건을 무의식 속에 잠재우기 좋도록 따분하고 무해하며 흥미롭지 않은 형태로 조정해서 유포하는 일이 전부입니다. 센스 없는 거짓말쟁이일수록 잘나가는 조직이라고도 할 수 있겠네요.

부끄럽지만 저는 그 센스 없는 거짓말쟁이들 중에서도 가장 센스가 없는 거짓말쟁이였습니다. 달리 말하자면 조직에서 사랑받는 인재였다는 이야기이기도 합니다. 제가 한국과학소설작가연맹 소속으로 발표했던 작품들을 기억하시는 분들이라면 이는 그다지 놀랍지 않은 일이겠습니다만 말입니다.

아마 여러분들이 질색하셨던 유사과학 이론 중에 몇가지는 분명 저를 거친 작품일 것입니다. 그중에 어떤 이론이 제 손길을 탔는지에 대해서는 유사과학소설작가연맹에 가입하며 서명한 비밀유지서약서와 제3급 악마 배를재버릴과의 계약으로 인해 이 사과문에서 밝힐 하나의 사건 외에는 상세히 말씀드릴 수 없어 유감입니다만, 언젠가 다른 지면을 통해 공개할 기회가 있으리라 생각합니다.

어쨌든 이 사과문의 대부분은 제가 유사과학소설작가연맹에서 거창한 업무를 하는 것처럼 착각하고서는 상위 조직에서 내린 지시에 따르는 하청 작가로 활동하면서 만들었던 센스 없는 거짓말과 그 센스 없는 거짓말로 숨겨야 했던 비극에 대해 해명하는 내용으로 채워질 예정입니다. 부디 제가 허무맹랑한 이야기를 하더라도 관대한 마음으로 인내해주시기를 간청드리는 바입니다.

*

유사과학소설작가연맹에 처음 가입한 당시, 저는 자신만만한 젊은이였습니다. 저의 작품을 바탕으로 한 테마파크 건설을 목표로 작가로서의 야망을 키워나가고 있었습니다. 동시에 유사과학소설작가연맹의 회원으로서 인류에게 봉사하고 지구의 평화를 수호하는 집단의 일원이라는 긍지 또한 갖고 있었습니다. 지금이야 이러한 정체불명의 자신감은 유사과학소설작가연맹의 급수대에 함유된 특정 약품 때문이라는 것을 알고 있습니다만, 그 시절의 저는 그러한 사실은 상상조차 하지 못한 채 업무로 가득한 하루하루를 보내느라 정신이 없었습니다. 당시의 저는 어찌나 비장한 사명감에 빠져 살았는지, 출퇴근을 할 때마다 007시리즈의 테마 곡을 들으면서 전철에 오를 정도였습니다.

하지만 저의 자아도취는 밀폐된 방에서 선풍기를 틀고 자면 산소 부족으로 사망에 이른다는 유사과학 이론을 배포할 때쯤에는 온데간데없이 사라진 지 오래였습니다. 많은 사람의 비웃음을 산 이 이론은 그저 당시의 제가 별 의욕이 없었기에 나온 결과였습니다. 비록 급진이성애자연대에서 UN 사무총장의 집무실에 놓인 스마트선풍기를 해킹하는 바람에 열두 명의 사무국 직원들이 그 선풍기 날에 목이 잘린 비극적인 그날 밤의 테러를 수습하기 위해 인류의 기억을 조정해야만 한다는 유사과학소설작가연맹의 판단에 동의하긴 했습니다만, 저로서는 인류를 위해 봉사하는 마음보다는 상사가 내일이라도 그냥 자다가 꿱, 하고 죽어버렸으면 하고 기도하는 마음이 더 컸던 것이지요.

이제 와 생각하면 참으로 역설적인 일입니다만, 유사과학소설작가연맹에서는 선풍기를 틀고 자면 산소 부족으로 사망에 이른다는 제 유사과학 이론을 무척이나 마음에 들어 했고, 그것이 모든 문제의 시발점이었습니다. 그해 인사 평가에서 저는 의외성 있고 참신하다는 평가를 받았는데, 저 개인적으로는 그 평가부터가 유사과학소설작가연맹의 상층부가 저 이상으로 무기력하고 무능하게 몰락했는지를 알려주는 조짐이었다고 짐작합니다. 그리고 그 무기력하고 무능하게 몰락한 유사과학소설작가연맹 상층부의 저에 대한 고평가는 곧 제가 다음 프로젝트에 투입되는 계기가 되었습니다. 네, 바로 제가 이 사과문을 쓰고 있는 이유이기도 한, 바로 그 프로젝트 말입니다.

*

"홍 작가. 영광스럽고 복된 일입니다. 오늘은 신을 접대하러 갈 겁니다."

아직도 저는 그날 상사가 무기력한 목소리로 내뱉었던 저 문장이 귓가에 울리는 듯합니다. 신을 접대하러 간다니요. 영광스럽고 복된 일이라니요. 유사과학소설작가연맹 회원들이 가장 피하고 싶어 하는 업무가 바로 신에 대한, 창조주에 대한 접대였습니다.

상사는 중년의 남성으로, 일을 잘하거나 사람들을 잘 관리하는 것보다는 술을 잘 마시는 것만으로 조직에서의 쓸모를 증명해 보이는 사람이었습니다. 그는 항상 부하 직원들에게 자신이 얼마나 유사과학소설작가연맹의 중추와 가까우며 얼마나 오랜 세월에 걸쳐 조직을 지켜 봐

왔는지를 자랑스레 말하고는 했습니다만, 이는 어디까지나 그가 얼마나 술자리에 자주 참석했는지에 대한, 또 해야만 하는 일을 다른 사람들에게 얼마나 뻔뻔하게 떠넘기는 것으로 자신의 무능함을 감춰왔는지에 대한 보고에 다름 아니었습니다.

상사는 신을 만나러 기차를 타고 강릉으로 가는 도중에도 계속해서 신을 접대하는 일이 얼마나 보람차며 기쁜지 아느냐며 저에게 신을 향한 충성심의 중요성에 대해 설파했습니다. 저는 연이은 업무로 인한 피로와 짜증 속에서도 상사의 기분을 맞추도록 애를 쓰며 졸음을 견뎠습니다. 신을 접대하는 일이 영광되다 생각한 탓은 아니었습니다. 오히려 창조주는 저에게 그렇게까지 가까워지고 싶은 타입의 신은 아니었습니다만, 어쨌든 우리 은하의 중심부에서 변방인 지구까지 와 인류를 빚은 공을 무시하고 싶진 않다는 정도가 조금 더 솔직한 저의 심경이었습니다.

무엇보다 신을 영접하는 일은 유사과학소설작가연맹에 무척 중요한 업무였습니다. 유사과학소설작가연맹은 인류가 지속적으로 발전하는 데 기여한다는 명분을 따라 신이 저지른 온갖 꼴통스러운 사건들을 뒷수습하는 조직 중 하나였기 때문입니다. 저는 직장 생활에 대한 의욕을 완전히 잃은 와중에도, 어쨌든 조직에 속한 만큼 최소한의 일 정도는 하자는 마음으로 상사의 떠벌거림에 간간이 맞장구를 치며 접대 내용에 대해 고민했습니다.

제84차 인류기억포괄개변이 이뤄진 후 사람들은 기억하지 못하게 되었으나, 그때까지만 해도 신은 강릉 초당동에서 살고 있었고, 신을 영접하기 위해선 초당동의 카페 A로 가기만 하면 되었습니다. 저는 카페 안으로 들어간 뒤, 불쾌감을 감추기 위해 얼굴에 힘을 가득 주고는 신을 영접하였습니다. 신은 인간의 기준에서 보았을 때 정말로 못생겼기 때문이었습니다. 저는 제가 유사과학소설작가연맹에 소속되어 진화론이라고 하는 황당무계한 이론을 퍼뜨린 것에 대해서는 분명 크게 자책하고 있습니다만, 그래도 이 과정에서 인류가 저 칠뜨기 같은 신의 얼굴을 잊게 되었다는 점은 긍정적으로 볼 여지가 있지 않나 자위하고는 합니다.

신은 네 번째의 콧구멍을 벌름거리며 저와 상사를 맞이했습니다. 우리의 창조주는 그의 피조물과 달리 불쾌감을 감출 일말의 노력도 하지 않았습니다. 우선은 상사가 신 앞에 엎드려 누웠습니다. 저는 그 옆에 무릎을 꿇고 앉아 상사를 보조하고자 했습니다. 신은 자연스레 질척이는 촉수를 들어 상사의 머리를 찍어 누르듯이 밟았습니다. 쿵, 하는 충격음과 함께 상사의 머리가 찢어지는 바람에 피가 카페의 바닥을 흥건하게 적셨습니다. 신은 이마의 입을 벌리고는 침을 흘리면서 깨진 관악기에서 나는 소음처럼 찢어지는 쇳소리로 계시를 내렸습니다.

"$*@#&%!@(#$*!#$?"

"예, 맞습니다."

"@#%^!@#$!#**&."

"아뇨, 결코 그렇지는……."

"%%$$@#%!"

"외람된 일이었습니다. 시정하겠습니다."

상사는 쩔쩔매며 신의 꾸지람에 혼쭐이 났습니다. 신탁을 받을 자격이 없어 신어를 알아듣지 못하는 저로서는 둘 사이에서 무슨 이야기가 오갔는지 구체적으로는 알수 없었습니다만, 일단 신이 간간이 고성방가를 지르며저와 상사를 질책하는 모습이나 상사가 찢어진 이마를 또바닥에 비벼대며 바닥을 피로 물들이는 모습을 보아 긍정적이고 낙천적인 대화는 아닌 듯싶었습니다. 그저 신의 요청이나 통보가 이번에도 상사가 곤혹스러워할 내용이라는 정도만 어렵지 않게 유추할 수 있었습니다. 아무리 봐도 영광스럽고 복된 모습은 아니었습니다. 인류의창조주는 곧 카페의 문을 깨부수고 밖으로 나갔습니다.

"신께서 우리를 떠나신다 합니다."

상사는 피 칠갑을 하고서는 망연자실한 표정으로 중얼거렸습니다. 그리고 유사과학소설작가연맹의 다음 프

로젝트를 기획했습니다.

"떠나간 신을 아름답게 추억할 이론이 필요합니다."

*

신은 인류를 만들 때 가능한 한 끔찍하고 고통받도록 설계했다 합니다. 놀랄 일도 아닙니다. 그렇지 않고서야 인간들이 왜 사랑니를 잇몸 안에 매복시켜놓은 채 태어나도록 했겠습니까? 또 인간들이 왜 두 다리로 걷도록 해서 나이를 먹기만 해도 척추 질환을 갖도록 했겠습니까? 우리의 창조주는 그저 자신과는 정반대로 생긴 이 비참한 생명체가 수억 년에 걸쳐 지구 위를 거닐면서 고통받는 모습을 바라보며 우월감에 젖고 싶을 뿐이었습니다.

상사는 신이 지구를 떠나기로 했으니, 인류가 신의 악의로 인해 탄생한 종족이라는 사실을 잊어도 되지 않겠느냐고 주장했습니다. 당시에는 신에 대한 여론이 좋지 않았습니다. 아무리 창조주라고 할지언정, 고통받기 위해 태어난 피조물이 그를 반기기는 어려운 일이었습니다. 그렇기에 상사는 인류의 신을 향한 불경한 감정을 청산하고자, 유사과학소설작가연맹을 통해 곧 떠나갈 신을 두려움이 아닌 기쁨으로 추억할 수 있는 유사과학 이론을 배포하자고 제안한 것입니다. 인간이 신에게 버림받은 장난감이 아니라, 사랑받는 아이로 스스로를 여긴다면 얼마나 밝은 미래가 펼쳐지겠느냐며 말입니다.

상사의 제안은 신이 싸지른 똥을 저더러 치우라는 이야기나 다름없었습니다. 저는 그 제안이 비윤리적이지 않은가 반문했습니다. 킬리카눈 종족에 대한 기억이나 UN 사무총장 암살 사건의 자료를 조작하는 것은 인류를 보호하기 위해 마땅히 실행되어야 하는 조치였습니다. 하지만 인류를 죽음이라고 하는 끔찍한 운명에 내동댕이친 창조주에 대한 기억을 지워버리는 것이 과연 인류의 미래를 위해 무슨 도움이 되는지를 알 수가 없었습니다. 그 기억은 불쾌하지만 고통스러운 것은 아니었으니까요.

저는 신과의 기억을 뒤바꾸는 것은 기만이며, 인류에게 별 도움이 되지 않는다고 항변했지만 상사는 막무가내였습니다. 상사는 신을 경외하였습니다. 그에게 거스르는 것을 두려워하며 신을 따르는 스스로를 필요 이상으로 자랑스러워했습니다. 때문인지 상사는 끈질기게 타협안을 내밀었습니다. 그리고 그 타협의 결과가 바로 제가 유사과학소설작가연맹을 탈회하고 이 사과문을 쓰게 된 계기인 유사과학 이론, '진화론'이었습니다.

*

맞습니다. 저와 유사과학소설작가연맹의 동료들이

진화론의 창시자입니다. 진화와 관련된 가설을 세우고 다양한 물증을 세계 곳곳에 편입시켜놓은 뒤 인류의 기억을 조정한 것이 바로 저였습니다. 찰스 다윈을 비롯해 수많은 가상의 학자와 그들의 연구서를 조작해 정돈하는 일 정도야 유사과학소설작가연맹의 기술력을 감안하면 그렇게 큰 품이 드는 일도 아니었습니다.

신에 대한 경외심을 포기하지 않은 상사와 인류 보편의 행복을 중시하는 저 사이의 타협이 진화론으로 마무리된 것은 무척이나 합리적인 논의를 거친 덕분이었습니다. 상사는 신이 악의를 갖고서 인간들을 엉망진창으로 만들었다는 사실을 숨기고 싶어 했고, 저는 인류가 신을 떠나서 스스로의 힘으로 설 수 있는 논리적 틀을 마련하고 싶었습니다.

진화론은 이 두 목표의 절묘한 교차점이었습니다. 인간의 추악함과 모자람에 대해 신의 결백을 마련해주고 싶었던 상사의 욕망과 신이 어찌 되었건 무관하게 인간의 독립심을 길러주고 싶었던 저의 욕망은 모두 진화론으로 수렴되었습니다.

진화론은 비록 지금에야 한심하기 짝이 없는 불량품으로 여겨집니다만 당시에는 무척 즐겁게 작업했습니다. 모처럼 스케일이 큰 프로젝트에 참여했다는 점에서나, 인류에게 근본적인 변화를 가져다줄 수 있다는 점에서나 의욕이 솟아 열성적으로 진화론을 설계할 수 있었습니다. 슬럼프에서 벗어나 마음껏 제 역량을 발휘할 수 있는 계기라고 생각했을 정도입니다.

유사과학소설작가연맹은 저의 진두지휘하에, 지구 곳곳을 떠돌아 다니면서 지금과는 모습을 달리하는 가상의 고대 생명체의 화석을 만들어 지반 밑 깊숙한 곳에 숨겨 놓았습니다. 박물관에는 이미 발굴된 화석들을 설치하고 역사서와 과학 교재에 진화론에 대한 설명을 추가했으며 그 외에도 별별 프로젝트를 도맡아 진행했습니다. 저는 인류기억포괄개변 이후 어떤 사람이건 인류가 신에 의해서 탄생한 피조물이라는 사실을 기억하지 못하도록, 누군가가 그 사실을 짚어주면 바보라고 조롱당할 정도로 부정 못 할 증거들로 이 행성을 가득 채우는 데 성공했습니다.

*

당시 전 제가 창작한 진화론이 무척이나 마음에 들었습니다. 진화론을 통해 인간은 죽음에 대한 공포를 잊을 수 있을지 모른다고 자만하기까지 했습니다. 앞서도 말씀드렸듯이 신은 인류를 만들 때 가능한 한 끔찍하고 고통받도록 설계했고, 죽음은 그가 인류의 고통을 극대화하기 위해 가장 공들여서 만든 장치였습니다. 반영구적으로 사는 신은 우월감에 젖고자 인류가 쉽게 죽어버리도록 만들었지만, 신이 떠난 이후에 인류가 진화론을 믿

는다면, 우리에게 더 나은 미래가 주어질 수 있고 우리의
죽음이 이를 뒷받침하는 토양이라고 믿는다면, 저는 사
람들이 인생의 종막을 보다 더 수월하게 받아들일 것이
라 기대했던 것입니다.

저는 사람들에게 우리의 부족함은 우리가 더 나아갈
계기이기도 하다고 전달하고 싶었습니다. 기왕 신에 대
해서 잊어야만 한다면, 신이 자신의 피조물인 인류를 그
토록 가혹하게 대했던 과거를 개변하여 인류에게 긍지를
선물한다면 얼마나 기쁜 일일까 미소를 짓기까지 했습니
다. 그의 집요한 악의를 지워버리기 위해 저는 그보다 더
집요하게 변했습니다. 때문에 저를 비롯한 유사과학소설
작가연맹의 동료들은 제84차 인류기억포괄개변을 마치
기 전까지 가능한 한 모든 경우에 맞게 시나리오를 준비
했습니다. '인류에게 행복을 주자.' 이것만이 우리의 목
표였고, 신이 우리를 떠나기로 한 덕분에 간신히 이룰 수
있게 된 꿈이었으니까요.

익히 아시겠지만 저의 이러한 꿈은 어디까지나 백일
몽에 지나지 않았습니다. 진화론은 인류에게 또 다른 고
통으로 전락했으니까요. 사람들은 무엇이 더 나은가의
문제를 곧바로 내가 아닌 것들은 열등하며 멸종시켜도
될, 아니 멸종시켜야만 할 무엇이라는 주장의 근거로 삼
기 시작했으니까요. 다층적인 세상에 맞춰 나를 바꾸며
적응하고자 하는 적자생존의 논리는 강자가 약자들을 잡

아먹는다는 약육강식의 논리로 왜곡되었습니다.—생각해보면 정말 우습지도 않은 소리입니다. 하마나 기린 그리고 코끼리처럼, 적지 않은 초식동물이 육식동물을 물리적으로 압도하지 않습니까?—진화론은 실패였습니다. 자연주의적 오류가 정론이 되었습니다. 인류가 문명을 통해 자연의 한계를 극복해온 역사는 부정하고 자연적인 것이 옳은 것이며 자연적인 것은 약육강식이라는 잘못된 삼단논법을 진리처럼 숭배했습니다. 전쟁과 기아 그리고 질병에 독재까지, 모든 재앙이 진화론의 이름 아래에서 정당화가 되었습니다. 기득권자들은 진화론을 기울어진 운동장에서 자신들이 편법으로 이득을 얻으면서 사회적 약자들을 착취하는 불공정을 정당화하는 이론으로 뒤바꾸었습니다. 저는 어느새 인류가 저지르는 악덕의 대변인이 되고 만 것입니다.

*

한심한 노릇이지만, 저와 유사과학소설연맹의 동료들이 진화론의 위험성을 인지하지 못했던 것도 아니었습니다. 저희는 진화론의 위험성에 대한 안전장치로 인류에게 우생학과 인종차별의 역사에 대한 기억을 주입하며 이 이론이 오용되는 경우에는 인류사에 남을 커다란 비극이 일어나게 된다는 경고를 남기려고 했습니다. 하지만 꼴이 우습게도, 저희가 마련한 안전장치는 누군가에게는 그 자체로 벗어버려야만 하는 속박으로 왜곡되어 받아들여졌습니다.

저는 이 끔찍한 사태를 멈추고자 계속해서 유사과학 이론을 쏟아냈습니다. 달 착륙 음모론와 피라미드 파워 그리고 숙변 제거의 원리에 이르기까지, 온갖 종류의 유사과학 이론은 모두 폭주하기 시작한 진화론에 제동을 걸기 위해 저희가 짜낸 아이디어였지요. 물론 결과적으로 이 시도는 완전히 실패하고 말았지만 말입니다.

진화론의 후폭풍을 잠재우기 위해 유사과학소설작가연맹에서 진행한 각고의 노력은 진화론의 악영향을 증폭시키고 유사과학소설가연맹의 내부 동력을 박살 내는 결과로 마무리되었습니다. 업무는 과중되었으며 쌓인 일감들은 소속 작가들의 체력을 소진시켜 차기 프로젝트의 퀄리티를 떨어뜨리고 또 다른 실패로 이어졌습니다. 신의 부재를 회피하고자 한 경영진의 잘못된 선택에 대한 책임은 하청 작가들이 총알받이가 되어 대신 짊어져야만 했습니다. 저는 인력 충원을 요청했으나 상사는 제가 주도해서 사람을 채용할 경우, 자기와 친분이 있는 사람이 들어오지 못하리라 염려해 번번이 저의 요청을 묵살했습니다. 아니, 애초에 신의 부재를 회피해서 일어난 결과에 대처하는 것만으로도 자신의 실책을 언급해야 하니, 아예 상황 해결을 위해서 무슨 일을 한다는 것 자체가 불경

한 일로 여겨져버렸습니다.

자포자기한 심정이 된 저는 직에서 물러나고 야인으로 돌아가려고 했습니다만, 상사는 이 또한 가로막았습니다. 상사는 소설을 쓸 줄도 모르고 작가들을 섭외할 능력도 없었으니, 상황이 악화되면 악화될수록 일감을 더 떠넘기고 저를 붙잡고서 쪼는 일밖에 할 수 없었던 것입니다.

*

"홍 작가. 이 만년필이 얼마짜리인 줄 알아요?"

해당 분기 결산을 마무리하던 차, 상사는 저를 개인 사무실로 불러 면담을 진행하였습니다. 면담이라고는 해도 상사가 다른 직원들의 인사 평가를 조지고 구조 조정을 진행해 유사과학소설작가연맹의 예산을 한가득 남긴 대가로 얻은 소박한 보너스로 산 물건들을 자랑하는 시간일 뿐이었지만요. 상사는 계속해서 살면서 제가 단 한 번도 관심을 가진 적 없고 앞으로도 관심을 가질 리 없는 잡동사니에 대한 자랑을 반복하며 무언가를 과시하고 싶어 했습니다(다만 저는 아직도 그가 과시하고 싶은 무언가가 무엇인지는 잘 이해하지 못하고 있습니다).

저는 사실 그 잡동사니들보다는 사무실의 책장에 꽂

힌 책들에 더 관심이 갔습니다. 이런 저 역시도 어쨌든 작가 나부랭이인지라, 마치 누군가의 관상을 보듯 그의 책장을 살펴보고는 했기 때문입니다. 이렇게 살펴본 상사의 책장은, 뭐라고나 할까요. 예상 그대로라 오히려 조금 따분했습니다. 다른 사람들이 이 정도는 읽어야지 하는 전집류나 아예 상사가 이해하지도 못할 외국 원서들이 손때가 하나도 묻지 않은 채 눈에 가장 잘 띄는 곳에 모셔져 있었으니까요. 지루한 사람은 이렇게 책장조차도 지루하구나, 신기하긴 했는데 그조차 참 지루한 발견이었습니다.

"다음 프로젝트를 홍 작가가 해. 그러면 홍 작가도 이런 만년필은 몇 자루건 다 모을 수 있게 될 테니까."

언제 본론으로 들어갈지 몰라 지루함조차 지루해질 즈음, 상사는 저를 사무실로 부른 이유를 꺼냈습니다. 차기 프로젝트의 담당자. 보다 정확히 말하자면 상사가 윗선에 보고할 만한 업적을 만들기 위한 노예 1호. 어차피 상사가 그 자리를 보전하는 것이야 술을 잘 마시기 때문인데, 이럴 거면 업무는 업무대로 시키고 업무 평가는 술 마시기 대회라도 열어서 알아서 정해줬으면 싶었지만, 아쉽게도 유사과학소설작가연맹의 인사 시스템은 그 정도로 효율적이지 않았기 때문에 저는 잠자코 차기 프로젝트에 대한 설명을 듣기로 했습니다.

　상사는 차기 프로젝트에 대해 자세히 설명하기 직전,
어디에선가 걸려 온 전화를 받고 자리에서 벌떡 일어나
사무실의 문을 열었습니다. 그곳에는 이미 우리를 떠났던
신이 다시 돌아와 그 못생긴 얼굴의 뺨과 이마 그리고 엉
덩이에 달린 입으로 기분 나쁜 미소를 짓고 있었습니다.

*

　"@(#$)!()%_#$@(!@)#)"
　"아니, 이렇게나 영광스러운 말씀을……."
　"$)@(%($)!@##(@)!##"
　"네, 네. 그렇고 말고요."
　"##@)!$_%)%$_$)!@#"
　"예. 알겠습니다. 홍 작가, 신께서는 홍 작가의 기존
프로젝트에 무척 흡족하셨다고 합니다."

　상사는 신과 오래도록 신어로 된 대화를 나눈 뒤, 저
에게 이번 신탁에 대해 알려주었습니다. 상사의 설명에
따르면, 인류를 괴롭히는 데 질린 신은 우주로 떠났다가
제가 만든 진화론과 그에 따른 파장에 대해 알게 되었다
고 합니다. 그리고 신은 인류를 육체적으로만이 아니라
정신적으로도 망가뜨릴 수 있다는 점에서 새로운 가능성

을 발견하고 다시 지구로 돌아왔다고도 했습니다. 상사는 인류에게 이제까지와는 완전히 다른, 새로운 차원의 고통을 선사하겠다는 신을 찬사하며 아첨을 반복했습니다. 저는 새삼 비참했습니다. 인류의 창조주가 그를 부정하기 위해 만든 진화론을 마음에 들어한다니. 저의 상사처럼 보다 지위가 높은 사람만을 향하는 선택적 공감 능력을 가진 사람이 아니라면 기분이 좋을 수 없는 일이었으니까요.

"그래서…… 차기 프로젝트는 어떤 것으로 진행하면 될까요?"

"!@#)!@#)))$!@#!!!!#"

"신께서는 진화론을 초월한 진화론을 바라십니다."

"그 말씀은……."

"신께서는 지적설계론을 바라십니다."

*

상사의 설명을 따르자면, 신의 논리는 이러했다 합니다. 유사과학소설작가연맹이 준비한 진화론에서 약육강식의 논리는 사실 의도하지 않은 자연주의적 오류다. 진화론의 핵심이라 할 수 있는 적자생존 논리에서 적자는 적응한 자라는 의미이고 이는 사실 약육강식과는 배치되는 개념이기 때문이다. 그렇다면 이제 이 논리에 과학적인 증빙이 아닌 신의 권위를 더해 정당화를 강화할 필요가 있다. 약육강식은 자연주의적 오류에서 벗어나 신의 섭리로 자리매김하는 것이다.

신이 하늘로 돌아왔다고 하자. 천국에 갈 자는 모두 내정되어 있다고 하자. 천국의 자리를 이미 맡아놓은 내정자들은 승리할 운명으로 태어났다고 하자. 이러면 이 사회의 강자들은 이미 천국에 갈 사람들이 된다. 그리고 사회적 약자들은 이미 지옥에 떨어질 사람들이며 그들을 향한 구제와 연대는 무가치한 것이 된다. 그들은 그렇게 태어나기를 잘못한 것이 된다. 아니라고 생각한다면 사회적으로 성공하면 그만이다. 성공 못 했다면 신의 은총을 받지 못했기 때문이고 그들이 잘못해서 생긴 결과일 뿐이다. 신에게 더 많은 것을 바치고 신의 적들에게 더 많은 것들을 빼앗아야 했는데 그러하지 못했기 때문이다.

이 논리가 정립되면 사회적 강자들은, 기득권자들은 사회적 약자를 무시하게 된다. 사회적 약자들은, 소수자들은 사회적 강자를 선망하게 된다. 어떤 논리가 아닌 권위에 의한 계시이기 때문에 이는 반박할 수조차 없다. 차별과 혐오는 운명이니까. 신의 섭리니까.

저는 자랑스레 신탁을 설파하는 상사를 바라보고 있자니 욕지기가 났습니다. 그는 인류의 미래였습니다. 그의 아가리를 빌려 토해진 신의 언어는 기득권의 핏줄을

이었거나 편법·불법으로 권력을 갈취한 사람들이 스스로를 정당화하기 위한 것 외에는 어떠한 기능도 없는 망상 같은 섭리였습니다. 무능한 비겁자가 수치도 모른 채 스스로에게 모든 것을 누릴 자격을 발급하는, 강자 앞에서는 한없이 약해지고 강자를 추앙하며 선망하는 동시에 약자 앞에서는 한없이 강해지고 약자를 차별하며 혐오하는, 정말 그다운 이론이었습니다.

신은 어떻게 해야 더 나은 세상으로 바꿀 수 있는지에 대해 고민하지 않고, 무엇을 만들고 어떤 방향으로 변화를 이끌 것인가를 고민하지 않고, 오히려 그렇게 고민하는 사람들을 천시하고 조롱하며 배제하는 갇힌 세상을 만들고자 했습니다. 소수자를 향한 복지와 인권에 대한 주장은 신의 의지에 반하는 일이자 구원으로부터 멀어지는 사탄의 행위. 기득권의 편법이나 구조적 차별은 신의 의지에 응하는 일이자 구원으로 향하는 유일무이한 선행. 그런 세상을 만들고자 했습니다.

이는 신을 진실로 믿느냐 믿지 않느냐의 문제가 아니었습니다. 원래 다 그런 거 아니겠어? 다들 그렇게 사는 거 아니야? 어른답게 굴어, 사회란 이런 거야, 라고 말해도 되는 세계의 문제였습니다. 스스로의 타협과 비겁함을 진리로 뒤바꾸는 도둑질이었습니다. 윤리적인 선택은 어리석다 조롱하며 위선이라 비난하는 것만으로 스스로를 설명하고 정당화할 수 있는 창세였습니다. 상사는 이

신세기에 걸맞은 인재였습니다. 그는 윗사람들의 심기는 거스르지 않고 술이나 마시면서 조용히 있는, 아랫사람들의 조인트를 까거나 쥐어짜거나 책임을 떠넘기는 조직의 기생충이었습니다. 신이 만들고 싶은 세계는 기생충이 숙주를 잡아먹고 공멸하는 세계였습니다. 하지만 기생충에게 이는 심각한 문제가 아니었습니다. 애초에 그것밖에 할 줄 아는 게 없었으니까요. 이제 그의 시대가 올 차례였습니다.

*

그러므로 이 사과문은 제가 상사의 손에서 만년필을 뺏어다 신의 미간에 찍어버려 그를 살해한 일에 대해서, 철로 된 접이식 의자를 들어다가 상사의 대갈통을 다회 갈겨버린 뒤 쓰러진 상사의 사타구니를 10여 분에 걸쳐 걷어차고는 사무실에 냅다 불을 질러버린 일에 대해서 사과하고자 쓴 것은 아닙니다. 이는 어디까지나 과거를 고쳐 쓰지 못하도록, 현재를 뒤엎지 못하도록, 미래를 망치지 못하도록 막기 위한 정당방위였으니까요. 비록 절차적 정당성을 갖추지 못한 점은 저 역시 안타깝습니다만, 상황의 급박함을 감안하면 이는 용인될 수준이라고도 생각하고 있습니다.

다만 사태가 이 지경이 될 때까지 유사과학소설작가

연맹의 폭주를 막지 못한 제 과오에 대해서는 그저 면목 없이 부끄럽고 죄송할 따름입니다. 또한 상사가 건물 밖으로 도망친 뒤 창조과학소설작가협회를 만들어서 과학적 지식을 왜곡하여 유포하고 역사적 사건의 의의를 지워버리며 소수의 이익집단을 위해 복무하는 것을 목표로 하고 있는 상황에 대해서도 당시 미처 확실하게 끝장을 내버리지 못한 저의 실책을 인정하는 바이며 이에 대한 책임감 역시 크게 느끼고 있습니다.

비록 저는 제 부족함과 과오에 대한 책임을 지고자 유사과학소설작가연맹에서 탈회할 것입니다만, 향후 유사과학소설작가연맹이 창조과학소설작가협회에 대해 보다 강경하게 대응하기를 요구합니다. 유사과학소설작가연맹이 인류 평화를 모태로 설립된 단체라고 스스로를 규정하고 있다면 그 취지에 걸맞은 행보를 보여야만 할 것입니다. 앞서 말씀드렸던 바와 같이, 과거에 제가 이 조직에 입회하였던 것은 이 활동 목적에 동의하였기 때문이었습니다. 제가 탈회를 결심한 것 또한 인류 평화라는 설립 취지에 반대하여서가 아니라, 그들이 설립 취지에 어울리지 않는 단체로 점차 타락하고 있는 상황을 지적하고 해당 단체에 경종을 울리고자 함이며, 이는 보다 분명한 실천 없이는 개선되기 어려운 문제일 것입니다. 긴 글 읽어주신 여러분께 감사드립니다.

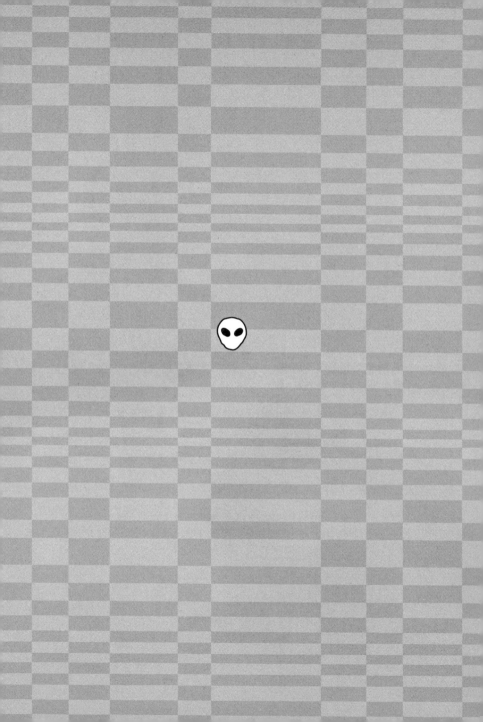

태초에 외계인이 지구를 평평하게 창조하였으니

SF 작가들의
유사과학 앤솔러지

© 문이소·손지상·정보라·이산화·이주형·이하진·전혜진·최의택·홍준영·홍지운, 2023

초판 1쇄 발행 2023년 9월 6일
초판 2쇄 발행 2024년 1월 3일

지은이 문이소·손지상·정보라·이산화·이주형·이하진·전혜진·최의택·홍준영·홍지운

펴낸곳 ㈜안온북스 펴낸이 서효인·이정미 출판등록 2021년 1월 5일 제2021-000003호
주소 서울시 마포구 월드컵로14길 28 301호 전화 02-6941-1856(7) 홈페이지 www.anonbooks.net
인스타그램 @anonbooks_publishing 디자인 이지선 제작 제이오

ISBN 979-11-92638-19-5 (03810)